永平寺伽蓝配置图

▲ **粗体字表示七堂伽蓝**

七堂伽蓝，指具备七个堂宇的寺院，是源自中国宋代禅宗寺院的一种建筑样式。法堂、佛殿、山门成一直线排列，僧堂、库院、东司和浴室则于直线两旁对称排列。

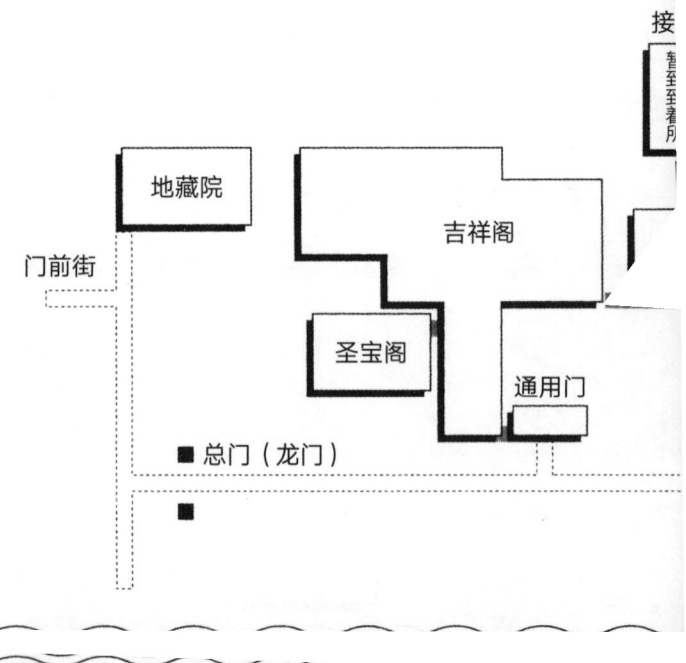

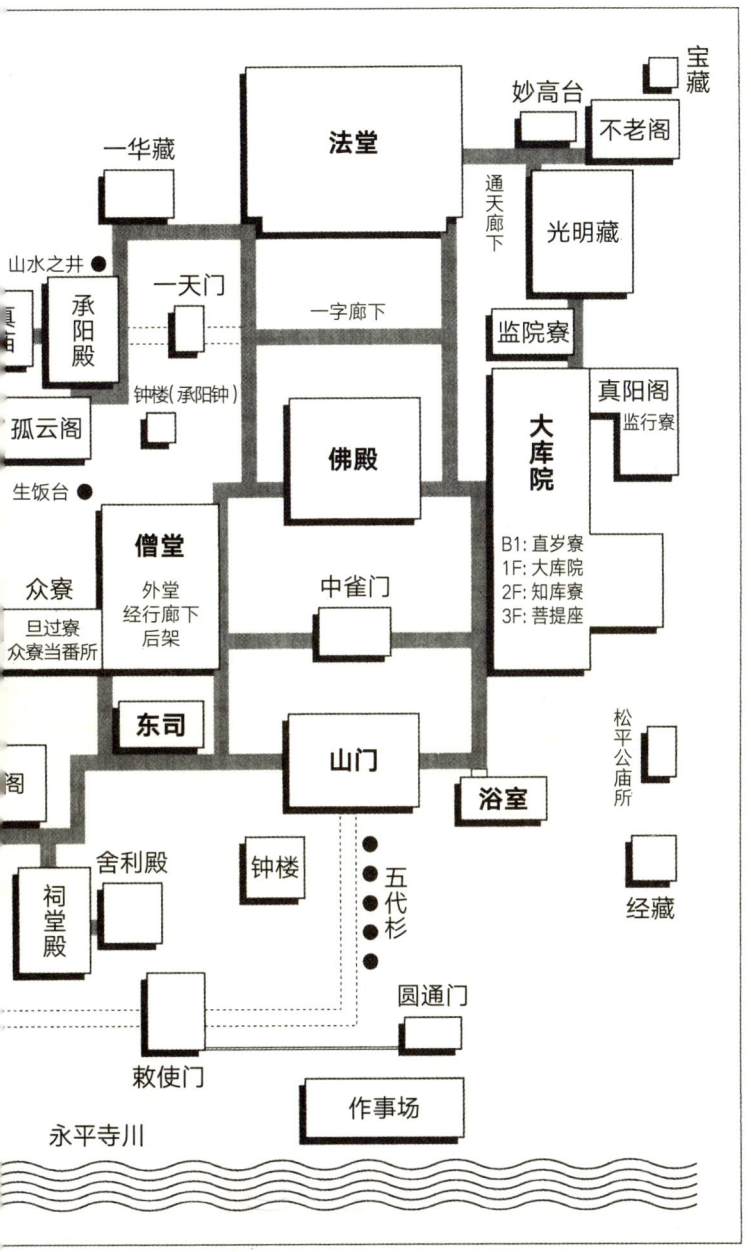

云水一年

永平寺修行记

[日] 野野村馨 —— 著 吴继文 —— 译

南海出版公司

青马(天津)文化有限公司
出 品

目录

▲▲ 第一章
结束,以及开始

- 3 遍 参
- 11 地藏院
- 23 龙 门
- 29 山 门
- 35 且过寮
- 41 东 司
- 53 面 壁
- 55 应量器
- 63 晚课讽经
- 66 药 石
- 74 夜 坐

▲▲ 第二章
作法即禅

- 87　朝课讽经
- 93　行　粥
- 102　回廊扫除
- 106　威　仪
- 113　洗　面
- 125　偈　文
- 128　午　时
- 137　警　策

▲▲ 第三章
在黑暗中冻结的孤独

- 145　入　堂
- 150　僧　堂
- 156　钟　洒
- 166　振　司
- 171　钟　点
- 183　反省会
- 191　净　人
- 196　僧　食

203 净 发

209 大 鉴

216 饥 渴

▲▲ 第四章
随流而行时在乎的事

225 逃 亡

230 新到挂搭式

235 开 浴

241 结 制

247 作 务

254 罚 油

262 眼藏会

267 转 役

▲▲ 第五章
微温生命的所在

277 副行兼瑞云阁接头

282 便 用

289 拜 请

294 瑞云阁

300 点 检

305　杂 巾

311　解 制

▲▲　**第六章**
峰之色、谷之响

319　监 行

323　相 见

327　行 者

333　朝 参

339　侍 香

344　开 炉

349　腊八摄心

355　扫 煤

359　岁 朝

363　开旦过

368　打 坐

373　行履调查

381　乞 暇

393　后 记

399　文库版后记

第一章

结束，以及开始

遍
参

在雨声中睁开了眼睛。

一个人被仿佛没有开始也不会结束的无止无尽的幽暗长夜包围着。

然而我还是在完全的漆黑当中不知不觉睡着了。那是一场连自己都觉得害怕的极深沉静寂的睡眠。

"下雨了……"

我蜷缩在棉被里,一面听着打在外头庭木叶片上的雨声,一面对自己在这样的清晨可以如此冷静而感到有些讶异。除了眼前所见房间中的摆设不一样以外,老实说其他并没有什么变化,不过是又一个普通的早晨而已。

从这家住了一宿的老旅店离开时,壁上的挂钟正要开始正午的报时。

在柜台结算过住宿费,我将仅剩的零钱随手放进旁边的乐捐箱。拉开玄关的格子门,雨滴还在敲打着空地的卵石,笨拙套上的新足袋①瞬间被浸湿。我不禁有些踌躇。但只要再踏出一步,就没什么好迟疑的,随它去吧。

刚剃过的光头上戴着网代笠②,身上包缠墨染衣,胸前搭着袈裟行李,背上挂着后附行李,脚上绑白脚绊、套白足袋、穿草鞋,我拖拖踏踏地走上雨中的街道。

重重山峦围成一个自然结界,有如湖面上扩散开的波纹,永平寺的门前街就静静地横亘其中。

路只有一条。本来没有人迹的地方,因为某些原因而变得人来人往,被小小的脚印踩久了,就成了一条路。永平寺前这条商店街就给人这种感觉。

我在这条看不到尽头的路上,既无从避雨也没有避雨的念头,唯一心朝永平寺山门默默走去。

幽幽缠绕的老树枝桠,遮蔽了落雨的铅灰色天空,路两旁叫人联想到中国宋代山水的岩块,从寸草不生的山坡峥嵘外露。道路也好,树木、岩块也好,进入视野的一切,都被这场春雨濡湿,发出幽暗的反光,仿佛有轻微的胎动

---

① 足袋为日本布袜,大脚趾部分与其他四趾分开。译者注,下同。
② 网代笠是以薄木片或竹篾编成、如覆钵形的斗笠,为日本僧侣、行脚僧的典型配备。

从地底传送到脚边，一种不舒服的沉重之感令人有些喘不过气来。

关于出家，从起心动念到变成一股决心，并没有经过多长时间。

"我要去永平寺了哦。"

在爸妈家的餐桌上，我一边吃晚饭一边对他们说。

"是吗，什么时候去？"

对我所谓"去"的意思完全理解错误的妈妈，用那种好像自己也想一起去的语气问道。

我说明了下定决心的原委。但他们的惊讶之情比我想象中还轻微，让我多少有些错愕。

惊讶还是有的，但在他们看来，比起我老爱去亚洲政局动荡的国家或一般观光客不去的偏远地区旅行，成天担心我遭遇不测却无计可施，或许去永平寺还更叫他们放心也说不定。

在为上山去永平寺做准备，一一整理身边琐事的过程中，逐渐感觉社会离我越来越远。

想想还真是滑稽。由于对世俗生活的倦怠，对身边一切都感到厌烦，难以忍受，为了逃离，于是决定出家。可一旦社会开始慢慢离自己远去，却不禁有些落寞，一天比一天伤感。

从每天下班后去游泳的泳池大窗看到外头开满枝头的樱花，好几次在心里告诉自己"这是最后的樱花喽"。梅雨天突然放晴的时候，在镰仓的山路上突然看到提早露面的夏日蓝天，也会自心底涌起一阵恨意。

只要想到这是最后一次，眼睛所看到的一切就都令人格外珍惜，好想紧紧拥抱。而对于逐渐加速的季节之流转，也总是感到无来由地哀伤与恐慌。

就在这样的心境下，夏季尾声的一个周末，峰子来逗子的租屋处找我。

"听到野野村君要出家的消息，我一点都不觉得意外。"

两人并坐在屋侧走道的地板上，仿佛观赏电影般看着眼前的小小庭院，峰子低声嗫嚅道。

"真的？为什么？"

"我也不知道，就是觉得挺理所当然的。"

"是吗。"

峰子是大学时代认识的朋友。我们虽然平常往来并没有特别密切，但都很珍惜两人共度的时光。这种微妙的距离，也是出于对彼此的体贴。

"这件事，不会是悲剧吧？"

"啊……当然不是。"

她突然这么一问,叫我迟疑了几秒才回答。

"我不希望这样。如果变成悲剧,我是不会原谅你的。"

我自己也不太确定。对于将要重启的人生,不可否认我是怀抱希望和期待的。但另一方面,我又忍不住有视作悲剧大哭一场的心情。

"那,我等你可以吗?"

手上装了冰麦茶的玻璃杯里冰块发出"喀啦"一声时,峰子问了一个意外的问题。我马上明白了峰子"等"的意思。

"咦,等?到底要等什么呢?是说想要躲在哪里等我剃光头后跳出来大声笑我吗?与其这样,不如像我以前告诉你的那样,找个善良又老实的上班族大谈一场恋爱,然后到无人岛举行婚礼吧。我到永平寺以后大概是没办法出席你的婚礼了,不过我一定会在寺里诵经,祝愿你们永浴爱河的。"

"……"

峰子八成是哭了。两个人认识以来,第一次陷入如此漫长的沉默。虽然不确定是因为什么,但无疑过去怀抱过的想要在社会上打拼的一点热情已经不在,连像一般人那样过日子都没办法,于是选择逃脱。我希望峰子不要等这么没用的家伙,并真心诚意祈愿她幸福。

我们都没有看对方,只是并坐在地板上。风从开始失去夏日辉光的海上吹过来,我们凝望着眼前被吹得摇摆不定的枫树，定定地、定定地看着。

穿过寺前商店街时雨势稍歇，铅灰色天空也比先前明亮了。沿路仿佛精细镶嵌出来的小商店一间连着一间，因为下雨而失色的风景当中，色彩鲜艳的土产、纪念品显得特别醒目。当我微微抬起被雨水打湿而稍显沉重的网代笠，看向笔直街道的尽头时，不禁停下脚步。

"看到五代杉①了！"

树龄据说有七百年的高耸巨木，在水汽氤氲中若隐若现，强烈的威压之感迎面扑来。在五代杉下面，永平寺的山门应该是开着的吧。我终于来到了这里。

的确，从起心动念到下定决心出家，并没有经过太多挣扎。问题是之后，"现在后悔还来得及，如果要放弃就趁现在"的念头，内心深处剪不断理还乱、对红尘俗世的眷恋，就像一波波涌向海岸的怒涛，周期性地向我袭来。如今穿行在寺前大街，抬头看到五代杉时，心中又掀起了巨浪。

这是回头的最后机会了。突然觉得血液一阵沸腾，全身冒汗，仿佛被高耸的五代杉震慑而不得不后退似的。

---

① 五代杉位于唐门至山门之间，为纪念十四世纪初复兴永平寺伽蓝的五代祖义云禅师而得名。

然而我还是迈出了下一步。此时此刻,除了继续前进已经没有其他选择。水撞击在岩石上,遇到堤坝停留打转一下,最后还是流到了这里。我相信就这样顺势流进永平寺山门,是最自然的结果了。

再次迈步时,突然被泡了雨水的草鞋的沉重吓了一跳。冻得僵硬的双脚踩在沥青路上柔软异常,简直像要被吸进去一样难以举步。

一旦开始感觉,到此刻为止一直麻痹的身体五感同时苏醒,这才注意到自己的身体由于下雨而冻得厉害。搭在背上的行李,加上无数的不安以及若有若无的希望,重重地压着双肩。

身心都在颤抖,发出"嘎嗒嘎嗒"声。脚步益发沉重,雨水也更加冷冽地渗进皮肤。

就在几乎要被冷雨击溃时,经过一家茶店。从打开的窄仄入口里边,一个老婆婆忽然出现,颤巍巍地跑到我身边,对着我大声说:"云水桑① 加油哦!"

一瞬间,因寒冷和紧张而僵硬的双颊滚下两行热泪。为什么会流泪我自己也不知道,而且停不下来。仿佛在那

---

① 云水取"行云流水"之意,指为了修行而云游各地的行脚僧。桑是对人的尊称。

一刻，一路所背负的失望与沮丧、后悔与眷恋，决堤一样从双眼流了出来。真想号啕大哭，将心中郁积的纠结情绪流得一干二净。

直到今天，我仍忘不了当时的泪水。

总算把模糊的泪眼擦干，来到地藏院的斜坡下。这里是上山云水的所在。

当我抬头看见地藏院时，内心已经一无烦恼。接下来就是走上这道斜坡。一路走来的岁月变得如许悠长，脑海中不断闪过过往人生的各色光景。

只要登上这段斜坡，人生中的某些部分也就告一段落了。

父母、朋友叫人怀念的容颜，在脑海里闪现又消失，我对着他们一个个说"谢谢"与"再见"，然后走上斜坡。

地藏院

登上斜坡后,我依照预先收到的指示,拉过门口旁边挂着的木板,以木槌用力敲打了三下。每打一下,木板干硬的声音就在身体深处回响一次。

这座地藏院是永平寺的塔头(大寺所属的分院)之一,自愿上山的人正式上山前一天会在此暂住一宿,接受点检与指示。简单说,地藏院就建在娑婆①与佛界的交界前面一步之处。

打过木板,我从正门进入地藏院,看到先来的两位正默默地闭目伫立。我没说什么,也学他们朝向地藏院大门站着。

从现在开始会发生什么事,我一概不知。唯有用力深

---

① 娑婆为梵文"sahā(大地)"音译,指释迦牟尼佛所教化的三千大千世界,通指我们生活的俗界。

吸一口气。闭上双眼,听到雨滴从屋檐滑落到石板地迸散开来,在背后广阔的寂寥之中激起轻微的回音。

不久,陆陆续续又有人敲打木板,八名上山者都到齐了。每个人都因为前程未定而难掩不安,双唇紧闭,一动不动。

上空低垂的雨云不知何时散去,地藏院的屋檐下照进温和的春阳,突然紧闭的大门打开了。

眼前出现的这位云水,仿佛独自承担了世上所有不满,表情苦涩严峻。

我们听从他用凶恶口吻发出的命令,从边上开始一个一个大声报上自己的名字。每个人卯足全身力气,几乎是喊出来的。

"听不到!"

立刻被骂了回来。

"只能发出这种声音的家伙,休想修行!"

"像你这样的家伙,不如滚回家去算了!"

我们的声音够大,不可能听不到。这样不合理的回应,首先是在考验上山者愿心的强弱。

一次又一次声嘶力竭拼命喊叫,感觉全身血液都要逆流,从喉咙里喷出来似的。呐喊声此起彼落,只有获得允许的人才可以脱下草鞋,走进沉重的木门里面。

最后只剩下我一个人留在外面。每次用力呐喊,声音就变得沙哑一些,更加难以发出想要的音量。天晓得我还要像这样喊多久。

早春的残阳逐渐暗淡,当最后一道光线自地藏院屋檐下隐去时,四周立刻被山间的冷冽空气所包围。

终于获得允许脱下草鞋的时候,整个山区都被夜色笼罩了。从冻得失去知觉的脚上脱下濡湿冷硬的草鞋和足袋,我走进屋里。

进去一看,里面不是别的,是小而美的寺院本堂。走上前去,首先得到的指示是用准备好的纸砚,写下自己的姓名与来历。纸上已经依照脱草鞋的先后顺序写好了名字。

此刻,一旦在这张纸上写下姓名,就要与之前的社会关系完全断绝了。墨水渗入纸张的刹那,手上的笔也跟着轻轻颤抖。

等到我填好所有资料,负责的云水只留下一句"接到下一个指示之前给我正坐①等待",即转身离去。

比我先脱草鞋的同伴已经面朝里面默默端坐。我也依

---

① 正坐或作正座,即日本式跪坐——上身挺直,屈膝而坐,臀部置于脚掌之上,双手置于膝上。

照指示，将硬邦邦的脚打弯，坐在他们后面。

时间分秒前进。即使地藏院墙上挂了钟，也没有心情去看一眼。另有别的东西让我们明确感知到时间的流动。那就是逐渐发疼的脚。

榻榻米变得像石板一样硬，慢慢地，除了两脚疼痛完全失去其他知觉。脚就像要被折断一样，疼得叫人一阵阵恍惚。睁眼一看，其他七个人也正为脚疼而痛苦。

最后才被允许脱下草鞋开始正坐的我，比起他们，想必疼痛轻多了。他们的疼痛肯定比我剧烈好几倍。我对自己的松弛涣散感到羞愧，赶忙抖擞精神端正坐好。

天井的电灯突然亮起。我们与脚痛较量着，不知不觉天就黑了。重见光明才惊觉时间无形无影却分秒流转不息。

刚才的云水再度现身，以明快的指示带领着我们。看来晚餐开始了。

本堂的侧边是排列成冂字形的长桌，汤菜装在朱红色食器中整齐摆放在桌上。最大的食器装的是米饭，次之是味噌汤，最小的里面放着一点青菜。最后传过来一盆酱菜，每个人拿筷子夹几片放在饭碗的边上。

负责的云水确认一切都分配好后，跟我们简单说明，如何和着名为"戒尺"的拍子木①打出的节拍声,一起唱诵《五观偈》②。接着他举起戒尺开始缓慢击打,同伴们跟着唱诵起《五观偈》。不会的就我一个,只能错愕地站着。

由于身心处于紧张僵硬的状态,原本忘了肚子饿这回事,等到食物像这样在眼前一一摆好,立刻感觉饿了起来。麦饭也好,油炸豆皮煮的味噌汤也好,还有几乎煮成透明的白萝卜片,每一样看起来都比平常好吃很多。

但是并没有慢慢咀嚼品味的时间。装在大药罐③里的茶汤已经传过来了。邻座同伴接过药罐,将茶汤注入装麦饭的碗时,我心里叫了声"完蛋"。

我把酱菜吃得一干二净。开始用斋前,我们被告知不要把酱菜全部吃光,留下一两片,等茶汤来时,用酱菜刮洗饭碗,然后把汤喝光。

已经吃进肚子,后悔也来不及了。我装作用筷子夹着酱菜,在碗里刮了几下,然后若无其事地将茶汤喝光,满嘴都是焙茶④的清香与甘味。

---

① 戒尺是说戒坛上说戒时的法器,为两块长方形小木,一俯一仰,可相击使鸣,也可以其拍击声引领僧众随拍唱诵,故又名"拍子木"。
② 《五观偈》是僧侣临斋食时所应做的五种观想,内容详见第二章《行粥》一节。
③ 药罐是以铝、铜或珐琅所制的铁罐型容器,用以煎药或煮开水。
④ 焙茶为小火烘烤的绿茶,无苦涩味,有独特香气,对胃刺激较小,日本人常配合三餐饮用。

吃过晚餐后，又来了三四名云水，开始点检行李。我们面对面排成两列坐下，面前摆着各自带上山的袈裟行李和后附行李，加上一具坐蒲团。接着依照指示顺序解开行李。行李里面的东西，都是上山之前通知单上详细规定的。

袈裟行李中放的是：袈裟、血脉①、龙天善神轴②、《正法眼藏》③、上山许可状、印鉴、保险证、应量器④；此外还有如修行期间本人因故死亡，作为吊唁用的涅槃金一千元。

后附行李中则有：盥洗用的牙刷、牙粉，净发用的单刃安全剃刀，袜子与足袋，以及针线盒。

这些物品依照一定的折叠、收纳方式分别装在两个行李袋中。

每个人一一接受严格的行李检查，规定之外的东西一律没收。我的手帕被没收了，其他人则是现金、手表、肥皂、成药。有一个同伴因为花粉症过敏而带的一大堆卫生纸，也全都被没收了。没收物品被放到写了各自姓名的塑

---

① 血脉在此作为专有名词，指记录自己皈依、受戒系谱的文件，取"血脉相承"之意。
② 日本曹洞宗修行者为了自身安全、道心增长，于居处安置写有龙天护法善神名字的挂轴，一般为"白山妙理大权现"与"龙天护法大善神"。
③ 《正法眼藏》为日本曹洞宗开祖道元所著，共八十七卷，收录了其思想之精髓。
④ 应量器为僧侣用斋的食器，对应自己的食量而受食，故名。

料袋里统一保管。

点检完成后,接着将解开的行李恢复原状包好。两件行李都是用鼠灰色的棉布包裹的。这几块棉布不单用来包裹行李,同时也是修行生活中不时会用到的洗面手巾、服纱①、护膝布。我们以仪礼般繁复的手法用这些布巾包裹着行李。

终于包好之后,我看了一下其他人,发现有人呆在那里什么都没做。

"嘿,为什么不会包?这么重要的行李竟然不是自己打包的,你哪根筋不对!"

云水一边怒骂,一边狠狠甩他巴掌,我们都被那惨烈的声响吓到,一起转过头去看。

由于事出突然,被打的同伴只是睁大着眼睛在那边发抖,一句话都说不出来。我们其他人也因为搞不清楚状况而狼狈不堪。

一天下来表面上的平和,至此被撕得支离破碎,露出可怕的、暗黑的真相。会不会我们来错了地方?

行李的点检告一段落,我们从原地站起来,开始点检衣服。衣服也和行李中的物品一样,都在上山通知里做了详细规定。

---

① 服纱或作袱纱、帛纱,仪礼时用的单层或双层方形丝绢。

当天全身的装束是这样的：纯黑无花纹的直裰①、纯黑的络子②、白色以外素色的袍子、黑色手巾、角带③、白脚绊、白足袋、网代笠。内衣为白色，如太长则必须自手肘、膝盖以下剪断。眼镜必须是黑框的。

所有人排好队后，由一名云水指挥，将身上的衣服一件件按顺序脱下，每脱一件，云水即教给我们正确的折叠方法。直到最后身上只剩下内衣，内衣也一一点检。点检结束，接着以相反顺序，按正确穿法将刚才脱下来的衣服一件件穿回去。

在永平寺，依照规定作法正确而优雅地整束自己的外表，也是修行的要素之一，受到特别的看重。问题是，我们这些人直到昨天还是穿着西式服装生活、工作的。和依照身体线条立体剪裁的西式服装不同，直线裁剪的传统衣袍，不是一朝一夕就穿得惯的。又有几个同伴被大声斥责。

好不容易大家都穿戴好了，接下来教我们举行法要或仪礼时须知的各式基本进退。

首先是合掌与叉手的正确姿势。双手合掌时，指尖高度要与鼻齐。叉手则是左手握拳，拇指置于拳心，然后以

---

① 直裰即上衣，又称大衣。
② 络子是从上套下来的小袈裟。
③ 角带是以较硬面料缝制的男性和服腰带。

右手包覆之，放在胸口的位置。基本上除了坐着还有合掌之外，都要这样叉手交握。如此一来，无论是站着还是走路，手都不会摇来晃去。

其次，合掌或叉手时，手肘必须撑开举高。手肘位置的高低，也是用来判断古参[①]或新到尊卑序列的方法。

"你们这些家伙怎么回事，只会这样合掌吗？"

或许是紧张和害怕的缘故，有的同伴身体僵硬反应迟缓，马上就被扇了耳光。在被扇时，他们条件反射地举手来挡。

"喂，你的手在干吗？怎么教你的，混蛋！"

连骂带打，巴掌一次比一次用力。肉打在肉上迟滞却刺耳的声音响彻堂内。同伴的脸颊很快又红又肿。

"你们给我听好了，绝对不许反抗，知道吗？"

这是我有生以来第一次看到对一个毫无抵抗的人施暴的场面。

之后还是教我们各式各样的进退仪节，对做不好的人照样毫不留情地拳打脚踢。大家在错愕中，一面想着无法反抗可能的后果，一面拼命记牢云水前辈的教导。

对古参要绝对服从。不管任何场合，都不许直视古参

[①] 古参或作老参，在佛界指较早进入禅门修行的前辈，一般泛指有经验、老资格的人；相反则是新参或新到。

的眼睛。和古参说话,唯一可以用的词就是"是"或"不是"。

我们毫无例外都是接受近代教育长大的,从小就被教导平等乃是每个人的基本权利。和别人说话的时候,要注视对方的眼睛,以恰当的语言表达自己的意见,这样才是待人接物应有的态度。然而这一切在一夜之间全部被否定了,平生所知所学,以及作为一个人的尊严,在此被简单地彻底抹杀。

在责骂、踢打中硬着头皮学习的一连串仪节作法终于告一段落,取出靠里的橱柜中收纳的棉被在堂内铺好,就寝时间到了。

内心很想早一点休息,却翻来覆去怎么也无法入睡。可即使能够入睡,明天早上醒来后将要面对的境况也叫人焦灼难安。光是想一下都快喘不过气来,胸部闷闷的很不舒服。

在完全看不到一点光明的幽暗之中,突然有掉进水里的感觉。不管往哪个方向看过去,都没有可以爬上去的岸,也没有可以抓的木片。为了呼吸,拼命用手脚划水,也只能勉强让脸露出水面。不知道像这样窒息般的痛苦,我到底能撑多久。

可是一旦来到这里,就已然没有退路。入口和出口都被重重地堵死,没有其他的可能了。这是一种近乎绝望的感觉。

脑子里尽想着这些负面的东西,不经意转头看到两旁,其他人也一样睡不着,都眼神呆滞地盯着漆黑的天花板。是啊,受苦的不只我一个人。身旁的同伴也在和我一起分担痛苦。这念头是那个晚上心中唯一的安慰。

闭上眼睛注意倾听,分不清是雨水还是激流撞击岩石的声音,在地藏院外面的漆黑之境轰轰作响。

龙门

"听清楚了,这生姜汤是前辈们一大早起来为你们准备的。大家趁热喝了暖一暖身子,接着就要进永平寺的山门了。"

厚厚的白色汤碗里,注入淡琥珀色的姜汤,热气画着曲线袅袅上升。捧近嘴边,生姜的清爽香气刺激着嗅觉,昨晚的一切就此被忘在遥远的彼方。

温热的甘露般口感的姜汤缓缓流进喉咙深处,蔓延到全身每个角落,体温立刻微幅上升。

地藏院的一夜,其实极度短暂。脑子里尽是些无谓的胡思乱想,对当下处境一点帮助也没有。还记得最后一个念头是"大概今天晚上是别想睡着了",正想着,天花板上的电灯就大亮,起床时间到了。

窗外依然被漆黑的夜色笼罩，没有任何天亮的迹象。我们依序快速完成盥洗、简单的早课勤行、早餐、清扫，然后穿戴成昨天站在地藏院前面的模样。

喝下一碗热腾腾的生姜汤后，自昨天傍晚即紧闭的沉重木门重新打开，我们提着行李排队走出去。踏出大门的瞬间，清晨的寒气有如针刺在身上，不禁让人一阵哆嗦，也让我们清楚地认识到这就是自己目前身处的现实。

带着一颗黯然的心，穿上昨天被雨水浸泡过的冰冷草鞋；穿好起身时，不经意地回头一望。

昨天在这里站了许久，一度怀疑自己能否顺利脱下草鞋，心中充满日暮途穷之感。

最终还是获允脱下草鞋，走进了门里。眼前所见光景和昨天完全一样，但我已经不是昨天的我了。只是昨晚在那里面住过一宿，原来那个熟悉的我已然不存。如今回头一看，自己的身影、足迹，一切的一切都消失无踪。

我们背上各自的行李，在下颚系好网代笠的绪绳，由负责的云水带领，离开了地藏院。

林间浓浓的雾霭中，回荡着草鞋的步履声。周围的草木仿佛为了静待即将到来的天明而屏气凝神。森罗万象都静止了。

走过积着淡蓝残雪的灌木丛没多久，路弯向左侧，开始变成铺着长方形石板的参道,两旁是郁郁苍苍的高耸杉木。在一处看上去像台阶的地方,领队的云水停下了脚步。

这里左右立着一对石柱,上面深深镂刻着两行文字:"勺底一残水,汲流千亿人。"典出道元禅师①故事——每次用水只用一半,剩下的一半回归山谷溪流。从这里往前望去,宽阔的参道穿过成排微暗的古杉,直线一样滑向永平寺的伽蓝。看到伽蓝的瞬间,心跳突然加速起来。

"此处是永平寺的总门,称为龙门。所谓'龙门',意指'只要跃入佛法的大海,再小的鱼也会渡化为龙'。有志修行的人一旦通过这道门,就成为龙。修行终了,走出这道门归返外界时,又会变回一条鱼。"

这对石柱包夹下的龙门,位于我们所站立的石板与前面稍稍高出几厘米的石板之间,如果不了解,还以为只是前进时不小心会踢到的一个小小石阶。但对我而言,现在这个不起眼的小阶,已经高得超乎想象。

我们一个接着一个越过结界,踏入永平寺的净域。

"啊,这样一来我也变成龙了吗……"

一边想着一边将笠檐抬高望向天空,蓝色的冷空气从

---

① 道元禅师(1200－1253),1214年于天台宗公圆法师座下出家;1223年随师明全渡宋,后受曹洞宗天童如净禅师印可;1228年返日,积极传授"只管打坐""修证一如"法门;1244年于日本北陆福井境内兴办大佛寺,即今永平寺。著有《普劝坐禅仪》《正法眼藏》等。

遮天蔽日的古杉枝桠间穿过落在脸上。

从据闻树龄有七百年的巨木底下，我们的网代笠连成一条细细的线，朝山门前进。在超乎想象的漫长星霜之间，想必这些古杉就是像今天这样一次次俯视着云水们走向山门的吧。

随着脚步的前进，我们离外界越来越远，接近永平寺山门时，心脏的鼓动也越来越快。

没多久，石板路在敕使门①前结束，我们从敕使门向右转了个大弯，沿着高墙旁边的小径走去。这里被称为"作事场"，一间间屋舍，是过去负责修复整建永平寺伽蓝的木工居住的遗迹。

顺着小路来到一座小矮丘前，我们从它前面所建的圆通门旁边绕道过去，视野突然开阔起来。

"啊，到这里再也没有退路了。"

被拔地而起、高耸入云的五代杉所围绕的永平寺山门就在眼前了。心跳越来越快，每走一步，山门就显得更加高大。我们的脚步没有办法迟疑，也没有余裕处理心中不断涌现的一个又一个疑惑，待回过神来，已经站在山门之前。

---

① 敕使门又名唐门，只有皇室使者莅临或永平寺新住持就任时才会开启。

这座巨大的唐样①重层造山门,外形就叫人充分感受到其历经风霜却巍然不动的绝对存在感。

楼上正面挂着一块据传是后圆融天皇在应安五年(1372年)所赐,上书"日本曹洞第一道场"的庄重匾额;山门左右则有四大天王②造像,严厉而沉静的眼神常给走近山门的人一种威压之感。

带队的前辈云水让我们面向山门排成一列,交代我们在悬挂于门侧的木板上轮流各敲打三下,静待下一位负责的云水,说完即转身离去。

依序敲打木板,最后轮到我。我有样学样,来到木板前面。

山门挂的木板是坚硬的榉木厚板所制,中间却深深凹了进去,几乎洞穿。让人不禁感慨,有多少云水带着怎样的心情敲响过这块木板。

曾经不知多少次梦见自己站在山门之前。有时是船只航行在金色大海中的瑞梦,有时则是无处可逃的自己登上断头台的噩梦。

无数的迂回曲折造成无数的希望与失望,最后就像这

---
① 唐样为和样的对称,在建筑上特指日本镰仓时代与禅宗一起自中国东传的建筑风格。此外也有唐样的美术工艺品。
② 四大天王为佛教著名护法神,分别是东方持国天王、南方增长天王、西方广目天王、北方多闻天王。

样站在永平寺山门前,即将敲响木板。至于自己的选择正确与否,我相信时间会给出答案。

我抓住吊绳,将木板拉近,右手竭尽所能高举撞木,然后用尽全力敲打下去。

木板坚硬又清脆的敲击声,打破黎明前微暗山谷的静寂,在七堂伽蓝[①]间回响起来。

[①] 伽蓝为僧侣修行的清净处所,为梵文"samghārama"音译"僧伽蓝摩""僧伽蓝"之略。禅宗寺院由七种建筑——山门、佛殿、法堂、僧堂、库院、浴室、东司组成,故名"七堂伽蓝"。

山门

等待已经不再是件辛苦的事。不管是沉积在树林底部的刺骨冷气，还是从脚底将体温吸走的冰冻般的石板，对此时的我都不是什么大问题了。真正严重的是，如今的我被超乎想象的洪流吞噬，载沉载浮，心完全失去了平静。

然而一旦过了振幅的高峰，乱了节奏的心跳，心里复杂而纠缠不清的线，便突然在某一点上犹如虚脱般化解。这是来到山门多久之后发生的事，我已不太清楚。与此同时，客行[①]出现了。

客行一语不发，在严肃的气氛中绕着我们巡检了一遍。他每踏出一步，铺在石板上的木条踏板就发出"咔嗒"一声，此外听不到任何声音。一旦感觉到客行接近，我马上僵直身体，屏住呼吸。

---
① 客行为"客头行者"略称，禅林职役名，隶属于负责接待宾客的知客指挥。

旋即，客行毫无预兆地快速走近一个同伴，用低沉的声音问道："你为何而来？"

由于事发突然，同伴愣了一下，随即大声答道："为修行而来！"

"是吗，那所谓'修行'到底是什么？"

"……"

"我在问你是什么！"

"……"

"你刚刚不是说为了修行而来吗？那是什么？你其实不知道只是随口说说吗？"

"不是！"

"那就赶快告诉我！"

突发的提问叫人根本来不及将心里的话完整表达出来；就算有时间思考，但这问题也未免太大了些。

"这种胡言乱语的家伙没有资格进这个门！还不快给我滚回去！"

原本刻意压低的声音变成怒骂，客行突然抓住同伴的衣领，将他从山门的石阶推出去。他一个没站稳，就从石阶上滚了下去。等他慌忙起身爬上来，客行又毫不留情地把他推下去。

"叫你回去听不懂吗？"

他再一次狼狈地跌落。之后，客行又将试图爬上来的他推落好几次。尽管越发跟跟跄跄、脚步不稳，但每一次他都还是拼命爬了上来。

因为，他背负着必须爬上来的沉重理由，即使他很想逃走。

永平寺作为曹洞宗的大本山，上山来修行的云水中，出身家传寺院的占了绝大多数。他们不久前还在多半是所属宗门创办的大学中，和其他学生一样，讴歌着青春的闪亮。

还带着学生生活习惯的他们，就这样剃光头、穿上墨染衣，来到永平寺山门前。我想其中有些同伴，是在扮演老师角色的父亲的熏陶下，发愿自己也要做僧侣，接受修行的挑战，于是穿上草鞋的吧。想必还有几个人是对自己与原生家庭间剪不断理还乱的因果，抱着复杂的心情上山来的。这位被整得很惨的年轻同伴就属后者。

如果来到这个世界之前，已经在冥冥之中被铺好生命之路，出生以后即心无旁骛地沿着轨道前进，这种人生在某种意义上是比较容易的吧。但是接受过强调自由的现代教育的洗礼之后，如果不被允许以自己的方式经营人生，只能选择将一切奉献给家庭，因而对自己的处境产生大大的疑问，也是必然的吧。

"发菩提心"——发起为求开悟而走上佛法修行之路的愿心。来到永平寺的年轻云水们，肯定都是以这几个字为出发点而穿上草鞋的。当然也有一些人是由于痛恨自己面临的境遇，于是含泪放弃从小怀抱的未来之梦，带着一颗断肠之心上山来的。

不管背后的理由是什么，这些年轻人都是毅然告别了多年来的自由生活，背负家族或施主的热切期待，在喜悦的祝福饯别下，一个人出发来到福井①的深山的。对此刻的他们而言，即使想要逃离，这个世界上也已没有地方可以安之若素地回去了。所以，尽管一次又一次地被推下去，也还是要爬上来。

之后，像这样逼问、詈骂、扇耳光、踢下石阶的情节又一再上演。

比起山门的巨大，我们跌倒的身体简直小得不成比例；比起这里绵长的岁月，我们这二三十年的生命，也短暂得微不足道。在这座巨大而威严的山门面前，我们有如微尘般被抖落。尽管如此，遇到任何状况我们都彻底放弃抵抗，尽一切可能让自己留在原地。

---

① 永平寺位于日本北陆福井县的山区。

如此这般，每个人问答过一遍后，客行徐徐走到山门中央站定，指着左右两边的柱子：

"你们有人会读这山门的对联吗？"

所谓"联"就是左右成对挂在墙壁或柱子上，雕刻有书法或绘画的细长木板。永平寺山门的对联乃文政三年（1820年）时任住持的大运法乘禅师所作，从朽坏的程度可见其历史之久长。但直到今天看起来，字里行间还能感受到博容师父精神与气魄的强大能量，那些字好像还会化为温热的墨滴在我们眼前飞散。

"右联'家庭严峻不容陆老①从真门入'，意指永平寺的寺风非常严格，即使是拥有财富、位高权重或聪明绝顶的人，如果不是真正发大心愿，也不许踏入这道门一步。

"左联'锁钥放闲遮莫善财进一步来'，是指永平寺的山门就像现在这样没有门扉，永远都是对外开放的，如果怀抱求道之心前来，随时都可以走进来。

"可以踏进永平寺山门的，只有那些抱着必死的觉悟以生命挑战修行的人。你们再问自己一次，确定抱有这种觉悟的人请脱下草鞋。"

周围瞬间陷入深沉的静默。过了好一会儿，不知道是

---

① 陆老或是指唐代南泉普愿禅师（748－834）的在家得法弟子宣州刺史陆亘大夫（764－834）。

谁开始的,同伴们陆续脱下草鞋。

待所有人都脱下草鞋,我们再次排成一列,将行李与网代笠摆在自己面前,然后朝正前方的佛殿行到达之拜。

每一拜都要额头着地,将自己的身心毫无保留地交出去。此时突然觉得整个人精神一振,仿佛笼罩树林的雾霭在晨光照射下突然散去,身心都轻快了起来。

到达之拜结束后,终于可以跟随客行踏进山门。我们在回廊中左弯右绕,逐渐进入永平寺的核心区域,朝着更深处移动。微暗的伽蓝内部,不管走到哪里都寂静得叫人感到不安,触目所及的一切都发出沉郁的幽光,以庄严简洁之姿各安其位。

旦过寮

回廊尽头悬挂着墨书"接宾"两个大字的木板,我们从那里左转进去,即是纸门隔开的两个相连的房间。这个地方名为"暂到到着所",是进入山门的修行者首先落脚的临时住处。

我们被带到里面一间,将行李从肩上卸下放进壁橱里,即刻面壁正坐,等待下一个指示。小巧的壁龛[①]上挂着一幅书法,一个房间约八叠[②]大。我们八人紧闭双唇,不发一语,压低着呼吸面壁而坐。

大约过了一个钟头,纸门突然被拉开,发出很大的声响,好几个云水走了进来。房间的空气霎时变得紧绷。

---

① 壁龛为和室一角的装饰性空间,多摆设挂轴、插花、陶瓷器等。
② 叠为日式汉字,既指榻榻米,也是面积的单位。一叠即一张榻榻米大小,约1.62平方米。

"各位,这是什么地方你们应该都很清楚吧?这里可不是娑婆世界。如果想浑水摸鱼,二话不说赶出去。知不知道?"

对这种突发状况我们全然无措,只能屏息以待。就在这时,随着一声"你是怎么坐的"的喝斥,邻座的同伴被一名云水从后面抓着衣领往外拖去。

"刚才说的话你到底有没有在听?如果连这种程度的正坐都无法忍受,根本没资格在这里修行。你是不是想放弃,喝!"

衣领被紧紧抓着一直往外拖,同伴叫喊着试图抵抗。看他这样,云水踢了他一脚就放了他。同伴急忙回到原位把坐姿调整好。

"你们其他人也一样,刚刚的话给我好好记住了。"

随后,纸门"砰"的一声被用力关上,留下一阵叫人难受的气息在房间飘荡。我们错愕不已,被晾在那里,唯有继续默默端坐。

古参云水突如其来的一喝之后,又有一位客行出现,依照他的指示,我们在一本大记录簿上写下各自的履历。那是一本留下无数前辈笔迹的厚重簿子,我们都仔细填写以免出错。

花了不少时间才填写完全部的履历,接下来和在地藏院时一样，每人分配到一汤一菜的餐点。但这时既不觉得饿，对美味与否也毫无意识。还没弄清楚这一汤一菜到底吃到哪里去了，我们又迅速扛起行李，跟在客行后面离开了暂到到着所。

从刚才挂着接宾木板的地方，我们通过众寮①侧边廊道，在僧堂前面沿着阶梯往下走。此时伽蓝内依然像被铅板围住一样，不管哪个角落都弥漫着沉重的静谧。

走下阶梯后右转，接着往窄仄回廊的深处走去。大概是因为在犹如复杂迷宫的微暗回廊和阶梯忽左忽右、忽上忽下，所以到底正朝哪个方向前进，我们脑中一片空白。一边抱着不安的困惑一边跟着队伍往前走，最后客行在写着"旦过寮"的挂板前停下。

这就是传说中的旦过寮吗？一如字面所示，旦过寮本来是提供给那些傍晚脱下草鞋挂单一夜，到了旦晨——亦即清早穿鞋离去的行脚僧过夜的房间，如今功能稍有改变。

作为新来云水最初落脚的地方这一点没变，而如今一方面在这里试探上山修行者的决心，另一方面也用来调伏

---

① 众寮是指配给初到永平寺修行者的寮舍。

俗世的习气、我见①，让修行者熟习今后修行生活所须遵守的规矩、仪节。在旦过寮的停留期通常是七天，每天从起床到就寝的大部分时间都用来面壁打坐。

旦过寮本来就是接待天亮即去的行脚僧用的，所以我们虽然住了进来，但还不能算是永平寺的云水。经过这里七天苛酷的试炼之后，才能踏出作为云水的第一步。

进入里面一看，不过是平整铺设的榻榻米，此外什么也没有。靠里的是比我们早几天上山的九个人，他们正静静地面壁而坐，身体一动也不动。空气仿佛冻结般，让人感觉芒刺在背。客行首先指定我们的坐处，坐处确定后即分配每个人两册经典以及修行生活中所需的用品，包括：名牌两枚、鞋子一双、毛巾两块、白抹布两块。鞋子为黑色塑胶底，在脚趾位置上方有两片皮带交叉以固定脚掌，很像拖鞋。皮带有两种颜色，我们这些新到为白，古参为黑，以资区别。

这些物品中，名牌是写了我们新名字的。在永平寺，

---

① 我见，佛教术语，指以为"我"乃是实存、常住不变，为佛法中认定的错误知见，类似用语为"我执"。我见通常亦引伸为世俗（相对于出世）的见解。

云水不称姓，只叫名字，而且全部音读而不训读①。比方"雅广"不念 Masahiro 而是 Gako，"克明"不念 Katsuaki 而是 Kokumyo。如果发音正好和开祖道元一样是 Dogen，或者与古参云水发音相同，又或是名字的发音比较不方便时，则会另外取一个名字。

他们给了我一个名字叫"鲁山"。名字实在是个奇妙的东西，本质上只是用来区别自己与他人的一个记号，可一旦改变叫法，尽管还是同一个人，但好像变了另外一个人似的，带着一种有趣的新鲜感。

客行确认各式用品都分派完毕后，接着教我们依照规定的方式正确放置、收纳。比如怎样将小扣钩扣好，依法折好的足袋要收纳在什么和什么之间，该朝什么方向放置，或是两册经典中，哪一册摆右边、哪一册摆左边，还有袈裟折叠好之后，放置时和其他物品的上下位置等，我们仔细记下，一丝不苟地将所有物品准确归位。

"不会再教各位第二遍。明天开始如果有东西没收好放好，即使只差一点点也要全部没收，知道吗？下面开始面壁打坐！"

---

① 音读取汉字的发音，分为南朝传入的吴音、唐宋传入的汉音，以及较晚传入的唐音；吴、汉、唐皆指中国，与朝代无关。训读则取该汉字的日本固有同义语汇读音，只借用汉字的形和义，不采汉字的音。

客行说完就离开了。

于是依照前一天在地藏院脱草鞋的顺序,大鉴、天真、融峰、圆海、喜纯、眺宗、童龙,加上我总共八个人并坐面壁,开始了旦过寮为期七天的生活。

到底能不能好好坐到最后、顺利学会种种仪节和规矩,其实心里充满了不安。但这时的我充分感受到崭新的人生带来的刺激,抱着从此时此地出发让自己再一次面对试炼的决心,整个人激动得不得了。

总之就是把自己豁出去。如果全力以赴了,途中还是免不了失败掉队,那也没关系。那就代表了自己真实的高度与深度,即使只是弄清楚自己的极限在哪里也值得。

我把蒲团拉近,盘好腿,然后深吸一口气,静静地开始面壁打坐。

东司

坐了半晌,来了一位云水,和暂到到着所时见到的前辈神色相似。这时,我才醒悟他们都是负责旦过寮事务的,专门在旦过寮指导新来的云水有关丛林——也就是禅宗修行道场中所有的规矩和作法。

道元禅师对丛林生活行住坐卧的一切都定下了规矩,严格遵守规矩并加以实践即是修行,在实践中一举手一投足皆是佛法。

道元禅师所说的修行,既不是超能力或特殊的冥想,也不是高难度的磨练或苦修,而是在每天的言行中体悟、发现。不可将目的与手段当作两件事。不应该为了开悟而修行,必须理解专注于修行本身即是悟。这一切都不能委之于他人,一定要通过自己的身心来完成。

"威仪即佛法,作法是宗旨。"永平寺的修行,即遵从开祖道元定下的规矩,一脉相承至今。

从现在开始,在负责旦过寮的云水的指导下,我们日常生活的举手投足皆要努力追随先人。

从旦过寮云水那里最早学到的,是东司的规矩仪节。

所谓"东司"就是厕所。修行即是从日常的一言一行中发现真理、制定作法,在道元禅师的教导中,即使排泄也不例外。关于大小便,道元禅师在《正法眼藏·洗净》卷中详尽描述了作法:

到东司之法者,必持手巾。其用法者,即折手巾折成双重,搭在左肘袖上。已到东司,则将毛巾挂在净竿上。挂法如挂肘。若着九条七条等袈裟而来,则应叠毛巾挂之,并好使其不可掉下。莫仓猝抛挂……

前往东司,必须携带手巾。将手巾折叠成两层,搭挂在左臂衫袖上。到了东司,即将手巾挂在竿子上。搭挂的方式和放在手臂上时一样。如果穿着袈裟,袈裟可以和手巾叠挂,避免没挂好掉到地上。不要随手抛挂……

脱褊衫及直裰,挂在手巾之旁……次将搭在净竿上之手巾之彼此两端交叉缠结……或向直裰合掌。次取绊子搭两臂。

衣服脱下来挂在手巾旁边……将手巾和衣服缠结在一起……朝衣服合掌。然后取下束衣袖的带子搭挂两肘。

遂到净架,于净桶盛水,右手提之而上净厕。向净桶盛水之法者,莫满十分,以九分为度。须于厕门前换鞋。穿蒲鞋,将自鞋脱于厕门前,是谓换鞋……

接着到盥洗处用水桶盛水,右手提水前往厕所。桶中水不要太满,以九分满为限。到了厕所门口要换穿香蒲叶编成的便鞋,将自己的鞋子脱下放在厕所入口,是谓换鞋……

到厕内,用左手掩门扇,次将净桶水泄少许于槽里。再次,将净桶安放在正面之净桶位置。复次,须立姿向槽弹指三下。弹指时,左手握拳,贴在左腰上。

进入厕所后,左手关门。接着将水桶里的水倒少许于便器中,然后把水桶放在正面置桶处。这时要站着朝便器弹指三下。弹指时左手握拳贴在左腰上。

次将绔口、衣角捏住,面向门,两脚踏在槽唇之两边,蹲居而屙。莫污垢两边,勿污垢前后。其间,须默然。莫与隔壁语笑,莫举声吟咏,莫涕唾狼藉,莫怒气卒暴。不得在壁面书字。莫将厕筹①画地面。

接着提起衣服的下摆,两脚跨在便器两边,面向厕门蹲下来方便。不要拉歪了,弄脏便器外侧两边与前后。方便期间必须保持静默。不可与隔壁谈话说笑,不可高声吟诗、唱歌,也不可以乱甩鼻涕、随地吐痰,更不可以心急过度用力。不许在墙上写字,也不要拿厕筹在地上涂鸦。

屙屎退后,须使筹。又,有用纸之法。莫用故纸。写有字纸,则不可用……

方便之后,用厕筹清理;也可以用纸清理,但不可以用太旧或上面写了字的纸……

使筹、使纸后,洗净之法者,即右手持净桶,左手善打湿,左手作掬状接水,先洗小便,三次。次洗大便。洗净须如法,使其净洁。其间,莫粗乱使净桶倾斜,将水散满在手外……

用厕筹或纸去秽后,开始清洁方便处。右手持水桶,沾湿左手后,将手掌握成勺状接水,先清洗小便处三回,再以同样方式清洗大便处。依照这样的方式清洗干净,使之恢复清洁。清洗过程不可手忙脚乱以致水桶歪斜,让水

---

① 厕筹是便后用来拭秽的薄木片或竹片,日文汉字或作"䉑"。

泼洒出来……

洗净毕,将净桶放在安桶处,次须取筹拭干,或用纸。大小两处,须善能拭干。次用右手调整绔口、衣角。右手提净桶,出厕门时,脱蒲鞋,穿自鞋。次返净架,安净桶于本所。

清洗完毕,将水桶放好,再用厕筹或纸将方便处好好擦干,接着用右手调整衣服下摆。之后右手提桶走出厕所,脱下蒲草鞋,穿回自己的鞋子。接着去洗手台,将水桶放回原处。

次须洗手。右手持灰匙,先搓,放置瓦石面上,然后将右手点滴水,洗触手。当瓦石搓洗也。比如当砥石磨洗锈刀。须如是用灰洗三次。次须放土、点水洗三次。次右手拿皂荚,浸小桶之水,两手相并,边揉边洗,乃至手腕,善能洗净。须住于诚心,殷勤洗净。灰三、土三、皂荚一也。合以十七度为度。

接着洗手。右手拿装灰的匙具,取灰置于瓦片或石板上,右手滴水于灰上,然后搓洗接触过大小便的左手。搓洗时要像在砥石上研磨生锈的刀一样。如此用灰洗手三次。接着取土,用水滴湿,同样搓洗三次。再用右手拿皂荚果实磨成的粉末,浸水沾湿后揉洗双手,包括手腕,彻底洗净。清洗时务必诚心,以求彻底洁净。灰三次、土三次、皂荚一次。水温以十七度为宜。

次用大桶洗。是时,不用面药、土灰等,只用水、用温水洗。经一番洗净后,将其水移到小桶,再加入净水,洗两手……拿水勺,必用右手拿。其间,莫使桶勺作响,起噪音。莫使水洒地,使皂荚洒地,将水架边打湿。大凡莫仓猝,勿狼藉。

接下来用大桶洗手。这时不需皂荚粉、土或灰,只须用水或温水来洗即可。洗过一次后,将水倒进小桶,再加入干净的水,然后两只手一起洗……拿勺子一定要用右手。使用时不要让水桶、柄勺磕碰作响发出噪音。不可让皂荚粉散落,不可泼洒出水,弄湿洗手台四周。总之不可心急,切勿制造脏乱。

次用公界之手巾拭手,或用自己之手巾。拭手毕,到净竿下之直裰前,脱下绊子,挂在竿上。次合掌,之后取手巾,取直裰着。次将手巾搭在左臂,涂香。有公界之涂香,作香木为宝瓶形……两掌合揉之,则其香气自熏于两手……

接着拿公用的手巾擦手，用自己的手巾亦可。手擦干后，到挂衣竿前，取下束带挂竿子上。合掌，解手巾，取衣服穿上。然后将手巾搭挂左手肘，开始抹香。竿上有公用的香，是以香木雕成宝瓶之形……放在两掌中揉擦，其香气自然熏染于双手上……

如是为之，皆是净佛国土也，庄严佛国也。须仔细，不可仓猝。切勿念早完而可回。可窃思量"东司上不说佛法[①]"之道理。

如此作法，乃是为了清净诸佛之国度、庄严诸佛之国度，必须慎重为之，不可仓促慌忙。不要一心想赶快结束，早点回到僧寮而应付了事。可以在心中观想"东司上不说佛法"的道理。

我们在负责旦过寮的云水的带领下，走过窄仄的微暗回廊，前往东司。

东司内部的壁板和柱子全都被用心打磨过，在唯一一盏小灯照射下，呈现深棕色的反光。

东司主要分为两个房间。进去的第一个房间，正如道元禅师所写的那样，墙上架设了挂衣服的竿子，即所

---

① 东司上不说佛法，意思是上东司本身即是佛法，故不须再说佛法。

谓"脱衣场"。房间正面奉祀着守护东司的乌刍沙摩明王[1]，背后的墙上则挂着写了《正法眼藏·洗净》卷部分内容的牌匾。

旁边是里间的入口，里间的各项设施和一般厕所没什么两样。

负责旦过寮的云水让我们排成一列，开始对大家说明使用东司的规矩。

进入东司以后，首先要对正面奉祀的乌刍沙摩明王合掌低头，默念《东司偈》[2]。在七堂伽蓝当中，东司和禅堂、浴室同为三默道场之一，里面禁止出声：

左右便利，当愿众生：蠲除污秽，无淫怒痴。

行大小便时，发愿回向众生：抛弃染污，排除贪淫、嗔怒、愚痴。

之后脱下外衣，依照规定方法折叠双袖，挂在墙边的竿子上。

如果是小便，要用卷在腰际名为"手巾"的细编绳将

---

[1] 乌刍沙摩明王，或作乌枢沙摩、火首金刚、秽迹金刚等，为禅宗、密宗护法神，经典中称其不畏污秽，有转"不净"为"清净"之德，故常被奉祀于伽蓝东司。
[2]《东司偈》，乃佛典中赞颂佛之教导与佛、菩萨功德的韵文。

衣服绑在竿上。若是大便，衣服只须叠好挂在竿上，手巾则要像系衣袖的带子一样交叉在后背然后打结。

接着就是换鞋。将自己的鞋子脱下来在墙脚摆好，穿上东司专用的拖鞋。

若要小便，直接走到里间靠墙的小便沟槽前。沟槽是沿着墙壁所挖，前面有高出一截的踏板。在踏板前，要朝沟槽弹指三下，即所谓"弹指"，具有清净、除秽之用。

弹指过后，右脚先、左脚后踩上踏板，左手要抓着墙上的扶手，但只能用小指和无名指。因为小指与无名指称为"不净指"，与其他手指区别，禁止触碰神圣之物。在不净的场所东司里面，自然要用不净指。

接着在踏板上蹲下来小便。即使是小便也不可以站着。

完毕后也是右脚先下，同样弹指三下。

如果是大便，首先要到里间的洗手台拿水桶。桶为不锈钢材质，和大型计量杯差不多大小。用不净指持水桶，走到厕门前，轻声敲门，若无回应即可开门进去。

走进厕所，将水桶置于指定位置，朝便器弹指三下，然后蹲下方便。

方便结束，默念偈文，依照道元禅师所教作法用水桶里的水进行清洗，只不过今天的永平寺已不再使用厕筹：

已而就水,当愿众生:向无上道,得出世法。

用水洗净的同时,发愿回向众生:走上追求无上真理之路,得到超越俗世烦恼的智慧。

洗净后,再度默念偈文,用水冲排泄物,同样弹指三下:

以水涤秽,当愿众生:具足净忍,毕竟无垢。

以水冲洗污秽时,发愿回向众生:怀抱坚忍之身心,使之彻底清净无垢。

接着手持水桶走出厕所前往洗手台,将水桶装满,置于原来的台子上。

如此这般完成大小便的例行公事后,在洗手台将双手洗净。洗手台有一只装了稀释甲酚消毒液的脸盆,将手消毒后再用水冲洗,然后用旁边挂的公用毛巾擦手。

之后回到外面的房间,换上自己的鞋子,穿上衣服,将服装仪容整理好,再朝乌刍沙摩明王合掌俯首,然后走出东司。

宋代长芦宗赜①所撰的描述丛林规矩的《禅苑清规》②中写道:"欲上东司,应须预往,勿致临时内逼仓卒。③"就是说,上东司方便时,不管任何情况都要从容不迫,不可慌慌张张、手忙脚乱。

一开始我不禁会想,如果情况很紧迫,却还要照章行事——完成规定动作,到底能不能来得及;或者有时候身体不好比方拉肚子,按照规定动作是不是能够彻底清理干净。

真正开始修行后才知道,或许是素食的关系,很幸运地不会发生什么紧急状况,而且粪便的样态很接近草食小动物。

在道元禅师篇幅惊人的《正法眼藏》中,据说《洗净》卷在他向僧众开示的顺序中排序第六。

道元禅师于安贞元年(1227年)结束在宋朝的五年修行返回日本,不久后在兴圣寺④讲了这段话:"山僧历丛

---

① 长芦宗赜为宋代净土宗、云门宗高僧,著有《禅苑清规》《慈觉禅师劝化集》等。
② 《禅苑清规》是宋代宗赜所编的一部禅宗丛林清规著作,继承了如今失传的唐代百丈怀海所撰的《百丈清规》,又对宋元时期中国佛教寺院礼仪制度发展发挥了重要影响。
③ 此句出自《禅苑清规》第七卷《大小便利》章。
④ 兴圣寺位于日本京都府宇治市,全名"观音导利兴圣宝林禅寺"。

林不多,只是等闲见天童先师,当下认得眼横鼻直,不被人吓,便乃空手还乡。"大意是说,我渡宋在先师座下修行,识得眼睛是横的、鼻子是直的,此外经典、佛像一无所求,空手回到故国来。"眼横鼻直"说的是一个人本来的模样。

说了这段话之后没多久,道元禅师即开始撰写《洗净》卷。不可否认,关于排便这件事,人们一般并不喜欢拿出来公开谈论。但无论饮食多么尊贵重要,如果吃过东西没有排便,个体的生命就无法维持。这是极为自然的生理现象。

生命存在无一不蕴含真理,职是之故,万物才能调和。这样的想法,在开始撰写《洗净》卷的年轻的道元禅师心中,一定势不可遏、喷涌而出。

面壁

我们一动不动地坐着:交盘双脚,脊背挺直与地面成直角,视线停驻在眼前的墙壁上。此时此刻的我们,除了打坐,没有其他需要分心的事。

仔细想想,之前的生活,总是让脑子和身体活动个不停,为了填满空白的时间忙忙碌碌汲汲营营。此刻却完全相反,脑子不再胡思乱想,身体如如不动,连"打坐"这样的意识都放下,不进行任何思维活动,只管静坐。

话虽如此,只管静坐这件事,对一直到前天为止都还生活在社会舒适圈的人而言,并没有想象中那么容易。越是叫你不思不想,脑子里面越是杂念纷飞。

问题是只有脑子里杂念纷飞也就罢了,坐久了之后,两只脚就像被碾压一样开始发痛。而且这疼痛逐渐从骨头侵蚀到筋肉,到最后痛到顾不得什么杂念不杂念了。更因为不知道这样的剧痛还要持续多久,以致疼痛感不断加码。

可是盘着的脚不能放下。现在要解开交盘的双脚很简单,但想到一旦这么做,脚下好不容易朦胧浮现的路标,将会瞬间如云雾般消散无踪。

那只会叫我更加茫然。即使想要回头,也已经不知道用什么办法将斩断的过去再度拉回到身边了。

"别傻了,这种程度的脚痛,比起生死之苦差远了。"我从心底里嘲笑自己。

应量器

当负责旦过寮的云水再度出现时,双脚的疼痛已经达到了极点。

他进来后,中断我们的禅坐,要我们把叠放在走廊上的长条桌子搬进寮内排好。从剧痛中获得解放的我们,一跛一跛地拖着麻痹的双脚,很快地排好桌子。

桌子排好后,我们依照指示携带各自的应量器,坐到桌子前面。

所谓"应量器",是指僧侣进餐时使用的食具。最大的头钵里面依次叠放着四只一个比一个小一号的钵碗,一套总共五钵。其中最小的"钵碟",与其说是钵碗,其实更像是小碟,被放在头钵圆圆的底部,以免头钵倾倒。因此五钵之中,实际当作食具来使用的只有四钵。

现在的应量器大多是木制漆器。本来按照规定,其材质当是泥或铁,木头因为容易沾染污垢而被视为不当,但刷上生漆炼制的涂料即被视为合乎戒律,所以现在大都使用木制漆器。

应量器还有两样附属品:一是为了防止沾水的布巾打湿榻榻米而放在应量器下方的板状漆器"水板",二是名为"钵单"的折叠式垫板。钵单一般是在厚纸板上刷上漆料或涩柿提炼的涂料,折成三叠。

此外名叫"匙袋"的袋子里装了漆器材质的匙、筷与刷。匙是细长柄,筷子为防止滚动做成了方角的,刷则是在饭后用来清除钵中剩余食物,洗钵时当作刮板的,尾端缠着白布。

这些器具都要依照规定的作法收纳,和护膝毯、布巾一起,包在鼠灰色的棉纱包袱巾里。

严格说来,应量器仅指尺寸最大的头钵。它不单是食器,还具有特殊的意义。

道元禅师在《正法眼藏·钵盂》卷中提到,头钵乃是从佛陀以至祖师绵延正传而来,关于如何看待此钵,他还举了前人的参学之例。

有参学者认为此钵是佛祖的身心,也有参学者认为是佛祖的生命。更有参学者认为头钵乃佛祖肉身所转化,进

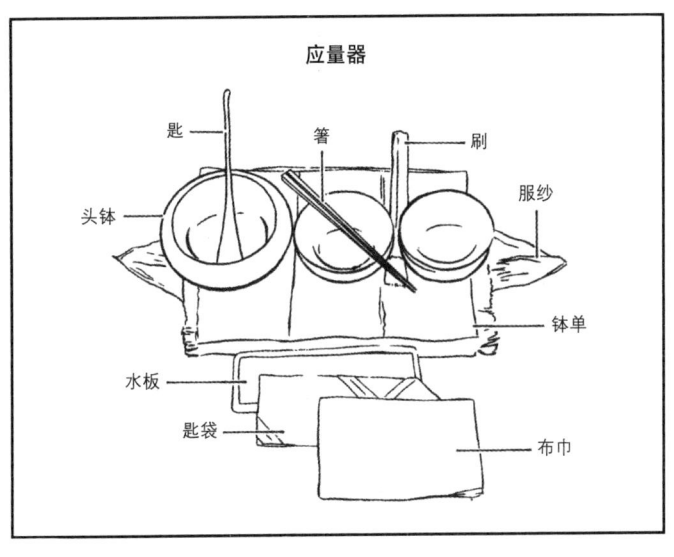

而视钵为佛祖，以钵为佛法的具体表征。

对头钵，须怀抱虔敬之念，以两手握持，但不管任何场合都不许以不净指接触。还有一点，禁止直接用口接触头钵。

在丛林修行时，用餐叫作"行钵"。因用钵来行使依法而食的传统，故名。

丛林中的行钵，并不是为了填饱肚子，也不是为了想吃而吃。进食是为了行佛道，行钵也是重要的修行。

道元禅师特别重视行钵，他认为佛法与进食一样，依照佛法实施用餐仪节即是佛行。用正确的方法进食，不仅是行仪作法而已，本身即是佛法之威仪。

集体生活的丛林当中，所有僧侣集合于僧堂，为了能够有条不紊顺畅地行钵，严格的规矩与详尽的作法是不可或缺的。我们必须在旦过寮的七天里熟习行钵作法。这是旦过寮最大的挑战。

在这里我们被教导的第二项作法，即是行钵的仪节。

首先将应量器打开排列好，称为"展钵"。展钵的作法，是从解开包袱巾的结开始，直到将所有的钵都安放在指定位置为止，动作必须正确而流畅。

解开包袱巾后,将布巾与匙袋排放在水板上置于膝前,接着摊开护膝毯放在膝盖上。

然后将折叠的钵单翻开铺好,将叠放的钵置于钵单左端。头钵放在原处,取出中间的三钵摆在钵单正中。接下来再将三钵中的二钵取出,放在钵单的右端。

这时钵单上的钵依照大中小从左开始排成一列:左边最大的头钵装饭,中间的钵盛味噌汤,右边最小的钵则盛放名为"香菜"的酱菜。

从匙袋依序取出匙、筷、刷,按照正确的方向放在钵单上规定的位置。

摆放餐具的整个过程,所有动作的顺序都有严格规定,不许有任何颠倒。也不能有停顿,大小诸钵都要迅速摆好,不可发出声响。

讲解完展钵后,开始教导我们受取食物的各项规矩。

僧堂上的行钵,并不是自己将食物放进钵里,而是必须由负责服务的称为"净人[①]"的云水来分配。受食前行礼的方式、受食当下如何持钵、各种动作的时机、受食之后的行礼等,所有的作法都有详细的规定。

僧堂和东司、浴室一样,为三默道场之一,所以和净人之间的互动必须在静默中进行。当净人向钵中分配食物

[①] 见第三章《净人》一节。

的时候，如果想表示饭菜分量够了，要伸出右手食指与中指轻轻上举示意。

饭菜打好之后，须将筷子放在装味噌汤的钵上以示食物都已经分配妥当。

至于用餐的方式，基本上是轮流使用匙、筷与刷，持钵时要用双手，但不可使用不净指。手臂抬高，后背挺直，不可前倾或躬背。吃东西的时候嘴巴不许发出声音。掉落匙、筷与刷被视为特别严重的禁忌。

行钵时，还会进行第二次食物分配，即所谓"再进"，但仅此一回；再进只限于米饭与味噌汤。

开始再进时，有需要的人先将筷子前端以手抹净，然后将筷子前端朝右置于钵单上。这是请求分配食物的信号。不需要的人则将筷子置于味噌汤钵上，当再进的净人来到面前时，伸出右手食指与中指轻轻上举示意直到他通过。

用餐完毕后，将筷子前端朝左置于钵单上。这时会有净人过来斟香汤，也就是热茶，倒在盛米饭的头钵里。将盛有茶汤的头钵稍稍倾斜、转动，可以把黏在钵上的饭粒泡软，也等于用热水洗过一次头钵。之后将茶汤依次倒进汤钵和酱菜钵，最后一饮而尽。

喝完茶汤立即拿起刷板，用缠在末端的白布，依次抹净饭钵、汤钵和酱菜钵。

大小食器都抹干净后，接下来是分配称为"净水"的热开水。以头钵盛装，拿刷板刮净头钵内侧后，接着将热水倒进汤钵，将头钵横放浸泡在汤钵中，清洗其侧面与底部，再用布巾擦干，放回钵单左侧原来的位置。

再将匙与筷放进汤钵中清洗，同样用布巾擦干，放回匙袋，之后依序将净水从大钵倒入小钵，清洗、擦干，然后将较小的钵叠放到较大的钵中。最后清洗最小的酱菜钵，再将刷板刮抹干净，放进匙袋。

接着，净人提着名为"折水桶"的小桶绕僧堂一圈，让大家将酱菜钵里的净水倒进折水桶，只留一小口净水各自喝掉。

把酱菜钵同样擦干放好，然后将钵单折叠，和护膝毯、匙袋、水板、布巾依照规定作法收妥，最后用包袱巾包好，行钵至此完成。

"喂！你们到底要做几次才能记得？只要有一个人学不会，你们就都别想入堂，在旦过寮继续待一两个月算了。每个人都给我好好学！"

寮内再次响起怒骂声。

将人类进食行为中多余的一切剔除，仅剩下纯粹而本质的东西，最后即归于应量器。正因为进食纯粹，动作也必然极为简洁，没有拖泥带水的余地。手的变换、钵的挪动，都是取最短时间、最短距离，手与钵在钵单上不会有任何无目的的交错。

从头到尾行钵都在钵单这块小小的垫子上完成。打开钵单平铺，排列大小诸钵，分配食物，用餐，清洗，结束后再将钵单折叠好，什么也没留下来，干净利落。

因为极度纯粹、极度简洁，要做到正确而熟练必须经过不断地琢磨与修正。要让整个过程变成身体的自然反应，有如身体的一部分。行钵即是一切，对我们而言，它也是一切的开始。

晚课讽经

山间林隙的天光从玻璃窗透入,在不知不觉中缓缓地移动,当房间开始转暗的时候,我们披上袈裟,走出旦过寮。

暮色中一片安静,走廊里只剩下往来的脚步声,仿佛一切都逐渐远离现实。

我们在幽暗的走廊里弯弯绕绕,最后到达佛殿。

佛殿相当于七堂伽蓝的心脏部分,是奉祀释迦牟尼佛的殿堂。

永平寺的佛殿是一座给人以厚重感的全榉木建筑。殿内地面遵循中国宋代的样式用石板铺砌;中央的须弥坛①供奉着释迦牟尼佛、阿弥陀佛、弥勒佛,即所谓"三世

---

① 须弥坛象征世界的中心、众神所居的须弥山,为佛堂中安置佛像的台座。

佛①";天花板和门楣之间的立面则是以三种吉祥植物松、竹、梅为首,穿插以禅宗公案典故主题的雕刻。

当我们到达佛殿时,殿内已经有许多云水整齐列队,准备开始夜间的勤行②——晚课讽经。

在平日,永平寺一天有三次勤行:清晨的"朝课讽经"、中午的"日中讽经",以及晚上的"晚课讽经"。只要当天没有遇上佛祖的忌日或其他法要,都会在佛殿举行晚课讽经,而每天所讽诵的经文也各自不同。

逢一、六日诵《妙法莲华经·安乐行品》,逢二、七日诵《妙法莲华经·观世音菩萨普门品》,逢四、九日诵《妙法莲华经·如来寿量品》,逢五、十日则诵《妙法莲华经·如来神力品》;而三、八日因为有"僧堂念诵"的特别法要,晚课讽经暂停。

我们来到佛殿正面入口处,先在殿外铺设的板条踏板上排成一列。这时从佛殿侧面入口突然跑出一个云水,手上抱着有如书桌抽屉的"配经箱"。

---

① 在大乘佛教的系统中,阿弥陀佛为西方之佛,与中央的释迦牟尼佛、东方的药师佛同属空间上的三世佛;弥勒佛为未来佛,与现在佛释迦牟尼佛、过去佛燃灯佛同属时间上的三世佛。
② 勤行指佛教修行的实践德目,有每天举行的日课(礼拜、读诵),以及年中各种节庆法要。

他来到我们队伍的最前面，端举配经箱，接着快速往后走。配经箱里放着当日要诵读的经典。我们模仿站在队伍开头的旦过寮云水的动作，在配经箱经过自己面前的瞬间，赶快取出里面的佛经。

手因为寒冷而变得僵硬，加上担心失败的紧张，差一点就没拿到，还好最后一切顺利。我松了口气，偷偷往旁边一瞧，童龙好像没拿到，两手空空不知所措。配经的云水走到队伍最后又走回,脸上一副"笨手笨脚的家伙"很不爽的表情，再次来到童龙面前让他取出经典，旋即快步消失在佛殿中。

殿内很快传来诵经声，我们把折成蛇腹状可拉伸的经典翻开，应和着从开放的门扉里传出的声音开始念诵。

问题是我们对这些纯用汉字排印出来的经典，根本不知道怎么发音，没办法只好一边动着嘴假装在念诵，一边仔细听别人怎么发音。

周边笼罩在犹有白日余韵、带着暧昧蓝调的幽暗中，佛殿里暖红的灯光与高昂的诵经声从沉重木门的间隙流泻出来。声音之嘹亮之庄严崇高叫人精神为之一振。

佛殿坚硬的石板与高耸的天井所营造出来的空间，仿佛具有可以将人声升华为一种灵性之音的力量。永平寺大大小小的伽蓝当中，诵经声最美的，首推大佛殿了。

药石

晚课讽经结束后,我们马上回到旦过寮,将坐蒲团抱在胸前,双手捧着应量器,再度走出,跟随带队的云水前往下一个目的地——僧堂的外堂。

从僧堂正门进入,先是来到外堂。外堂是一个附属于僧堂的缓冲空间,作为圣域的僧堂,就在外堂中间悬挂的门帘里面。但尚未被永平寺接纳为正式云水的我们,是不许踏入圣域的。

外堂紧邻僧堂形成一个狭长空间,地面铺着讲究的三合土①。沿着僧堂的壁面,是一排铺有榻榻米、用来坐禅,名叫"单"的台座。

---

① 三合土是一种由黏土、石灰、卤汁混合而成的古代建材,主要用于地面铺设,硬度极高。

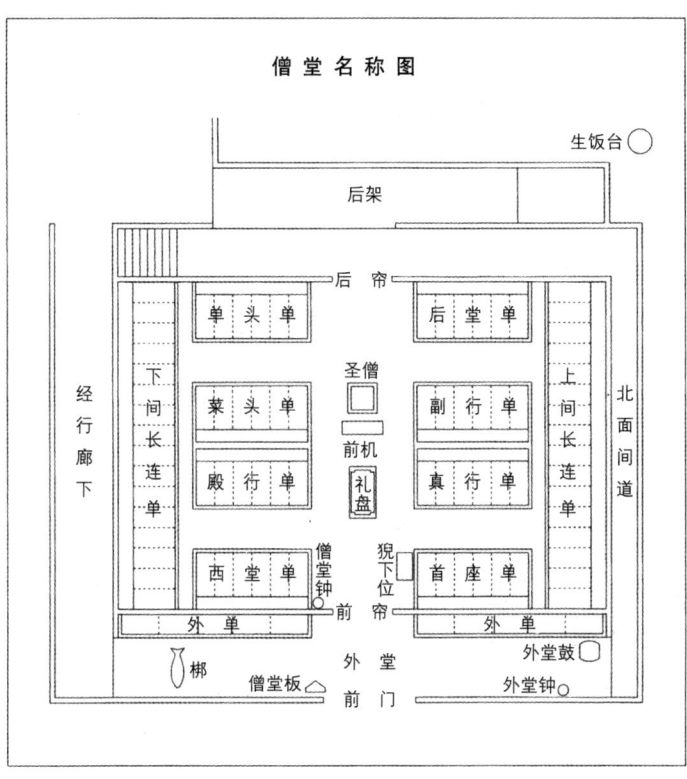

单的边缘镶着宽二十五厘米的木框,即"床缘",为应量器展钵、行钵的地方。床缘亦被视为神圣之处,上单之际,严禁臀部、双脚和不净指碰触。

单的对面墙壁上,设了取光用的纸窗,纸窗下方装有两层可折叠的棚架。棚架是行钵时放置从大库院①提过来的桶盆的地方。

外堂的一端放置了僧堂外堂鼓与僧堂外堂钟,另一边则是悬吊在高高的天花板下的巨大的木雕鱼鼓"梛"。此外前门旁的柱子上也挂了一块和山门同样的木板,称之为"僧堂板"。

来到外堂的我们,先将坐蒲团与应量器置于单上,然后慢慢爬上去。

上单之后,首先将坐蒲团拉到床缘的边上,在避免身体碰触床缘的情况下,将蒲团放到臀部底下,接着双手以不净指以外的指尖抵着床缘来支撑身体,快速将双腿盘起。即使两脚和臀部都没有触碰到床缘,也绝对不可以用跨脚的方式上座。虽然是用餐,但这也是重要的修行,所以盘腿的方式与坐禅相同。

当我们手忙脚乱姿势笨拙地上单,好不容易盘腿坐

---

① 大库院即厨房,详见第三章《净人》一节。

定,面前的小门即被打开,手上提着桶盆的云水们鱼贯走了进来。

他们将壁上的棚架拉出来,排好桶、盆以及三合土地面上的小台,在静默中熟练地进行着每一个动作。

正当大家专注地看着他们的动作时,突然僧堂板敲响,药石的行钵开始了。

所谓"药石"就是晚饭。本来在印度,佛教僧侣用餐的次数是一日一食,正午之前必须结束用餐,所谓"过午不食"。一旦过了中午,连牙缝里的饭屑菜渣、唇舌间沾黏的油脂,都被禁止和唾液一起吞下肚子。

到佛教传入中国,丛林用斋改为早午两顿,晚上则用加热的石头贴在肚子上来止饥,药石因此得名;到了后世沿用其名,用来指丛林的晚餐。

药石不是正式的餐点,为了表示其非正式的性质,不会使用神圣的头钵。也因为这样,行钵的仪节自然与早餐、午餐有别。虽然行钵的规矩我们在旦过寮演练过几遍,但实在太复杂了,晚上的行钵要如何如何,早上与中午的行钵又要如何如何,脑子里一片混乱,加上紧张,可以说是狼狈不堪。我们就在这样的情况下迎来第一次的药石。

单前,五六个古参云水双手交叉抱胸,睁大眼睛审视着我们的一举一动。在弥漫着紧张恐惧的阴湿空气中，凭着一些隐微的记忆，我们慎重地开始展钵。

"喂，是谁教你这样做的！"

有人还没将钵排好就挨骂了。是坐在最边上的大鉴。双手抱胸的古参云水这一下全走到大鉴的单前，恶狠狠地瞪着他。

我呢，总算没有什么大失误地把钵单打开铺平，大小诸钵也按照规定位置摆好。不过因为紧张与慌乱的关系，两手变得僵硬，有些不听使唤。当我准备从匙袋中取出筷子时，差点就失手掉落。

大鉴好像还没完成展钵。在古参云水的严密监视之下，他完全慌了手脚。

"错了！只有你一个人还不会！"

话音刚落，已经呆掉的大鉴就被赏了一个巴掌。大鉴更加手足无措，合掌的双手也颤抖得厉害。

"你到底在搞什么鬼？大概到死都学不会吧。在这里不会展钵的话，饭也别吃了！"

即使在这样紧绷的场面下，那些打饭菜的云水照旧若无其事地做他们该做的事。

"不对不对！这样不对，喝！"

随着行钵的进行,叫骂声也越来越带着一股杀气,巴掌声在堂内此起彼落。

"哦,你是不想吃饭是吗?那就不要吃!"

钵里什么都还没放,却误把筷子置于钵上的天真,眼睁睁看着打饭菜的云水从他面前走过去。

相反,味噌汤已经添满却忘记如何示意停止的圆海,几乎要崩溃地看着汤汁一直往外流。

还有童龙,肚子挨了一拳的刹那,钵也脱手掉到了地上。

照着旁边同伴的作法,好不容易完成展钵的大鉴,之后也是每做什么就挨巴掌或吃拳头,最后还被抓着衣领从单上硬拉下来,被古参云水们一顿拳打脚踢,呆在当场。

融峰、喜纯和眺宗三人,尽管行钵没出什么差错,也紧张得连眨眼的工夫都没有,全程张大眼睛、紧绷身体,大口大口往嘴里塞着食物,然后囫囵吞咽下去。

这种情形下,吃下吞进的只有恐惧而已。

只要动作稍有差池,面前的古参云水立刻一个巴掌下来。可想而知根本食不知味,完全没有吃东西的实感。能够勉强赶上行钵的快速节奏,想好接下来的动作,确认是筷子还是布巾就已经很不容易了。

僧堂的行钵本来就很快。米饭、味噌汤及其他食物都派发完毕后，你刚准备好好品尝，第二轮就过来了；若是这时要求再进却不赶快吃，没等吃完香汤又来了，紧接着还有净水。即使对已经能熟练展钵也习惯了行钵的人而言，也没有足够的时间去慢慢品味每一样食物。而如果心太急了，又可能掉落筷子或钵碗。

洗钵也是相当危险的步骤。用热水将钵浸湿，慢慢旋转以刷板清洗侧面和钵底，此时稍不注意钵碗就会从手中滑落。之后一步步擦拭、叠放，只要一慌或者搞错顺序，应量器就没办法顺利归位。

当最后将包袱巾打上结时，坦白说唯一的反应就是松了口气，此外毫无其他感觉。

第一次的行钵，就在这样紧迫的氛围与令人喘不过气的动作中，带着极度紧张之后强烈的虚脱感，眨眼间结束。

人这种动物，在退无可退时，很容易被激发出不可思议的力量来，但反过来，也有可能除了极为本能的思考外，束手无策。由于极度的紧张与恐惧，真的有人会瞬间脑子一片空白，像个木头人一样浑然忘了最简单的反应。

我们就这样,不是用脑,而是在巴掌、拳头交加下咬紧牙关,用自己的身体将这些简洁却又复杂的过程与动作硬生生记了下来。

夜坐

回到旦过寮,坐在自己的位置上,整个人仿佛被掏空了似的,沮丧得不得了。脑子里一点振作的念头也没有,连想一想接下来要怎么办也无能为力。

唯一清醒认识到的是,从今往后,想要将此刻这种沉重郁结的空气一扫而光,回到过去那些有如遥远记忆的自由时光已不可能。那种心无挂碍地享受生活的解放感,将永远离我们而去了吧。

像是故意不给我们想东想西的空当似的,刚刚脱下来的袈裟又让穿上。我们抱着坐蒲团,急忙走出旦过寮。

太阳早已落到山后去,伽蓝全部笼罩在山谷的幽暗中,唯有发出朦胧微光的电灯,让神秘的黑暗无法完全遁形。穿过忽明忽暗的通道,我们最终来到经行廊下。

如字面意思所示，经行廊下是紧邻僧堂用以经行的走廊。所谓"经行"，指的是两次坐禅之间以规定速度的行走。但并不是休息，也是坐禅的一部分。

这片走廊，除了一面墙边设有一排临时的单以外，看不到任何其他东西。走廊因此更显得特别。墙壁和地面都是厚重的木板，从高高的天花板上垂吊下来的灯发出微弱的光，在它的照射下，一切都带上低调而迷人的暗褐色光泽。那是人长居于此才能渗染出的颜色。

道元禅师在《正法眼藏·坐禅仪》卷中，详述了修行的核心——坐禅，现在的永平寺依然遵循并严格执行着道元禅师所定下的各项规矩：

参禅者，坐禅也。
所谓参禅，即是坐禅。

坐禅宜静处，坐褥须席厚。莫使风烟入，莫使雨露漏，须护持容身之地……坐处须明，昼夜不暗。冬暖夏凉为其术也。

坐禅时应选择静谧的场所。在地上铺上厚坐垫。不要让风烟吹入，也不要让雨露渗漏。要好好整顿坐禅的空间……地方须温暖明亮，昼夜都不会过暗。维持冬暖

僧堂外单处的坐禅

夏凉。

须放舍诸缘，休息万事；善也不思量，恶也不思量。非心意识，非念想观。莫图作佛，须脱落坐卧。

应放下种种关系、执着，让一切追求、竞逐停止。不要落入善恶对立的思考模式。坐禅既非思索，也非冥想。不要试图通过坐禅得悟，也要放弃"坐""卧"这种表面的分别。

应节量饮食，应护惜光阴。须如拂头燃而好坐禅……无别异之营为，唯务坐禅而已。

应该节制饮食，也要爱惜时间不可空过。要像立刻熄灭头上的火苗一样，好好把握时间……不要分心，专注于坐禅。

坐禅时，须搭袈裟，须席蒲团。蒲团非席全跏坐，席于跏趺之后半……此是佛佛祖祖坐禅时之坐法也。

坐禅时应穿上袈裟，并以蒲团为坐垫。不要整个人盘坐蒲团上，只有臀部就蒲团而坐……这是诸佛先师大德坐禅的方法。

或半跏趺坐，或结跏趺坐。跏趺坐者，即右脚放在左脚之膝腿上，或左脚放在右脚之膝腿上。脚尖各须与膝等，不得参差。半跏趺者，即只左脚放在右脚之膝部上也。

打坐的方法，分为结跏趺坐与半跏趺坐。结跏趺坐是首先将右脚弯曲置于左腿之上，接着再将左脚置于右腿上。脚底与双腿保持水平，脚尖须与两膝对齐，不可前后参差。半跏趺坐则是只将左脚弯曲置于右腿上。

须宽系衣衫，令其齐整。右手放在左手上，或左手放在右手上。两大拇指相拄，两手如是近身放之……

衣服或袈裟应该保持宽松，但不可散乱。接下来将右手置于左手手掌上，或左手置于右手手掌上，然后让两手大拇指指尖相抵。两手保持这种姿势靠近身体……

须正身端坐，莫左倾右斜，莫前躬后仰。必耳与肩对，鼻与脐对。舌向上颚，息由鼻通，唇齿相着。目须开，不张不微。

坐姿要保持挺直，不可左歪右斜或前俯后仰。必须让两耳对齐双肩，鼻梁与肚脐保持一条直线。舌尖抵着上颚，并以鼻孔呼吸，让唇齿紧闭。两眼必须张开，但不必睁得太大，也不要眯得太小。

如是调整身心，应欠气一息。

像这样调整好身心后，做一次深呼吸。

兀兀坐定，思量个不思量底也。不思量底如何思量？是非思量也。此即坐禅之法术也。

如此端坐不动，超越一切有无分别，将自己从理性思考的束缚中解放。这就是坐禅之道。

坐禅非习禅，乃大安乐之法门也，不污染之修证也。

坐禅不是为了达成什么目的而采取的手段。禅修本身即是证悟，此外无他。

于是晚间的坐禅"夜坐"开始了。坐在单上，眼前是压缩了视野的板壁，天花板上散下的灯光，从背后将我们的坐姿映照在黑色板壁上。一切的一切都静止下来。我们在俨然的氛围中微微颤抖。

仿佛半睡半醒之间游荡在幽暗中，堂内的空气有如血液流动般安静无声，却逐渐燥热起来。人体发散出来的热气也会叫人感到如此闷热吗？身体变得僵硬的同时，手心也都是汗。

突然，坐在旁边的童龙被古参云水从后面拉着衣领，几乎要扯下单去。

"嘿，你为什么不结跏趺坐？"

永平寺的坐禅不允许半跏趺坐，一律要求结跏趺坐，古参云水在巡堂之际，会一一点检我们衣服下的双脚有没有正确盘好。

"因为以前断过脚，所以没有办法盘腿。"

童龙紧张地小声回答。

"什么，没办法盘腿？这里可是永平寺，没办法坐禅那是要怎样？明天开始用绳子给我绑起来坐，听到了没？"

用绳子捆绑双脚？这算什么？脚断过还非得这样吗？

此时我才第一次体认到，我是在永平寺修行。坐禅也好，其他修行课目也好，都不再是出家前所想象的那样只存在于虚幻之中。我再一次被提醒，是自己想要挑战需要带着必死的觉悟而修行出家的。想到这里，体内的血液沸腾，瞬间汗流浃背。

时间在静止的空气中缓缓流逝，幽暗的远方开始响起大梵钟的声音，仿佛波浪般自地底扩散，传送到禅堂。钟声在寂静中回响，留下悠长的余韵，优美中平添深沉之感。

坐禅前后四十分钟，大约等于燃一炷香的时间，故名

"一炷"。永平寺的坐禅全部以一炷为单位。当大梵钟敲完最后一响，第一次的永平寺夜坐也告一段落。

结束坐禅后，我们直接回到旦过寮，在喝骂声中以最快速度取出橱柜里的棉被，并排铺好。就寝的时间就要到了。

熄灯后一片漆黑的寮内，依稀可以听到开枕铃的声音逐渐远去，最后完全消失在夜色中。

在永平寺迎来了第一个夜晚。今天发生的许多事，仿佛以惊人的态势穿身而过。慌张得不知所措的我们，到这时身心都已溃不成形。如果说有什么悔恨的话，那就是常常不听使唤的脑袋，还有变得迟钝的手脚。但此刻唯一能做的，也只有又深又长地叹息了。

一次又一次大声地叹气，在棉被里翻来覆去的时候，突然和睡在旁边的童龙四目相接。

童龙是东北一座寺院出身的长男，今年春天刚从大学毕业。昨天上山之日，他从老家附近的机场搭飞机过来，并没有直接来永平寺，而是住进了福井市区的旅馆。他完全搞错，以为隔天才是上山的日子。发现错误的家人急忙打电话到旅馆，他连行李都还没放下就立刻搭出租车直奔地藏院。

尽管第一天就发生那样的波折，但最后一个抵达地藏院的他,不要看个头很小,却天生是个大嗓门,很快就超过早上抵达的我,率先脱下了草鞋。

他有些僵硬地笑了笑,然后和我小声交谈起来。

"这地方还真吓人啊。"

我一下不知道如何接话,只能也对他笑一笑。

"明天会不会又要这样?"他问道。

"嗯,我想免不了吧。大概接下来都会是这样的日子。"虽然这样回答着,内心深处其实希望自己是错的。

"对哦,永平寺好像也没有什么礼拜六礼拜天,接下来大概一直都会这样。"

没有礼拜六也没有礼拜天。像这样的生活,如果几天之后有个周末,那么总觉得每天的紧张与痛苦还是撑得下去的。现在我才想起,永平寺是没有休假的。想到未来长得看不到尽头,而我们仅仅度过了短短的一天,突然觉得心情沉重、呼吸困难。

"一个认识的朋友告诉我,旦过寮期间虽然很严厉很苦,但真相是,离开旦过寮之后才叫吃不消。"

"吃不消,到底是怎么回事?"

"这个我倒没继续问下去。"

更加吃不消。听到这个,简直都快喘不过气来了。虽然告诉自己不要胡思乱想,脑子里却不断浮现可怕的画面,像走马灯一样转个不停。

"嘿……"

很想再多跟童龙打听打听他朋友到底还说了些什么，但他已经传出轻微的打呼声。到这种时候，竟然还可以轻易睡着，真是幸福的家伙。我愣了一下，然后很快被黑夜中只剩自己一个人醒着的孤独感包围。

"接下来都会这样吗……"

舍弃了一切，得到的却是这样的生活。这就是我所追求的东西吗？这样的生活到底能带给我什么？不知道。

唯一可以确定的是，事到如今，想那些根本一点帮助也没有。

不要再想了，早点入睡才是真的。这才是现在最应该做的事。我这么告诉自己，合上了双眼。

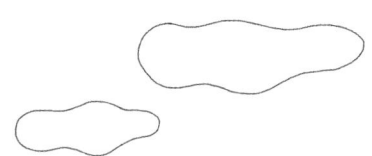

第二章

作法即禅

朝课讽经

凌晨三点半。在通知起床的刺耳振铃声中睁开眼睛。入寝时间结束,新的一天宣告开始。这么一想,身体不禁一阵哆嗦。

没时间多想,与振铃同时出现的还有旦过寮云水的一阵怒骂。我们赶快跳起来,把棉被放回橱柜,穿上衣服,然后被催着前往经行廊下。

虽说是三点半,但外头不管怎么看都不像是清晨,这个时候想必有不少人才钻进被窝准备睡觉吧。

云水们已经陆续进入僧堂,准备进行即将开始的晨间打坐——晓天坐禅。每个人都紧闭双唇,静静地走在微暗的廊下,空气中飘漾着一种异样的紧张感。

永平寺的坐禅一般规定要披袈裟,唯有晓天坐禅例外,袈裟只要装在袈裟袋里带过来就好。我们将带来的袈裟郑重地在单上放好,然后和昨晚一样,盘起腿来开始打坐。

不久,廊下的脚步声消失,僧堂的钟和鼓突然交替敲响。当最后一响敲下时,钟楼的大梵钟声也开始在僧堂中回荡。各种声音以完美的间隔配合得滴水不漏,让残夜的空气一片肃然。

在半睡半醒的朦胧感还残留在身体每一个角落之际,将腰背挺直,盘腿而坐,有一种难以形容的飒爽。大气自沉睡中醒转,每个人也都察觉到自己的身体开始慢慢恢复感觉。

堂内逐渐笼罩在温热的静默中,唯有警策①打在肩背上的尖锐拍击声偶尔划破寂静,那种紧张的压迫感令人身体僵直又紧绷。

晓天坐禅通常为时一炷香。时间一到,便传来远处大库院的云板声,告知晓天坐禅结束的大开静②响彻僧堂。大开静以悠缓的节奏断续敲打,堂内坐禅时极度紧绷的气

---

① 警策在汉传佛教中称为"香板",为一扁长形木板,握把处为圆形,略如宝剑,上刻"警策""精进"等字。禅堂打坐时,由值堂僧持警策巡堂,对分心、瞌睡者敲打其肩或背,以示警惕策励。
② 清晨三时半鸣钟击鼓后敲云板,称为"小开静",此时香灯和大寮行者先起床;当云板与诸堂板齐鸣,为"大开静",全寺住众皆起,开始一天的作务。

氛也徐徐恢复原本的状态。

大开静结束后,接着是一声放禅钟。我们将折叠的袈裟放在头顶上,然后合掌唱诵《搭袈裟偈》。近百名云水的声音在僧堂内形成回响,有如水盘中晃动的清水一样扩散开来:

大哉解脱服,无相福田衣,披奉如来教,广度诸众生。
神圣伟大的袈裟,让烦恼得以解脱,远离一切色相执着,孕育难以计量的功德。只今在此修习如来的教导,愿能广泛济度世上众生。

唱诵《搭袈裟偈》三遍后,即在原地穿上袈裟,从单上下来。

之后我们排成一列,跟着从前门走出去的云水队伍,来到回廊。

晓天坐禅开始之前被夜色重重包围的伽蓝,从黎明的淡蓝色底部浮现。由夜晚过渡到清晨的瞬间,不可思议的颜色在伽蓝的阴影之中飘浮变幻。

队伍沿着微暗的回廊一级一级往山上走。回廊直线一样往斜坡上延伸,在暗影的深处,伴随着潺潺流水声,好像用天鹅绒包裹的棒槌敲打金属球一样的神秘钟声传入耳中，令人不禁屏息。

当我们走到回廊最高处来到法堂入口时，才知道那是司职"殿行"的云水在敲打法堂钟。法堂钟从入口附近的天花板上垂吊下来，声音仿佛与时间的流动逆势而行，每一响都间隔得很长。在这样的钟声里，我们于入口一侧脱下鞋子，依序进入法堂。

法堂是一山的住持开示说法，以及许多法要、仪式举行的地点。永平寺的法堂铺设了三百八十张榻榻米，中央是一座巨大的须弥坛。须弥坛上供奉着圣观世音菩萨，靠着须弥坛的阶梯，左右蹲踞着一对白狮子。法堂的天井承袭宋代的式样，悬挂着镶嵌了八面镜的天盖。

须弥坛前方是宽阔的大礼堂"大间"，大间的两侧称之为"东序"和"西序"。入堂的云水以大间为中心，相向列队于东序和西序。

我们在列队云水的后面排好，不久，侍者引领住持入堂，清晨的勤行——朝课讽经随即展开。

朝课讽经首先从住持拈香，所有云水对着须弥坛的圣观世音菩萨三拜开始。"三拜"即合掌俯首礼拜三次。

行三拜之礼时，先将折叠成细长条、挂在左手腕上的坐具铺在脚下。伫立合掌低头，在坐具上跪下、俯身，手掌与额头触地,接着掌心向上举高至与两耳齐。这个动作叫作"佛足顶礼",将佛足托在手掌上举高,表示对佛陀的崇敬之意。

三拜即重复三次同样的动作。我们穿着还没习惯的宽袍大袖,上面披着一领大袈裟,一下站起来,一下跪下额头触地,单单要跟上旁边云水的动作就已经很吃力。跪拜时袈裟一片狼藉,起身时常常踩到袖子,一不小心放在胸前衣袋中的经典还会掉出来散落一地。整个礼拜的过程根本谈不上什么虔敬。

手忙脚乱的三拜总算结束后,接着坐在铺好的坐具上开始诵经。我们将衣袋中的经典取出,跟着唱诵。

经典主要有以梵文唱诵的"梵赞",以唐音、宋音等中文唱诵的"汉赞",以及用日语唱诵的"和赞"三类。乍听或许会觉得很奇怪,但佛教的读经和基督教的唱圣歌一样,都是典礼音乐。我们揣在胸前口袋里带来的经典,虽然每个字旁都加上了假名注音,但刚接触时还是觉得非常陌生,连阅读都有点吃力,遑论唱诵,不好好练习根本没办法从容地发出声音。

我们被教导"以耳诵经"。翻开经典,不是一味埋头念诵,而是一边听周遭同修的声音,一边将自己的声音融入其中。人类的声音,即使没有使用特别的声乐发音,一旦聚合密度增高，也会形成超乎想象的音波，冲击听者的内心。唱诵没有特别讲究节奏和韵律，却因为声音本身的纯粹，使得每个人音质的微妙差异激发出一种神秘的和声，形成美妙无比的泛音。

讽诵经典有两重意义：一是接触祖师的思想，接近经典研读；一是为了获得精神性的功德。这时只须专注于经典的唱诵，经文的语义和内容的理解则是次要的，唱诵本身即被视为功德。朝课讽经主要意义在后者。

朝课讽经通常从唱诵《妙法莲华经·观世音菩萨普门品》开始，接着依序唱诵《摩诃般若波罗蜜多心经》《参同契·宝镜三昧》《大悲心陀罗尼[①]》《妙法莲华经·如来寿量品》《消灾妙吉祥陀罗尼》。

整个过程依照既定的顺序持续进行，所有云水对自己应处的位置完全心领神会，彻底发挥各自的作用，不多亦不少。过程中没有任何缝隙可以掺杂私人情绪，充满了崇高而肃穆的美感。

---

① 陀罗尼即真言、咒语。

行粥

朝课讽经结束后,我们回到寮房,还没喘口气,立刻就拿着应量器与坐蒲团走出旦过寮。

行粥,也就是早餐的时间到了。我们还是一片慌乱,一无所知地被一个接一个的行程追着跑,既无暇回头细想,也不能在原地停留,唯有默默地朝外堂走去。

同样的行钵又开始了。大家带着各自的阴影重新面对。尤其是昨晚药石时被修理得很惨的同伴,想到即将降临的折磨,无不带着悲壮的神情。

抵达外堂后,从大库院传来庄重的云板声。等我们像昨晚那样笨拙地在单上坐好,垂吊在前方的梆子也开始敲打起来。

干涩的木板以一定的节奏时快时慢地敲击,发出嘹亮

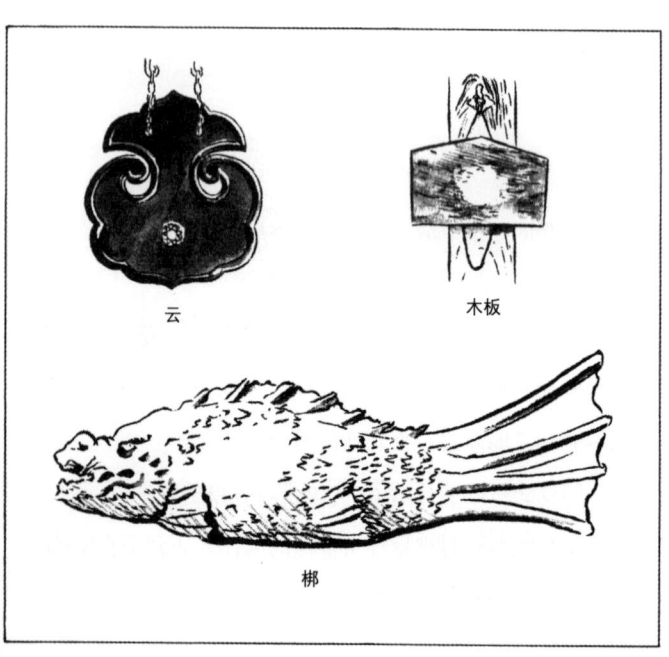

的声音,紧接着是大库院的云板和僧堂的外堂鼓,我们在昨晚药石时所没有的严肃氛围中展开行钵。

正如"行粥"的字面所指,丛林的早餐就是粥,搭配香菜与胡麻盐①。作为正式用餐的行粥,与昨晚非正式的药石,有许多不一样的地方。

首先,要向僧堂供奉的文殊菩萨献膳;其次,使用药石中没用过的头钵;再者,随着行钵的进行,用云板、梆子、鼓与各式偈文搭配唱和。

开始敲打梆子时,负责分配饭菜的净人拿着净巾进入僧堂,动作齐整地擦拭起床缘。当梆子敲过,与之呼应的大库院云板打起下钵板。所谓"下钵板",是用来通知大家将应量器置于床缘的信号。一听到下钵板声,外堂鼓即刻大擂,同时进行对文殊菩萨的献膳仪式。擂鼓在献膳终了时结束,我们在这时齐声唱诵起《展钵偈》:

佛生迦毗罗,成道摩揭陀,说法波罗奈,入灭拘尸罗;如来应量器,我今得敷展,愿共一切众,等三轮空寂。

佛陀诞生于迦毗罗国,在摩揭陀国开悟后,于波罗奈国展开说法,最后入灭于拘尸罗;佛陀所示现的应量器,我们今天铺展开,但愿与所有生灵、施者、受者和所施

---

① 胡麻盐是将炒过的黑芝麻与食盐按一定比例混合而成的调味料。

之物，同时自执着获得解脱，以无心而得无我之境地。

唱诵完毕，解开应量器的包袱巾，开始展钵：

仰惟三宝，咸赐印知，仰凭尊众念。
尊仰佛、法、僧三宝，并确认此心乃一真实心，大众一同景仰、感念尊贵的佛名。

展钵结束后，担任"堂行"的值班云水即带领大家念诵《十佛名》：

清净法身毗卢遮那佛，圆满报身卢舍那佛，千百亿化身释迦牟尼佛，当来下生弥勒尊佛，十方三世一切诸佛，大乘妙法莲华经，大圣文殊师利菩萨，大乘普贤菩萨，大悲观世音菩萨，诸尊菩萨摩诃萨，摩诃般若波罗蜜。

念诵结束，接着由堂行唱诵《粥时咒愿》：

粥有十利，饶益行人，果报无边，究竟常乐。
粥有十种好处：一、让身体气色佳；二、增加气力；三、延年益寿；四、防止腹胀；五、润喉；六、助消化；七、不染风寒；八、止饥；九、消渴；十、使大小便通畅。是故其果报无量无边，以至于达到安乐的境地。

在唱诵时，净人依照粥、香菜、胡麻盐的顺序将食物分配给众人。分配完之后，随着堂行拍击戒尺的信号，大家一起唱诵《五观偈》：

一、计功多少，量彼来处；二、忖己德行，全缺应供；三、防心离过，贪等为宗；四、正事良药，为疗形枯；五、为成道故，今受此食。

一、好好想想眼前的食物是如何来自自然的恩惠，经过多少人的努力才得以拥有；二、今天获得这些食物是为了达成修行的目标，反省自己是否努力精进而值得这些珍贵的食物的供养；三、喜欢的食物不可以贪心，不合口的食物也不可以厌恶，要去除对食物的贪欲，以离欲、无过患为戒；四、饮食非为贪求美味之乐，而是为了防止身体衰弱败坏；五、我是为成就无上佛道之大愿而领受此食。

接着要唱诵《擎钵偈》。我们将匙放进头钵、筷子放在香菜钵上，然后双手举起头钵直到两眼高度：

上分三宝，中分四恩，下及六道，皆同供养。一口为断一切恶，二口为修一切善，三口为度诸众生，皆共成佛道。

钵中所盛食物，上供佛、法、僧三宝，中供国王、父母、社会、天地自然四恩，下供天神、人、畜生、修罗、饿鬼、地狱等六道中之生灵。第一口愿能摧断一切恶，第二口愿能修得一切善，第三口愿能济度一切生灵，让众生皆能成就佛道。

《擎钵偈》唱诵完毕，即刻食粥一口，接着将胡麻盐撒在粥中，然后依序进食。

就像这样，正式的行钵有别于药石，从上单、展钵开始，中间伴随着各式动作连续唱诵好几轮偈文，到实际吃上第一口粥，需要花费不少时间。

我们连昨晚药石的行钵都还没整理清楚，现在又来一套不一样的东西，脑中更加混乱。一如以往，古参云水睁大眼睛盯着我们的每一个动作，不容许出现任何错误。

一头的大鉴又挨骂了。他旁边的天真也是，行钵从头到尾出错，古参云水瞪着他大声喝道："嘿！又是你，只剩下你还不会！"

和昨天晚上一样，令人不舒服的巴掌声在堂内回响起来。我们边听边紧绷着身体继续行钵。

行钵顺序还是依据地藏院脱草鞋的先后顺序进行。所以不管要做什么，第一个被叫去示范的，或首先被注意到的，都是最早脱鞋的人。因此排在最后的童龙和我，可以趁大鉴或天真被臭骂的时候，在脑中回想一遍接下来要做的动作。还记得站在地藏院门外，一直没被允许脱下草鞋，到最后只剩下自己一个人时那种日暮途穷的感觉。现在想想，觉得落单真好。

再进过后，开始以刷板清钵。清晨的行钵和晚上的药石不一样，没有香汤分配，因为粥富含水分而松软，不需要用香汤将附着在钵上的残渣泡软。

刮除干净后，接着分配净水洗钵。之后由堂行带头领唱《折水偈》，我们加入唱和：

我此洗钵水，如天甘露味，施与鬼神众，悉令得饱满，唵摩休罗细娑婆诃①。

我这洗钵之水，恰如天上甘露，今天施与鬼神大众，

---

① 唵摩休罗细娑婆诃为唱诵偈文结束时所用真言咒语，源出梵文"oṃ mahorase svāhā"。"oṃ（唵）"，为具有神圣力量之音，常用于咒起首。"mahorase（摩休罗细）"为"mahā（大）"与"urase（腹）"合体之字，可能是饿鬼的别名；"svāhā（娑婆诃）"则用于咒语结尾，有吉祥之意。

愿身心皆能饱满。

这时净人提着折水桶绕行堂内收集净水,大家将应量器一一恢复原状重新用包袱巾包好,净人则再次将床缘擦拭干净,最后由堂行唱诵《后呗》:

处世界如虚空,如莲华不着水,心清净超于彼,稽首礼无上尊。

世上众生,都可以如无垠晴空,或是像出淤泥而不染的莲花。清净自心是超越世上一切,无比重要的真理。我们在此诚心礼敬最为尊贵的释尊。

唱诵结束,堂行拍击戒尺,以示行粥终了。

"真是够了,一点胃口也没有。"
天真喃喃自语。我虽然没说出口,但也心有戚戚焉。
依旧是这样,左右前后看不见一点亮光和希望。连自己都要看不清了。在那样的漆黑当中,满怀恐惧地驱动着手脚,突然就一拳打过来。
不只行钵这样,禁止直视古参双眼的我们,无意识地看古参一眼就会被赏巴掌。在回廊擦肩而过时,礼数稍有怠慢也会挨揍。进食的作法、走路的仪态、坐下的姿势、讲话的方式等,一言一行都有严格的规定,稍不留神体罚马上降临。

每天从早到晚,没有一分一秒可以放松随便。我们就在这样的情境下,在完全没有自我意识的地方,被超乎想象的力量左右着,随波逐流。

回廊扫除

堂行打下行粥结束的戒尺时,佛殿的大鼓立刻敲起普请鼓。普请①鼓是回廊扫除开始的信号。

行钵告一段落的云水们,当即捧着应量器,迅速而有秩序地离开僧堂。我们也跟着走到外堂,快步回到旦过寮。说是快步,是因为不管有多紧急,伽蓝之内都严禁奔跑,更别说手上捧着神圣的应量器了。

回到旦过寮,首先将应量器放在规定的位置,然后迅速换装。回廊扫除通常都是穿作务衣,但是在旦过寮时期的我们还不允许穿作务衣,只能穿云水口中的"旦过寮风格"的装束去工作。

旦过寮风格的装束,就是脱掉袈裟、上衣,赤裸双脚,腰带束身,只着内袍,内袍的长度大约到膝盖以上。以手

---
① 禅林中集合众人合力出坡作务,名曰"普请",有"普遍延请"之意。

巾为衣、袖的束带，将袍子下摆撩高，带子在背后交叉绑好，方便行动。手巾必须用力束紧，到一根手指都插不进去的程度。

"喂，你们在那边扭扭捏捏、摸摸抠抠些什么啊！"

脱下来的衣物要先依照规定折叠整齐，按教导的正确方式放在指定的位置上，换装之后的全身上下也必须一丝不苟。整个过程不能拖拖拉拉，因此每个人都慌张地快步走出旦过寮。

禁止跑动的伽蓝内，只有在回廊扫除的时候准许跑起来。如果这时你优哉游哉地慢走，古参云水会马上给你一个飞踢。

尽管如此，还是有一个地方绝对不许奔跑，那就是经行廊下。全速前进的云水，一到了经行廊下立刻改为安静慢走，等通过之后才又飞奔如脱兔。

回廊扫除从永平寺最高处的法堂侧边开始。全山的云水手拿抹布，没有一个人慢条斯理，都是全速飞奔到法堂，那阵仗充满了杀气。

我也在长长的回廊中拼命往上冲，等抵达法堂侧面的时候，体力已经几乎耗光，只觉得一阵头晕目眩。但回廊扫除才刚开始。我们将抹布紧紧缠在手上，然后一口气将法堂侧边一直延伸到承阳殿的走廊擦拭一遍。

回廊扫除并不要求大家花时间擦得多仔细多干净，快速擦拭每一个角落就行，同时严禁膝盖着地。

这边结束后，接下来擦拭从法堂下到佛殿的长阶梯。这里也不准膝盖着地，必须把腰臀抬高，两只手抓着抹布从左到右大幅度地移动，一阶一阶地往下擦，快速前进直到下面，然后一口气跑上法堂，再往下擦一次。且过寮期间的我们就这样每次都被要求连擦五六回，只要速度慢下来立刻被骂被踢，感觉心脏都快爆裂了。

之后我们又从佛殿擦到僧堂前，经过中雀门，最后直到山门前的长廊。就这样来来回回一直擦个不停，直到古参云水说"好了结束"为止。

最初拧过的抹布，中途不许第二次沾水，以致擦到最后，因为干燥在地板上几乎推不动。尽管这时体力即将耗尽，但反而需要更加用力。每个人都气喘吁吁，两脚发抖，却一直等不到叫停的声音。

膝盖跪地，再也动不了的圆海，干脆把抹布抓着往前拖。后来我才想到原来将抹布紧紧缠在手上还有这个作用。

"啊，我也不行了，这次擦到底就放弃吧。"不知道这么想过几次。但这时心里又有一个声音："你不是因为喜欢才来到这里的吗？如果为了这种事认输偷懒，那你到底又是为了什么上山的?"于是打消这种念头,继续撑着。

前后来来回回总共多少趟呢?在那个树荫下还是残雪的清晨,当听到结束的指令时,迅速排成一列的我们,已经全都汗流浃背。

每个人都呼着白色雾气,摇摇晃晃地站在山门前。

"听好了,如果像今天这种程度就受不了,那么最好有所准备。这不过是小意思而已,明白吗?"

什么,这叫小意思?想到每天早上都会重复一次,不禁头皮发麻。带着对这训示的一抹不安的阴影,我们又快步走回旦过寮。

威仪

回廊扫除后脚步沉重地回到旦过寮的我们,来不及休息就忙着换衣服。

永平寺每天各项行事,对于不同场合的穿着都有详细规定。因此,云水除了服仪要正确,换衣动作也必须非常迅速。

虽说要迅速,但穿脱的顺序和作法却规定得极为严格,没有想象中简单。比如穿衣的时候,手要抓哪个部分,如何摊开,先穿哪边的袖子,每个动作要采取什么姿势等,都规定得巨细无遗。

永平寺的云水通常穿白色内衣,上面搭配半襦绊,再穿上无花色的外衣。

衣着的颜色,除了白色以外并没有特别规定,可以随个人喜好选择，鼠灰、棕色、蓝色、黑色都可以。

外衣上面套直裰。直裰一般称之为"衣"，由两袖的褊衫与裙袍缀合在一起，因此得名。褊衫与裙袍皆源自古代印度，褊衫是包覆上半身的胴衣，裙袍则是包覆下半身的腰衣。

直裰的袖子又长又宽。宽松的袖子不仅是一种装饰，也可以"衣手"——抓取不准直接用手接触的东西时，包覆手掌用。袖子内侧约在肩膀的位置缝了两条带子，只要打结绑在脖子后方，宽大的袖子即可收束到肩膀上。这种作法称之为"玉"。

直裰的颜色，永平寺规定为黑色；材质则没有特别规定，但不能是丝质的，所以大都是薄毛料或化纤布。

穿上直裰后，接着在腰部绑上手巾。所谓"手巾"，是一段四米长的细编绳带。过去坐禅时有在腰上绑条禅带的习惯，经过历史变迁逐渐成为现在的样子。绑带的方式，是在腰上缠两圈，然后打一个特殊的结。

这条手巾不仅可以系在腰上，也可以在背部交叉以在东司大便时撩高衣袍下摆，这时称之为"东司手巾"。回廊扫除的时候为了行动方便也会这样做，这时称之为"回廊手巾"。

坐禅或举行法要、仪式时，直裰之上要披上袈裟。袈裟本来是古代印度人平日的穿着,后来佛教将之神圣化。

道元禅师在《正法眼藏·传衣》和《正法眼藏·袈裟功德》卷里,对袈裟的历史传承、功德、种类、材质、穿着方式、缝制手法、洗濯规定等都有详细的说明。

袈裟由师父传给弟子,作为佛法相续的印记,是谓"传衣"。传衣是佛法正传的象征。道元禅师于大宋修行期间,目睹僧侣将袈裟置于头顶合掌礼拜的崇高庄严,豁然顿悟,不禁落泪,沾湿衣襟。

袈裟的制作,必须选用洁净的材料,以下十种所谓"粪扫衣",被认为特别洁净:

一、牛嚼衣(牛啃过的布)

二、鼠啮衣(老鼠咬过的布)

三、火烧衣(火烧过的布)

四、月水衣(经血沾染过的布)

五、产妇衣(妇人生产时用过的布)

六、神庙衣(遗弃在神庙的布)

七、冢间衣(丢弃在坟冢的布)

八、求愿衣(为了向神祈愿而遗留的布)

九、王职衣(国王、大臣施与的布)

十、往还衣(覆盖亡者的布)

据说,袈裟原本是僧侣捡拾收集遗弃的布片,洗净后

补缀缝合而成。道元禅师又在《正法眼藏·传衣》卷对粪扫衣做了进一步的诠释:

拾粪扫中,且知有似绢者,亦有如布者。用之,则不应名绢,不可称布,当称粪扫。以是粪扫故,粪扫而非绢、非布也。

捡拾的布片,既有丝质也有棉质,但当把它们拿来缝制袈裟时,已非丝非棉,一律都是粪扫衣了。所谓粪扫衣,既非丝衣,也不是棉衣。

纵令人天有生长为粪扫者,亦不应云有情,当是粪扫。纵令松菊有成粪扫者,亦不应云非情,当是粪扫。

若有人类化为粪扫衣,则他已非生物而是粪扫衣;若有松菊化为粪扫衣,同样它已非植物,不过是粪扫衣而已。

知粪扫之非绢、布,远离珠、玉之道理时,则粪扫衣现成也,生逢粪扫衣也。绢、布之见尚未零落,则于粪扫,梦也未见也。

当理解所谓粪扫衣非绢非棉亦非珠玉之道理时,即能理解粪扫衣,亦能得见粪扫衣。纠结于袈裟是绢或棉的人,终究无法理解粪扫衣。

纵令一生受持粗布为袈裟，而计执于布见者，则非佛衣之正传也。

即使一生敬谨，以粗布为袈裟，如果依然执着于布的外形或材质，也将永远无法得到佛法之正传。

从人的欲望中得到根本的解脱，亦即从超越物质的层面来看待袈裟，袈裟才能够成为佛法正传的证据与表征。

因此我们对袈裟与对应量器同样，都出之以极为虔敬的态度和心意。

关于袈裟的颜色，我们这些新到只限于黑色，之后随着年资增长，则依据在宗门内的资格与地位，而着用黑色以外的颜色。

穿袈裟时，要露出右肩，即所谓"偏袒右肩"。这是沿用古代印度的穿法，表示对他人的敬虔之意。而且穿着袈裟时禁止站立，必须蹲下来面壁而行。

附随袈裟的，还有使用同样材质制作的坐具。所谓"坐具"，是礼拜的时候铺设在脚下的长方形垫子，起源于佛陀在世时坐禅或横卧的场合所使用的垫子。

礼拜以外的场合，坐具被折叠成细长条挂在左手腕的袖子下，礼拜时才取出展开铺于脚下。铺展坐具的方法，视礼拜的形式而有若干差别。

除了坐禅、法要、仪式外，平常都是以络子取代袈裟。所谓"络子"，即是缩小版的袈裟，有如围兜般从脖子挂到胸前。

至于两脚，坐禅、行钵以及日常生活基本都是赤裸的状态，法要或仪式时，则依据其内容或裸足或套上无趾的足袋。

扫除或处理各种杂务时，穿的是作务衣。作务衣是最不正式的装扮，有时为了仪容的缘故，会在上面加上络子。

"哎呀，没有袈裟。"

"我也是，坐具不见了。"

刚开始换装没多久，大家就一阵惊慌。

"嘿，鲁山桑你呢？"

童龙瞧瞧我的行李问道。我一听赶忙检查行李。

"还好，我的东西都在。"

"咦，到底怎么了？我的袈裟、坐具还有经典都不见了。"

正当同修们为意想不到的失物事件而你一言我一语时，客行突然走了进来，我们赶忙排成一列。

"我昨天说的事你们全都忘了是不是？我应该教过你

们行李的正确摆放方法,也告诉过你们如果摆错了就会被没收。随便应付是不行的。如果想取回你们的东西,一个一个到我那里去拿,知道了吗?"

客行说到做到,没有按照规定摆放的行李真的都被他没收了。

东西被没收的同修,想到等一下又要被修理,一个个脸色黯然,拖着沉重的脚步走出旦过寮。

洗面

"非只除垢腻,乃佛祖之命脉也。曰:若不洗面而受礼、礼他者,皆有罪。"

意思是说,洗面的目的不仅仅是要去除污垢或油腻,而是因为这一行为本身乃佛祖正传下来的命脉。如果脸没洗干净而接受礼拜或向人礼拜,都是不可原谅的罪过。道元禅师在《正法眼藏·洗面》卷中,对洗面的作法做了详细的说明:

洗面之时节……着裙褊衫,或着直裰,携手巾而赴洗面架。手巾者,即一幅布……其色,不可白;白者制。

洗面时……应着僧衣,携带手巾前往洗面处。手巾为一块布料……颜色不可为白,白色是被禁止的。

当持手巾时,须如是护持。将手巾折成两块,放左腕,挂其上。毛巾者,一半拭面,一半拭手。谓不可拭鼻涕者,即不可拭鼻中及鼻涕也。胁、背、腹、脐、腿、胫,不可用毛巾拂拭。毛巾若垢腻污染,则须洗浣;湿者,则烘于火,或当于日下晒干。沐浴时,不可用毛巾。

使用手巾时,当遵守以下规定。将手巾对半折叠,挂在左手腕上。一面用来擦手,另一面用来擦脸。不可擦鼻孔或用来擤鼻涕,也不可以擦腋下、后背、肚、脐、大腿或小腿。如果因为擦了油腻或有污垢的地方而变脏,应当立刻洗濯干净。如果湿了,应烤干或晒干。不可用于沐浴。

云堂之洗面处,在后架也……到洗面架,将手巾之中部挂于颈,两端自左右两肩向前出,用左右手将毛巾之左右端由左右胁向后出,于背后交叉,左端向右来,右端向左来,于胸前系上。如是则褊衫襟为毛巾所覆,两袖被毛巾所结上,由臂举上,肘以下,手、腕、掌则显露,比如系绊。

僧堂的洗面处在后架……前往洗面处时,应将手巾对折挂于颈上,接着将两端从左右腋下绕到背后,交叉,左端从右方,右端从左方绕回胸前并打结。这么一来衣袍下摆被手巾包覆,两袖也被手巾撩高,露出手肘以下的手、腕与掌,就像绑了束带一样。

若是后架,则取面桶,到釜旁,取一桶热水,返回置于洗面架上。若在其他处,则将打热水桶之热水放于面桶。

若是在后架,则提洗面桶到大锅旁盛一桶热水,置于洗面台上。若是在后架以外的地方,则持水桶取热水倒进洗面桶里。

次当使用杨枝[①]。今大宋国诸山,嚼杨枝之法,久废不传……然今吉祥山永平寺,则有嚼杨枝之处……先须嚼杨枝。取杨枝于右手……其粗端,须微细嚼。

接着应当使用杨枝。如今大宋各个寺院关于杨枝的使用方法早已废弃不传……但永平寺依旧使用杨枝……使用方法是以右手持杨枝,细嚼较粗一端。

---

① 杨枝又名齿木,印度苦楝树枝,有驱虫、灭菌功能,古印度时用来洁牙。使用前泡水变软,然后嚼其一端成刷毛状,以刷毛摩擦牙齿、牙龈,最后将其咬成两半,用来刮舌苔。

"嚼头不得过三分。①"须善嚼,如刷洗齿上、齿下。须常常刷、洗。齿根肉上须善磨洗。牙齿之间,应善搅磨、洗刷。常常漱口,则清洁透明。

但咀嚼长度不可超过其三分之一。嚼过之后仔细刷磨牙齿里外,使其洁净,并重复几次。牙龈也需要按摩、刷净。齿间同样要清理干净。最后要一再漱口使口腔清洁。

如是之后,则应刮洗舌头……"刮舌有五事,一者不得过三返;二者舌上血出当止;三者不得大振手,污僧伽梨衣若足;四者弃杨枝莫当人道;五者常当屏处。②"

接着刮洗舌苔。刮舌要注意五点:一是不可超过三次;二是舌头若出血则必须停止;三是不可动作粗鲁,弄脏衣服或双脚;四是用过的杨枝不可丢弃在走道上;五是杨枝必须丢在不显眼的地方。

谓"刮舌三返"者,即将水含于口,刮舌三返也,非三刮。须领会"血出当止"。

所谓三次,意思是口中含水刮舌三次,不是往复刮三

---

① 引自《三千威仪经》。
② 刮舌五事出自《三千威仪经》。

次。特别要注意，舌头若刮出血来则要即刻停止。

常常漱口，唇内，舌下，乃至腮，用右手第一指、第二指、第三指之指肚等洗除至滑如。若近日食过油脂物，则须用皂荚。

经常漱口。嘴唇内侧、舌头下方以及两腮，用右手第一指、第二指、第三指之指腹去清洗，直到光滑为止。若吃过油腻的食物，可用皂荚粉清洗。

杨枝用毕，则须弃于屏处。弃杨枝毕，须三弹手指。后架当有盛弃杨枝之斗，在别处，则须舍弃于屏处。漱口水，须吐于面桶外。

杨枝使用过后，应当丢弃在不显眼的角落。丢弃杨枝后，要弹指三下。后架有容器装用过的杨枝，在其他地方则丢弃于角落即可。漱口水必须吐在洗面桶外。

次当洗面。两手掬面桶热水，从额至两眉毛、两眼、鼻孔、鼻中、耳中、颇颊，遍洗之。须先打好水，然后再刷洗。莫将涕唾、鼻涕掉入面桶。如此而洗时，莫过度费水，将洒落在面桶之外而不够用。

接着开始洗脸。两手捧取洗面桶里的热水，从额头开始,到眉毛、眼睛、鼻孔、耳朵、头颅和两颊,都要一一清洗。先将清洗的部位沾上热水,然后慢慢抹洗。不可让泪水、唾液和鼻涕落入洗面桶中。清洗过程不可浪费热水,不可将热水泼洒在洗面桶外导致水不够用。

尘垢、腻物,洗至殆尽。须洗耳里,以着水不得故。须洗眼里,以着沙不得故。或洗至头发、头顶,即是威仪也。

要将污垢、油脂清洗干净。耳朵里也不要忘记清洁,但慎防进水。眼睛也要洗干净,以去除尘沙。必要时还要洗头发、头顶。这些都是佛祖所传威仪之法。

洗面毕,弃面桶水后,须三弹手指。
脸洗好后,将洗面桶里的水倒掉,然后弹指三次。

次当以手巾拭面,拭后须晾干,然后将手巾如本脱取,折成两片,搭于左臂。
接着用手巾擦脸,擦过之后需要晾干。最后将手巾取下,对折搭在左腕上。

当私观想，生于后五百年①，身处边地远岛，宿善不朽而正传古佛之威仪，不污染而修证者，当随喜、欢喜。

宜私自默默观想，虽然生于末法之世且身处偏僻的海岛，却由于累世善根不绝之故，得以正传古佛之规矩，不受染污而修行得证，应当珍惜并感到欢喜。

走出永平寺僧堂的后帘，有一个地方称作"后架"。洗面即在此。

后架设有一个很大的洗面台，木制洗面桶叠放在棚架上。不过这里没有道元禅师所说的烧热水的锅，现在永平寺都是以冷水洗脸。

到了洗面时间，我们先将长约三米的深灰色洗面手巾对折挂在脖子上。再将这条布带左右两端分别经由两腋在背后交叉，绕回胸前打结，有如束带。接着将擦拭用的手巾搭在手腕上，手持洗面用具，走向后架。

还有一件事和道元禅师所说的不一样：现在的永平寺已经不使用杨枝，而改用牙刷了。

道元禅师渡宋，遍观诸山诸寺，无一处知晓杨枝的使

---

① 一般认为佛陀灭度后第一个五百年为正法住世的时代，之后得佛法正传者不多，即所谓"末法时期"。此处"生于后五百年"意即生于正法住世的年代之后。

用,僧俗口气都很臭,隔着远远的距离说话,口臭还是冲鼻而来,令人难以忍受,因而悲叹杨枝作法的失传。

> 若问着杨枝法,则失色失度……虽有才知漱口者,然(彼等)只将牛尾切成寸余,将大约三分之牛角作成方形……作如马鬃形,以之洗牙齿。难谓僧家之用器……彼器者,俗人、僧家皆用之拭鞋尘之器,梳鬓时亦用也。虽有些许大小,然是一也。

若问他们杨枝的使用方法,就变了脸色,失了分寸……虽也有少数知道漱口的人,但他们是将牛尾毛切成一寸多,镶嵌在由三分之一长的牛角切割而成的长方形柄上……有如马鬃,可以用来刷洗牙齿,可是很难作为僧侣的用具……这是擦鞋、拂尘的道具,也是梳发的道具。虽然只是大小略微有别,却都是不净(不合佛法)的道具。

看到这里即可明白,对禅家而言,杨枝具有世俗所不能明白的特殊价值。《正法眼藏·洗面》卷中,也引用了如下的话:

> 佛受嚼竟,掷残着地便生,蓊郁而起,根茎涌出,高

五百由旬①，枝叶云布……渐复生花，大如车轮。遂复有果……根茎枝叶，纯是七宝……虽色发光，奄蔽日月。食其果，果美逾甘露，甘露香气四塞……香风来吹……枝叶皆出和雅之音，畅演法要，闻者无厌。

佛陀餐毕嚼杨枝，用过弃于地上，杨枝即长成一棵高与天齐的大树，枝叶蔽天如云……很快开出大如车轮的花朵，又长出巨大的果实……根茎、枝叶辉耀犹如七宝②……其光亮甚至盖过日月。果实味美胜于甘露，香气弥漫四方……当香风吹过……枝叶奏出典雅的乐章，让人仿佛像在聆听尊贵的佛法畅演。

道元禅师还讲了不少关于佛祖与杨枝的传说，他认为"嚼杨枝是诸佛菩萨并佛弟子之必所持用"，了解杨枝使用方法的人，即是理解佛法的佛道修行者，"见杨枝者，即见佛祖也"。他甚至说，如果有人问此间意义何在，可以回答这个人"幸值永平老汉嚼杨枝（有幸目睹道元禅师嚼杨枝）"。

---

① 由旬为古代印度计算长度的单位，有说是公牛走一天的距离，也有说是帝王行军一日的里程。
② 七宝指佛经中常提到的七种珍宝，但名目各异，依照《佛本行经》，七宝是金、银、琉璃、砗磲、玛瑙、珊瑚、水晶。

我们抵达后架,走到洗面台前,将手上拿的牙刷、牙粉放到前面的棚架上,然后将搭在左腕擦拭用的手巾挂在打结于胸前的洗面手巾上。这样一来擦拭用的手巾就好像围兜一样。

接着取木桶,转开水龙头,静静地等待木桶装满。洗脸用的水,限定只有一桶。这时要默唱偈文:

手执杨枝,当愿众生:心得正法,自然清净。
手上拿着杨枝,发愿回向众生:内心依止正法,自然得清净。

偈文默唱完毕,拿起牙刷,沾上牙粉,再度默唱偈文:

晨嚼杨枝,当愿众生:得调伏牙,噬诸烦恼。
清晨嚼杨枝,发愿回向众生:得调伏诸恶的牙齿,粉碎一切烦恼。

然后开始刷牙。这时应当将头放低,尽量不发出太大声响。

刷牙完毕,以单手从桶中舀水,清洗牙刷。接着将洗干净的牙刷置于棚架上,再次默唱偈文:

澡漱口齿，当愿众生：向净法门，究竟解脱。

将口齿刷洗干净，发愿回向众生：心向清净法门，获得究竟解脱。

然后是漱口。两手从桶中捧水，轻声漱口，要将漱口水吐在排水口附近，以免弄脏洗面台。

完成洁牙，再度默唱偈文后，即开始洗脸。

以水洗面，当愿众生：得净法门，永无垢染。

以水洗脸，发愿回向众生：得清净法门，永不受污染。

后架位于僧堂后方，是伽蓝中一个特别安静的所在。有挑高的天花板，高高的纸窗。我们就在纸窗透进来的柔光下，用初春冰冻刺骨的山中清水洗脸。

本来以为只是洗脸而已，但桶里满满的水却给人一种尊贵之感。我俯下身子，用双手自桶中掬水，因为水太冷，手被冻得失去感觉。闭上双眼，不顾一切开始洗脸，肌肤仿佛被整片削掉。我们就在这冷冽中一次又一次掬水洗脸。

冰冷的清水沿着头部曲线往下，经由双颊滴落。四周无声浮起白色雾气,最后消失在沉默的阴影之中。

  道元禅师所传授的洗面之法,是包括洗身和洗心,将一切都清洗干净。身心得到清净,周遭的世界也将变得清净。所谓"洗净",不是说有污秽就洗,无污秽就不洗。能够超越净与不净,才是洗面的真正意义所在。

偈文

"遵命,应该是这么念:Niyanni-、sanpo-、ansu-insi-、niyanpin、sonsyu-niyan。①"

"很好,下一个。圆海你念念看!"

"是!"

在旦过寮坐禅的我们,又有新课题交付下来——偈文背诵。

所谓"偈文",是以诗句的形式组合而成的类似短经的文辞,如《展钵偈》《洗面偈》《东司偈》,在每天各种行事的场合唱诵。

大大小小每一件行事都有对应的偈文,如果不能唱诵

---

① 此即《展钵偈》"仰惟三宝,咸赐印知,仰凭尊众念"的发音。音读传自大宋禅堂,与日语惯用发音差异极大,一般日本人也念不来,必须努力背诵。

这些偈文,在永平寺是没办法吃饭、洗脸甚至上厕所的。所以我们必须将所有偈文背诵下来。

来到这里,我才开始担心自己的背诵和记忆能力。从来没有像现在这样,对自己已经三十岁这件事感到如此不安。

身边的云水多半是刚从大学毕业的年轻人,和他们比起来,我的记忆力肯定比较差。何况他们都可以说是"门前的小僧①",对他们而言,偈文就像怀念的摇篮曲一样残留在记忆深处。虽然不是全部,但相当一部分是熟悉的。从各方面看,我都落后他们很多。

更不要说这些偈文大部分是依据唐音或吴音的方式发音的。不仅数量庞大,而且难以理解,实在令人吃不消。

偈文的点检,由旦过寮的云水负责,每天数次拿着笔记本进来,让我们一个一个轮流念给他听。每次的结果都记在本子上,直到所有新到都能正确发音并默记下来为止。

我们之中表现最优异的是眺宗。

前来永平寺出家的云水,多半刚从宗门所开设的大学

---

① 门前的小僧,指出生在祖传寺院中的孩子,他们不必受特别教导也能因为耳濡目染而自然学会唱诵。

毕业，从某个角度来看，他们的修行差不多就是把大学课堂搬到了永平寺。

不过即使都出生于祖传寺院，每个人受教育的情况也不尽相同，有些人在完成义务教育升上高中的同时，还以云水的身份进入被称为"专门僧堂"的寺院，一边修行，一边读书。

眺宗就是这样。虽然现在的他只是一个刚从高中毕业的十几岁男生，但这些基本的偈文根本难不倒他。不仅如此，连各项仪节作法他也非常熟练。

光在那里羡慕人家也不是办法。我只能一边在旦过寮坐禅，一边找时间翻开经典中的偈文部分，一段段在脑子里反复诵读默记。

午时

人类所做的思考中,"为什么"这样的提问有着特别重要的意义。它在推动人类进步上所发挥的巨大作用,是无可置疑的。

但在永平寺每天所执行的各项仪节中,"为什么"几乎没有意义。如果做每一件事情都要问"为什么",就会让事情滞碍难行。在这里最重要的是忠实地接受所学的规矩法度,然后将它们完整而正确地做出来。总之没有主观想法存在的余地。

问题是我们的潜意识里有一种本能的冲动——对所有事物都想找出它们的意义或目的,因此要全盘接纳伽蓝生活中的规定并非易事。内心只要有一点空隙,马上就会跑出"为什么要做这件事""到底是要怎样"这样的念头,开始胡思乱想,随之又感到懊恼。我们就被这样一些没有答案的谜团纠缠着。

这种无法释然的心情,加上一天比一天严重、躲也躲不掉的脚痛,导致打坐时意识偶尔会有阵阵的昏沉。

上午是这样的状态,接近中午时,我们又得穿上袈裟前往佛殿。

佛殿这时正要展开日中讽经。和晚课讽经时一样,我们在殿外铺设的板条踏板上排成一列,应和着殿内传出的读经声开始念诵。

日中讽经也和晚课讽经一样,只要不是遇上佛祖忌日或其他特殊的行持,一般都在佛殿举行。日中讽经讽诵的是《佛顶尊胜陀罗尼》。此经极短,却音声清妙,让人无比愉悦。

中午的佛殿里,虽然初春的阳光还不是很明显,但一天比一天明亮,从古杉高耸的叶梢间照射进来。

那种暖意叫人惊讶。我已经浑然忘记阳光也可以这么温暖了。回想自从踏进永平寺山门以来,经过的地点全都远离阳光。且过寮也好,经行廊下也好,外堂、后架还有东司,无一不是位于屋檐深处或是隔着厚厚的墙壁,仿佛冷气灌注的深渊,又暗又冷。

"啊,这就是所谓的天然暖气吗……"

我再度对自然的恩赐充满敬意,也祈求这种舒服的感觉能够一直持续下去。

然而舒服的时刻总是过得特别快,日中讽经一下子就结束了。

归寮的我们马上又拿起应量器走向外堂。中午行钵的时间到了。

没来永平寺之前,对于用餐几乎不曾有什么特别的感觉。反正是饿了就吃,吃饱了就停止。要说会想些什么的话,充其量就是想吃点美味并为此伤一下脑筋罢了。

但是在永平寺里,吃可是非常重大的一件事。问题不在于饿或饱,好吃或难吃,而是怎么吃。真可以说是"法等于吃,吃即是法"。

道元禅师在《赴粥饭法》中详细写下了正确的用餐方法:

不得挑钵盂饭中央而食,无病不得为己索羹饭,不得以饭覆羹更望得,不得视比坐钵盂中起嫌心。

不可只挑钵中央的食物吃,没有患病就不可另外索取饭菜,不可把菜埋在饭里而索取更多,不可瞧邻座的钵比较分量多寡。

当系钵想食。不得大抟饭食,不得抟饭掷口中,不得取遗落饭食,不得嚼饭作声,不得噙饭食,不得舌舐食……

应当一心一意吃自己钵中的食物。不可将饭捏成一团吃,不可将饭捏成团塞满嘴,不可将掉在地上的饭捡起来吃,不可咀嚼出声,不可发出吸食粥饭声,不可用舌头舔食物……

不得振手食,不得以臂拄膝食,不得手爬散饭食……犹如鸡鸟,不得污手捉食,不得大搅及歠饭食作声……不得作窣都婆①形而食,不得将头钵盛湿食,不得将羹汁头钵内淘饭,不得旋菜羹而盛头钵内和饭吃,不得大衔饭食,如猕猴藏而嚼……

吃饭时手不可摇来晃去,不可将手肘撑在膝盖上,不可用手搅拌饭食……像鸡一样,不可用脏手取食,不可混搅饭菜并发出吸食声……不可将食物堆在钵中如佛塔状,不可将汤汁倒进头钵,不可将菜盖在饭上搅拌而食,不可像猴子一样大口含饭然后慢慢嚼食……

切忌太急食讫,拱手视众。未喝再请,不得刷钵盂食念吞津。不得辄剩索饭羹食,不得抓头令风屑堕钵盂及镖子中,当护手净。

① 窣都婆,梵文"Stupia"的音译,意为佛塔。

不可自己太快吃完，然后双手交叉抱胸观察他人。不到再进的时候，不可刷钵，吞口水做贪吃状。钵中犹有饭菜时不得要求再进。不可搔头令头屑掉入食器。双手应当保持干净。

不得摇身捉膝，踞坐欠伸，及摘鼻作声。如欲嚏喷当掩鼻，如欲挑牙须当掩口。菜滓果核，安钵镇后屏处，以避邻位之嫌。如邻位钵中有余食及果子，虽让莫受……或有所须默然指受，不得高声呼取。

不得摇晃身体、抱膝、立膝、打呵欠、擤鼻涕并发出声音。如果要打喷嚏，应该以手覆鼻，如果要挑出齿间饭菜残渣必须以手掩口。菜渣、果核应放在食器一角，不要让邻座感到不舒服。若邻座钵中食物有剩，即使要分给你也不可接受。如果有什么需求，必须悄声表达，不可高声索取。

食讫钵中余物，以钵拭净而食之。不得大张口满匙抄食，令遗落钵中，及匙上狼藉……不得含食言语……食时不弹舌而食，不啧喉而食。不吹气热食而食，不呵气冷食而食……

钵中如有食物残留，用刷板刮取后吃掉。不可张大嘴巴吃满匙的食物，以致掉落钵中，或让匙上一片狼藉……口中含食时不可说话……咀嚼时不可让舌头、喉咙发出声音。不可吹气呵暖食物，也不可吹凉食物……

凡一口之饭须三抄食……食时不极小抟，不极大抟，圆整而食，令匙头直入口，不得遗落。不得酱片饭粒等落在净巾上。如有遗落食在巾上，当押聚安一处付与净人……

一口饭原则上分三次舀……放进口中的分量不要太少或太多，以适当为准。以匙就口，不可掉落。不可让酱料、饭粒掉在布巾上。若不慎掉落，应该将之集中，交与净人处理……

饭中如有未脱谷粒者，以手去谷而食，莫弃之。莫不脱吃。三千威仪经曰："若见不可意不应食。亦不得使左右人知。又食中不得唾……"如有余残饭食，不得畜收，须与净人。

如果饭里有未脱壳的米粒，以手去壳再吃。不可丢弃，也不可不脱壳就吃。《三千威仪经》中说道："若钵中杂有不宜食用的东西，既不应吃，也不要让邻座得知。如果不小心吃了进去，不可像吐口水一样吐出……"若有剩饭，不可保留，应当交给净人处理。

食讫作断心,不得咽津,不得用匙刮钵盂钵鐼作声,莫损钵光……不得口衔汤水而作响,不得吐水于钵盂中及余处,以净巾不得拭面头与手矣。凡有所食,直须法观应观不费一粒之道理,乃是法等食等之消息也。①

用餐完毕就不要再有贪食之心,不得吞咽口水,不可用匙、筷刮擦食器发出声响,不可使食器褪色,失去光泽……不可口含汤水出声,不可吐汤水于钵中或其他地方,布巾不可拿来擦脸、头、手。但凡用餐,就应时时念及一粒米亦不可浪费的道理。这就是所谓"法等于吃,吃即是法"的真义。

结束在大宋国的修行回到日本的道元禅师,目睹当时建仁寺②吃饭时的景况,大叹"直如禽兽",于是作了《赴粥饭法》。之后《赴粥饭法》成为日本佛教饮食作法的重要依据。

表面上看来,里面所写的都是今天日本人的常识,但很快我们就体会到从文字描述到如实做出来是怎么回事了。

---

① 原文"凡有所食。直须法观应观不费一粒之道理。乃是法等食等之消息也"接在"不得咽津"后,此处配合作者将之置于最后。
② 建仁寺位于日本京都东山地区,为道元入宋前师事荣西禅师大弟子明全和尚的道场。

午时的行钵和早晨的行钵大致没什么差别。不一样的地方,首先是行粥时堂行所唱诵的《粥时咒愿》变成《斋时咒愿》。斋是指午饭。

三德六味,施佛及僧,法界有情,普同供养。

合乎轻软、洁净、如法三种美德,备齐苦、酸、甜、辣、咸、淡六种味道的食物,不只供养佛与僧,也遍及世上一切生灵。

接着依照饭、味噌汤、酱菜的顺序分配,最后加上一碟别菜。别菜指的是装在碟子里的小菜,本来是放在大盆里面,端到每个人面前再分装的。饭菜都分配完后,和早上一样一起唱诵《五观偈》,但中午的行钵接下来还要进行生饭①供养。

所谓"生饭",意思是将自己的食物也分给恶鬼幽神享用,这时要唱诵《生饭偈》:

汝等鬼神众,我今施汝供,此食遍十方,一切鬼神共。

---

① 生饭(saba)发音或源自唐音"sanpan"(汉字又作"散饭""三饭"或"三把"),指施食予鬼神、饿鬼和众生。

诸方鬼神啊，我现在以此食供养，一切鬼神啊，都请一起享用。

开始唱诵时须先合掌，然后将右手食指指尖浸入味噌汤，接着用此指沾湿刷板前端，在上面放七粒左右饭米。放好后，食指再浸入味噌汤，然后以布巾擦拭。之所以将刷板前端以味噌汤沾湿，是为了避免饭粒沾在刷板上。

生饭之后行过再进，就有净人手拿有如木制小畚箕的生饭器与一把锹形的东西，绕行堂内收集饭粒。收集完毕，即撒到僧堂后面的生饭台上，最后这些饭粒多半是进入群集而来的野鸟肚子里。

中午的行钵，看似只比早上的行钵增加了生饭供养仪式，但对我们而言可没那么简单。一如往常，在恐怖的气氛下手忙脚乱，不管吃什么都没有时间好好咀嚼回味，只能囫囵吞下。

宋代的大学者程颢曾拜访定林寺，看到行钵的庄严光景，不禁正衣冠而赞叹道："三代礼乐，尽在是矣。"而我们这些新到的行钵，虽没有惨到"直如禽兽"，但离"三代礼乐"也还很远很远。

警策

眼前立着不知历经多少岁月,被多少人的手默默擦拭过的板壁。木板的年轮犹如羸弱衰颓的老人背上的脊骨,坚硬地凸显出来。

沿着这些年轮的纹路,我不知道用视线描摹了多少次。就像坠入没有出口的迷宫,不管怎么走,很快都会回到原点。有些时候,突然来到板壁的边缘无路可走,在一个地方进退失据。

偶然往窗外一看,群树的枝桠正沐浴在初春的暖阳中。我们所在的地方却寒气逼人,空气简直像冻结了一样沉重。长时间端坐不动的话,手脚慢慢就会失去知觉。

偶尔试着将衣袍的长袖覆盖在盘着的腿上,但想让冰冷的两脚回温,袖子也未免太单薄了。想念阳光。只要能够打开眼前的玻璃窗想办法爬出去,身心马上就会被包裹在温暖和明亮之中。我就这样，一边克制着爬出去的冲动，一边痛苦地打坐。

双脚的疼痛一天天加剧。有时会痛得以脚指甲用力挤压脚肉，只差流出血来。但对于剧痛中的脚而言，这样不过就像用指腹在厚布上抚摸罢了。两脚已经变成不断折磨自己的可怕怪物。

旦过寮期间，我们就这样被肉体的痛苦和恐怖不安的精神痛苦毫不留情地折磨着。个人情感的介入被彻底排除，不管你同不同意被各种规矩作法束缚，最后都会被折磨得舍弃所有执着。那样的日子，从早到晚不容你有一瞬的放松，意识恍惚到仿佛永无止境。

但时间还是会一天一天地流逝，终于来到最后的第七天。过着既没有日历，也没有报纸、电视和广播的日子的我们，其实对于这是第几天已毫无感觉。第七天和其他日子也没有什么两样，同样有黎明，也同样有正午。

但是到了这天傍晚，客行突然出现，告知我们今天是旦过寮的最后一天，明天早上就要举行入堂之拜了。

所谓"入堂之拜"，就是到目前为止只能在外堂活动的我们，获得允许进入永平寺的圣域——僧堂，为踏出成为永平寺正式云水的一步而举行的仪式。

回想过去七天，在旦过寮暂住的我们虽然充满了恐惧与不安,但需要学会的每一种仪节作法基本上都已经熟练,看上去天书般的一段段偈文现在也都背得差不多了。

这七天里,无可讳言就是挨骂、挨打、挨踢的持续,但没有这种紧迫感和恐惧感,短短七天时间肯定没办法记住这么多东西。而且庆幸的是,还有同甘共苦的同伴陪着。

终于通过旦过寮阶段苛酷的考验,每个人都露出欣喜的笑容。那样的表情,是大家一起咬紧牙关,携手完成一件大事之后才会有的满足感。

其后,我们仍像平日一样,在外堂进药石,于经行廊下打坐。

只是这天的夜坐仅一炷香就结束。我们很快回到旦过寮,在自己的位置面壁而坐。不久客行手持警策出现。他缓缓走到我们背后,不紧不慢地说道:"从你们来敲永平寺的大门开始,到在旦过寮打坐至今,已经七天的时间过去了。对此前在娑婆世界过着自由自在生活的你们来说,旦过寮的每一天想必都痛苦不堪吧。但这里是永平寺。你们需要告诉自己,这一切都是理所应当的。

"来敲门的不是别人,是你们自己。既然是自愿前来,那就抛弃投机偷懒的念头,专心一意接受修行的考验。永平寺是禅的根本道场。对于叩门的人,我们自然会认真对待,全力以赴。你们必须有心理准备,如果不改掉娑婆世界的习气,马上就会被赶出门去。

"还有一点要提醒诸位。虽然旦过寮的生活在今天告一段落,但如果你们以为从此可以安心放松那就错了。旦过寮结束才是真正的开始,明白吗?现在从边上第一位开始,大家就自己在旦过寮的修行轮流做一个反省。"

客行说完走到最边上的大鉴背后。大鉴稍微想了一下,发表了简短的反省。

客行听过之后回应了几句,随之以手上的警策在他右肩用力打下一板。坚硬的直纹木棒在肩上弹震出来的尖锐声响,瞬间让堂内空气紧绷起来。

之后依序是天真、融峰、圆海、喜纯、眺宗、童龙,最后才轮到我。我深吸了一口气,开始回顾这漫长的七日:

"旦过寮期间所接触的一切,都是我有生以来第一次经历的,学起来难免吃力。越是想做好却越是力不从心,终于醒悟到自己的无能。"

"为了自己而受苦是非常好的事。接下来也请继续受苦吧!"

听了客行的话我立刻合掌低头,就在这一瞬间,警策重重地在右肩打下一记。一阵爽快的震颤传遍全身。

旦过寮最后的夜晚客行说的这句"为了自己而受苦",

在之后的修行生活中不时浮上心头,每次都能让放逸松懈的我再度振作起来。

明天早上终于要入堂了。这个晚上,我像七天前一样又一次翻来覆去无法入睡。既有即将入堂的喜悦,也有相当程度的不安。不过最令人开心的,是时间的流逝。不管当下是什么遭遇,时间都从不停留,没想到我竟然为这么自然而然的事开心不已。但也正是这一单纯的事实让我特别宽心。

"天无绝人之路!"

毫无睡意的我望着窗外深邃的夜空这么想着。

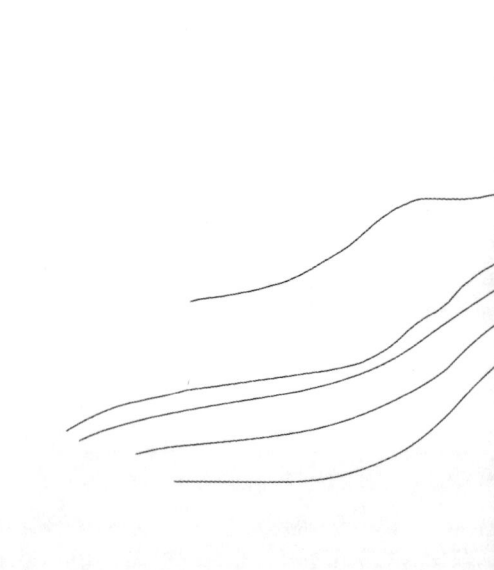

第三章 在黑暗中冻结的孤独

入堂

入堂之拜紧接在早晨行钵之后,于僧堂上举行。

前往外堂时,除了应量器和坐蒲团,我们也携带了袜子和坐具。一如以往,行钵结束下单之前,我们快速穿上袜子,将坐具搭在左手腕上排好队。

整列完毕后,客行一一确认了我们每个人的脸。然后在最前方手持线香的大鉴的带领下,我们排成一列,依次穿过前帘①步入僧堂。

总算走进了永平寺的圣域。它与外界隔着两重板壁,里面宽广而微暗,但空气却异常透明。一切摆设都简洁得令人迷惑,而弥漫其间的深沉静默,仿佛也隐含着重大的意义。

等我们抖擞精神站定位置,大鉴就一个人向前,将线

---

① 见 150 页《僧堂》一节。

香安放在僧堂中央圣僧龛的香炉中。丛林中每逢行持仪式，都会点不同的香，每种香代表了不同的意义，像今天入堂之拜所点的线香，带有盟誓之意。

大鉴安放好线香后，我们一起展开坐具，行三拜之礼。每当跪下，上身平伏于地时，僧堂中的冷冽空气就会传遍全身，让人有一种特别的庄严之感。

之后我们排成一列，合掌弯腰低头，以圣僧龛为中心，顺时针在堂内绕行一圈。这是古代印度的礼仪，以此表达对神圣或尊敬的对象的最高敬意。在这样的场合，右边代表东方，顺时针绕行即由东方走向南方。自古以来，东方代表着生命的起源，南方代表着光明的太阳，所以右绕也有朝着生之起源与光明而走的意思。

这时僧堂中整齐排列的云水们也朝我们合掌低头回礼。僧堂的入堂之拜，就在一片严肃静默中完成了。我们走出前帘，经过前门回到回廊上。

外间已经大放光明。在刚升起的太阳的照耀下，眼前的一切都闪闪发光。佛殿前老梅树的花蕾，也已在姗姗来迟的春阳下蠢蠢欲动了。

我们一边在阳光充足的屋檐下感受双脚的暖意，一边随着客行沿着回廊的阶梯往上走。在回廊尽头左转，经过白山①水之井,来到承阳殿前。

承阳殿,是奉祀开祖道元禅师灵骨的庙堂。

重重高耸林木深处的佛殿,正门面向山谷中错落的伽蓝,入口摆了一口名为"定盘香炉"的巨大香炉。正式到承阳殿上殿之时,必须先在净水盘漱口洗手,然后到香炉旁熏衣袍。定盘香炉中,抹平的香灰被按压出矩形的沟槽,沟槽里是燃烧中的深绿色香粉,时间就在这袅袅熏烟中静静流逝。

走进殿里,首先看到的是称之为"下段"的拜殿,这里和佛殿一样,也是宋代样式的石板地面。光滑的石板反射着从纸窗透进来的幽光,微暗的殿内因为幽光的净化而显得更加崇高。

正面的门楣上挂着明治天皇御笔的"承阳"匾额,其下的来迎柱后面,是光线微弱的空间,可以看到里面庄重的朱红色台阶。台阶的最上层,即是奉祀日本曹洞宗开祖道元禅师灵骨、名为"御上段"的本殿。御上段中仿佛飘漾着一股充满神秘氛围的灵气,只有拥有特殊资格的人才能走进那里。

在入口前排好队的我们,与在僧堂时一样,由手持线

---

① 白山亦称三灵山,位于日本北陆白山国立公园内,最高峰标高2702米,与富士山、立山同称日本三大名山。永平寺修行者因饮用白山之水,故因缘极深。

香的大鉴为首，鱼贯进入殿内。等大鉴插好线香后，大家一起行三拜之礼，承阳殿的入堂之拜也就顺利完成了。

入堂之拜乃是在旦过寮学习了修行生活所需的各式仪节与规矩之后，获得许可进入僧堂的修行人，向开祖、祖师以及本山的诸位导师、云水行见面礼的仪式。虽说可以进入僧堂了，但我们仍然不算永平寺的正式云水。在认证正式云水的"新到挂搭式"举行之前，我们依然是被称之为"暂到"的准云水。

拜过僧堂与承阳殿两个地方之后，接着开始巡拜坐落在全山各处的寮舍。首先拜访的，是承阳殿旁边孤云阁里的侍真寮。

侍真寮是负责承阳殿的云水待命的寮舍。进去后首先在玄关处的香炉前拈香三拜，同时全体齐声道"暂到请多指教"作为见面礼，然后由客行轮流报上我们的名字，之后即结束。

走出侍真寮，接着是法堂、永平寺住持的居所不老阁、永平寺总负责人监院的居所监院寮，然后是知库寮、大库院、直岁寮、祠堂殿，从山谷高处一路向下拜去。当我们完成最后的圣宝阁的入堂之拜时，时间已经接近中午了。

伽蓝里面寮舍很多，想必每一处的云水都不少。但不管在哪一处寮舍，活动其中的云水都呈现出紧迫感，有一种奇妙的美，也有些可怕。

这天，在我们满山行入堂之拜时发生了一件事。

记得是离开不老阁前往监院寮途中，大概正通过光明藏的时候。我因为仪式的不断重复，最初的感动越来越淡薄，只知道默默追随客行前进。

这时，与我们相反的方向，有一行人正从监院寮前往不老阁。那是一群已经有些岁数的女性朝山客。看到我们的队伍，她们立刻让到路边。当我们经过时，每个人都诚心合起手掌。

就是这样一个画面，让我第一次感觉到自己已经是一名僧侣，剃了发，穿上了僧衣。如果只当这是一种行为方式，一点都不难。不过是剃刀刮头，两手穿过袖子罢了。

但是当看到老婆婆对我们合掌的身影时，我才惊醒剃发和着僧衣的重大意义。想到在旦过寮期间，为一些琐碎的事而心生动摇，一点压力就觉得受不了，实在羞愧不已。

与一位老婆婆四目相对时，看到她合十的满是皱纹的双手，露出至福笑容的脸，我忍不住流下泪来。

"加油吧。总之只有拼命向前了。"

心中唯有这样一个念头。我为此激动不已。

僧堂

正式入了堂的我们,从此展开以僧堂为中心的修行生活。

僧堂是丛林修行的根本堂宇。永平寺僧堂完全遵照宋代的正规样式,正面入口称为"前门",两扇厚重大门上设采光纸窗。往左右推开前门,即是我们之前行钵所在的外堂。

进入外堂后,僧堂正面入口有个前帘。前帘是由厚毛料所缝制的布幔,通过时须将它像帘子一样往上卷,然后搭在一个金属挂钩上。

僧堂另一面,与前帘相对应的位置有一片后帘。走出后帘,即是洗面的后架,设有宽阔的洗面台。不过要从后帘进出时并不需要像前帘一样把布幔往上卷,而是直接通过两旁的空隙。一般前帘是行持等正式场合进出时使用,后帘则在其他情况下使用。

僧堂左边一墙之隔即经行廊下，右边则是名为"北面间道"的窄仄通道。

僧堂内部正中央安置了圣僧龛，奉祀的是头结五髻、右手持慧剑左手持青莲的圣僧文殊菩萨。

圣僧龛前的桌案上摆着供奉佛菩萨的三具足——香炉、烛台与花瓶，下方放置着跪拜用的台座"礼盘"。

圣僧龛的四周摆放着相当数量的单。僧堂里面的单和外堂的单不一样，后者紧接板壁横放半张榻榻米，前者则是面对板壁直铺一整张榻榻米。相同的是，两者都有展钵行钵用的床缘，板壁上有上下两层附外盖的函柜。上层放经典和应量器，下层收纳棉被。

俗话说"站坐半，躺卧一"，每个人在僧堂拥有的空间也就一张榻榻米大小，此即云水的所有天地。永平寺僧堂的单总共八十二张榻榻米，也就是说可以容纳八十二名云水。

入堂之拜结束后，僧堂的板壁会挂上以毛笔写了每个人名字的木札"单牌"，各自的位置自此固定。我们分配到的，是经行廊下的下间长连单榻榻米。

道元禅师在《正法眼藏·重云堂①式》卷中对僧堂的规矩有极为详尽的规定。我们遵照他所定的规矩,从今以后在此张榻榻米上打坐、行钵以及睡觉:

唯具有道心、愿舍弃名利者可以入此堂。无真心者不可入。若有这样的人进来,则详细评估后逐出可也。若能自己发起道心,即刻就能从名利的束缚中获得解脱。

在僧堂中,人人应如水乳交融般相处,互相激励向道之心。今日或许还是老师与弟子的关系,但未来大家成佛都是一样的。彼此应把握这样的难得机缘,不畏辛劳努力精进,勿忘真心。此即佛祖的身心。一切众生毕竟成佛,必定作祖。

堂内之人,皆已离家辞乡,托身云水之间,当互相照顾,扶助道业。这样的恩德,胜于父母之恩德。父母是有生有死的亲人,堂内之人却是永远的佛道同伴。

不应到外面四处游逛。往昔修行人,皆卜居深山,或避于深林。不仅与世俗保持距离,也抛舍诸缘。当如此隐身断迹以修禅摄心。现在正是摒除邪念之时,徒然为世间俗务而起杂念,实在是可叹之事。世间一切尽皆无常,变

---

① 云堂即僧堂,当丛林修行僧人增加,原有僧堂容纳不下,就增建僧堂,称之为"重云堂"。重云堂中修行生活的规定即"重云堂式"。《重云堂式》卷只收于晚出的九十五卷本《正法眼藏》中。

动不居无时或已。生命有如朝露，随时可能散落于道旁的草叶之间，多么令人哀悯。

于堂内，纵是禅书亦不可将其视为文字。当深明道理，一心修行佛道。在明窗之下，以古教返照自心。一寸之光阴亦不可松懈虚度。应专心一志充分思考这些道理。

他人的纷争不可插手。不要带着憎恶之心去看他人的缺点。不要有太多是非分别之心，自然能够上下和敬。亦不可跟着他人学做坏事，当好自修德。佛虽说要制止他人之非，但不应有憎恶之心。

发生纷争的两人都该驱逐出去。因为这不只妨碍自身的佛道修行，也会妨碍他人。若有人见到纷争而不制止，也要受到同样的处罚。

事无大小，都应该先报告堂主。师父与弟子间的礼仪若失去规矩，将会导致主客界限不明。

不可任意外出。若有外出，或许就是此生结束的那一天。悠闲游荡之时也可能突然命终。果真如是，必然悔恨不已。

不可携酒进入堂内。醉酒者亦不许入堂。若有人忘记而犯过，当礼拜忏悔。吃过韭葱而带着气味者也不可入堂。

早晨和中午行钵时，将应量器掉落地上者，须依照丛林规矩而予以罚油①。

堂内不可大声擤鼻涕或吐痰。会这么做的人,就还不懂得佛道修行,实属可悲。时间在不知不觉中流逝,修行佛道的生命也会被一起带走,当知爱惜光阴。是日已过,命亦随减,如少水鱼,斯有何乐?须以之自戒。

凡是佛祖所规定的戒律,不可不遵守。应将丛林的规矩刻骨铭心地记住。

当以一生安于参禅悟道为愿。以上各条都是古佛的身心,当敬谨遵守为要。

发愿修禅,乃是将一个人肉体的需求压缩到最低限度,而将精神引向更高的境界。其钻研的过程,就凝缩在这一僧堂之中。

无欲。多么无欲的空间。每个人所拥有的仅仅一张榻榻米,一组寝具与食器,如此而已。

断绝一切社会上的联系,舍弃财富与地位,除最低限度的必需品之外一无所有。剃光头,身披墨染衣,抹灭自我意识,背对娑婆世界默默而坐。用餐、排泄、洗脸、刷牙、扫除、擦地、祈祷。

有时想想,人真是奇怪的生物。为了克制想要拥有某

---

① 见第四章《罚油》一节。

种东西的欲望，转而朝着完全相反的方向，以寻找不希望欲望得到满足的另外一个自己的方式，来获得不同维度的充实感。多么复杂的思考机制。

或许是因为人类与其他动物不同，一方面长于寻找满足欲望的方法，一方面又有一种本能的思考，用来防止欲望的过度膨胀。

在同一个星球上，作为同样的生命体存在，人类拥有着远比其他生物复杂的思考能力，这既是一种幸福，在某种意义上，又可以说是一种不幸。

当我第一眼看到这个空间中排列整齐得近乎恐怖的榻榻米时，仿佛可以感受到在一张张榻榻米上忍受着身体疼痛，咬紧牙关戮力参究的前辈们沉重的呼吸。整个人突然笼罩在一阵无来由的复杂悲哀里。

钟洒

在永平寺过着修行生活的云水将近两百人,他们都隶属于名为"寮舍"的组织,并被赋予该寮舍专属的职务。

离开旦过寮的我们首先被配属到众寮,分派名为"钟洒"的职务。钟洒主要的工作就是撞钟与扫除。指导我们的,也从负责旦过寮的云水换成叫作"讲送"的云水。

众寮位于僧寮后方,本来是禁止在僧寮接触任何文字的云水用来阅读佛典或禅师著作的地方。

其构造与僧寮相当,也是以前帘后帘作为出入口,中央同样安置神龛。只不过这里奉祀的不是文殊菩萨,而是观世音菩萨。四周也和僧堂一样罗列着单,但是单的大小只有半张榻榻米;靠板壁的地方也没有函柜,而是阅读用的小书桌。

配属到众寮后,我们就将原来放在旦过寮的行李搬来。和在旦过寮时一样,也要谨守被分配的位置。行李摆好后,我们随讲送走出众寮,从后架边微暗的阶梯下去,前往众寮当番[①]所。

当番所内部铺着地板,最里边摆了一座大炉子,古老的热水器、棚架、长桌等杂七杂八的用具随意放在角落。墙上则贴了以大小纸张写的各种规定和联络事项,看上去相当繁杂。

进去之后,讲送指示我们将长桌排好;我们分头合作,很快完成。等在长桌前坐定,讲送即发给我们每人一本笔记本,红色与黑色圆珠笔各一支,然后拿起一本加了厚厚封面的资料簿开始解说。

"各位今天早上完成入堂仪式,配属到众寮来。这是一本众寮公务手册,永平寺称寮舍中所做的事为公务,手册上写了各位在这里要执行的所有公务。首先各位要将公务手册全文抄写在分发给你们的笔记本上。接下来要将所有公务事项背下来,我会一个个查验。在通过查验之前,即使在执行公务,你们也只是半个正式云水的身份而已。

"就算没有通过查验,明天起大家也都要开始轮值公

---
① 当番即值班。

务了。如果你们没有做好，将会影响其他人，甚至导致全山的活动停止。各位要把这点放在心上，执行好公务。公务在身的人必须于振铃之前两个小时起床，所以大家好好把握时间，熟记公务手册的内容，知道吗？"

振铃之前两个小时起床。早上三点半振铃，所以一点半就要起来，天啊，不就是深更半夜吗？不管怎么看都不像是起床的时间。太恐怖了。这样的日子到底要持续多久啊？想到这里突然眼前一黑。

不过大家很快就明白没什么商量的余地，尽管心存疑虑，但还是开始抄写讲送留下来的众寮公务手册。

公务手册上将各式公务做了详细分类并加以说明。我们打开笔记本，开始抄写讲送离开前告诉我们的第一个查验项目——打击乐器。

所谓"打击乐器"，指的是每天的修行生活中所要敲打的各种乐器。以沉默不语为原则的永平寺，是通过这些打击乐器宣告一天的开始与结束的。每天各式行持仪节也都是以敲打乐器作为通知。在伽蓝内如果不懂这些打击乐器，就无法进行每天的修行生活。

我们按照指示，首先将从早到晚依序敲打的乐器名称背诵下来。虽然只是名称，但种类实在太多了，既无法

"望文生义"，又不知道长什么样子，加上那些陌生的发音，背诵过程比想象中还要困难很多。

　　振铃　洗面板　止静　更点　晓钟　更点　小开静　大开静　殿钟　放禅钟　更点　晓鼓　长板　梆　下钵板　大擂　普请鼓　云板　佛殿鼓　斋钟　长板　梆　下钵板　大擂　云板　云板　僧堂板　回廊板　昏鼓　更点　昏钟　经行钟　抽解钟　止静　更点　僧堂板　定钟　放禅钟　开枕铃

　　以上是永平寺一天之中所要依序敲打的所有乐器。遇到放参、大放参等特别的日子，敲打的顺序又不一样。除了硬着头皮背诵，别无他法。

　　我们一边抄写一边重复默念那些古怪的发音，进展非常缓慢。

　　发音还记得七零八落，药石的时间就到了；药石过后，很快又是夜坐的时刻。

　　不过这天我们不用去夜坐，而是去领取上山之前邮寄到永平寺的行李。除了上山当天随身的袈裟、后附行李和坐蒲团之外，其他必需品都是事先寄送到永平寺的。

　　寄送的物品也有详细的规定，包括：棉被两床、枕头、胶底布袜或布鞋、长靴、木屐、黑色无花纹的作务衣、内衣裤等换洗衣物、书法用具一套。

上山之前永平寺寄来的上山须知，除了随身行李、邮寄行李、上山当日装束、进退应对等规定外，还有一项"上山后家属须知"：

一、除了紧急状况，其他时候不准外出。

二、请勿邮寄糖果饼干之类食物。

三、不准会面。

四、只能通过间接方式联络。

五、禁止来信、回信。

六、用不上钱，因此请勿携带（涅槃金一千元除外）。

七、上山后本人若有要求，将通过维那[①]联系。

八、若在本山罹患急病，会送到医院诊疗，并依照医生指示回诊或住院，也会悉心照顾，请勿担心。

九、有宿疾者，请充分治疗之后再上山。若再度发病，为了检查治疗方便，将会立刻请下山，敬请谅察。

这些须知以下面一项作为结束：

十、也许会有许多不放心之处，但过分方便反而会让

---

① 维那是云水修行的总监督。详见334页。

本人吃更多的苦，尚祈暂时忍耐为要。

说明如上，希望每一项都能够切实做到。至于健康管理方面，我们会充分注意，请勿担心。

若还是像在学校或社会上一样的习气，触犯规则后，将依山规严厉处罚，谨此告知。

我们跟在讲送后面，沿着暗夜的静谧回廊不断往下走。

行李堆放在伽蓝最下方的通信部。我在一大堆行李中，好不容易才找到自己的，拿在手上的瞬间，突然涌起一种难以形容的怀念之情。

这些行李，是在一个阳光普照的温暖午后打包的。在窗边的行李包上写下自己的名字时，妈妈还在旁边不断提醒我注意不要落下什么，我则一如以往地回她，自己已经不是小孩子了。妈妈看着我稚拙的笔迹说，字写得比小孩子还差呢。然后两个人一起大笑起来。行李上难看的字，打得牢固的结，都还和那天下午一模一样。

我们扛起各自沉重的行李，沿着刚才的长长回廊往上走回众寮。

抵达众寮后，每人先将行李放在自己位置的前面，然后开始接受检查。这次检查和当初在地藏院时一样，除了规定的物品以外，其他全部没收，装进写有各自名字的塑料袋里。

就在天真的行李接受检查的时候。

"你是怎么了！到底在想什么！"

讲送一边苦笑，一边无奈地大声骂道。我们定睛一看，天真的棉被里还有行李的空隙处塞满了巧克力、饼干、豆馅饼、羊羹等零食。天真似乎完全不记得自己做过这件事，显得非常紧张。我们努力克制着不笑出声来，不过一看就明白，这肯定是希望孩子不要在永平寺挨饿受冻的父母做出来的事。

天真给人的感觉就是那种集父母之爱于一身，在自由放任的环境里长大的男孩。他家里有一个在他们那个地区规模形制都相当可观的寺院，而他是家里的次男。永平寺上山的云水大多是寺院的继承人，也就是长男，偶尔也会有次男、三男等非继承人身份者。

有一次我问天真，既然不是继承人，为什么还要来永平寺。

"也没什么特别的理由。大学毕业后不知道要做什么，当个朝九晚五的上班族好像压力也挺大的，爸妈说要不就去永平寺吧，于是就来了。"

非常简单的答复。除了天真之外，我在永平寺接触过的次男、三男身份的云水,很多都是以差不多的理由上山的。对他们来说,比起上班,似乎永平寺的修行生活还轻松些。

讲送不再追究,只将天真行李中的零食一一取出,收到塑料袋里。

等所有人都检查过了,僧堂的夜坐也告一段落,不久就听到就寝的开枕铃在回廊响起。我们抱着检查完毕的棉被,回到僧堂中自己的单上。从这晚开始,我们就要在僧堂的这一小片单上过夜了。

在僧堂眠卧,也有很多必须遵守的规定。道元禅师在《弁道法》[①]中对寝卧之法做了说明:

卧必右胁而睡,不得左胁而睡。卧时当以头向佛。今以头向床缘,头向圣僧也。

睡觉时必须右侧卧眠,不可左侧卧睡。卧时头部当朝向佛的方向。今在禅堂,头朝床缘,自然成为头向圣僧而卧。

不得覆卧而睡,不得竖两膝而仰卧,不得仰身交脚而睡,不得双伸两脚而睡,不得卸衫裙而睡,不得赤体无惭,

---

① "弁"在此处可视为"辨"或"办"的异体字,有努力精进之意。《弁道法》收录于《永平清规》中。

如外道法，不得解带而睡。

不可俯伏而卧，不可高举两膝仰卧，仰卧亦不可交叉两脚，不可两脚伸直而睡，不可将衣袍卷上来睡，不可全身赤裸，不成体统有如无赖汉且毫无羞愧之意，不可解开腰带而睡。

夜卧当念明相。
依照上述规矩睡卧时，心中应当观想一点光明之相。

在永平寺，就寝称为"开枕"。这是古代丛林使用木制折叠式枕头的遗绪。将木枕翻开而眠的方式，现在已经名存实亡。开枕时间是晚上九点，以开枕铃作为通知。开枕时刻快到时，大家即回到僧堂，先站在自己的单前，朝着奉于中央的圣僧行三拜，接着向自己的单行一拜。

然后上单，将身上的袈裟脱掉，依照规定方式叠好放到函柜上。永平寺没有睡衣这回事，平常穿什么就直接和衣而眠。

接着从函柜中取出棉被铺好。永平寺没有垫被，我们只有两床棉被可用，但又不可超出一张榻榻米的范围。方法是将两床棉被对折，交互重叠成筒状。为了不让棉被散开，用两条布巾绑起来，然后从脚开始慢慢钻进被筒中。

最后在胸部附近再绑一次,右侧卧而眠。右侧卧而眠是佛陀涅槃时的姿势,仰卧而眠叫"尸睡",俯伏而眠叫"淫睡",都是被禁止的。

我们就在高高的天花板下,在冷冽和黑暗之中闭上了眼睛。僧堂的夜晚深沉寂静得可怕,只听到挂钟轻轻的钟摆声提醒着时间的流动。叫人讨厌的声音。很快,十点的钟就响了。明天开始,一点半就要起床。想要早点入睡的心情令人更加焦虑,钟摆声听起来越来越响,不管怎么做都躲不掉。

道元禅师在寝卧之法的最后,以"心中应当观想一点光明之相"作结,那个"一点光明"到底指的是什么呢?即使有什么光亮辉耀的东西深埋在心底的幽暗中,这晚的我,也完全没有将之视为光明而加以接受的余裕。我想,要理解道元禅师所说的"光明",还需要更多更多的不眠之夜。

振司

感觉才稍微打了个盹,就突然被人摇醒。睁开眼睛一看,周围的一切和钻进棉被时一模一样,黑暗也依然徘徊不去。

"这么快就一点半了……"

我们都没有看对方,默默地将棉被收进函柜,然后快速穿好衣服走出僧堂。漆黑的走廊上只有灯泡发出一点微光,不知道为什么有种不舒服的感觉。一边这么想着一边走下阶梯,发现众寮当番所早已灯火通明。

里面有一位云水正忙着引燃木炭,其他早起的云水都在围着火炉取暖。

我们和昨天一样,坐在寮内的长桌前,开始抄写公务手册。虽然已无睡意,但想到这样的生活不知道要持续多久，内心沉重得全无正向的念头，眼前一片黯淡。周围的云水，有的在背诵公务手册，有的在交头接耳，也有的窝在地板上继续睡觉。

写了一个钟头左右之后，我们将长桌收好，回到众寮。今天早上我们要跟随负责振铃通知大家起床的振司巡回全山，记下整个路线。

抵达众寮时，振司已经着装完毕，我们也忙着换上振司的装扮。首先穿上布袜，再用腰带将衣袍下摆拢到膝盖附近，接着用束带将宽大的袖子束起来，然后就像回廊扫除时一样，拿手巾将束带绑紧。

等大家都穿好后，就一起前往佛殿旁边的阶梯转角。由于伽蓝范围较大，永平寺振铃是由两名振司以僧堂为中心，分上巡回与下巡回两条路线进行。今天我们要记住的上巡回路线里，是从佛殿旁边的玄关开始振铃。

深山的夜晚，站在毫无遮蔽的玄关处，刺骨的寒气叫人全身紧绷。被深夜的幽暗与静谧笼罩的伽蓝，就要从熟睡中醒来了。两名振司将以僧堂的外堂所敲打的一声洗面板为信号，展开振铃。我们默默倾听，带着些许兴奋，等待着唤醒伽蓝的那一声。

"梆——"

清澈的洗面板声响彻暗夜的山间。与此同时，我们开始沿着回廊往上一口气跑到法堂。振司摇出的响亮铃声，在伽蓝的板壁间跳跃回响。上到回廊尽头，直接穿过法堂，通过延伸到不老阁的通天回廊，在妙高台前转弯。接着经过光明藏侧边，穿过监院寮、菩提座，从另一边的阶梯跑下去。经知库寮前，再次下阶梯，朝大库院前进。抵达大库院后，从大黑柱旁右转，径直跑向山门。

从洗面板第一声响起到抵达山门为止，我们一直以最快速度在幽暗的伽蓝中奔跑。试着不要掉队就已经使尽全力，根本没有余裕去记住所有的路线。

抵达山门后，振司面朝正前方的佛殿用力振铃。与此同时，洗面板打下第二响，振司随即将手上的铃放在脚前，朝佛殿三拜。之后不再振铃，快速返回僧堂。

感觉从出发到结束只是一瞬间，但心脏扑通扑通跳得厉害，仿佛要破裂似的。

第二天走下巡回路线。下巡回的振铃是从东司旁边开始，我们也和昨天一样，洗面板一响就全速冲刺。

从东司旁边出发，一口气沿回廊跑到祠堂殿，在殿内的木鱼处右转出殿，再回到回廊。接着通过伞松阁前往吉祥阁，于大讲堂前右转，沿阶梯一直跑到平地。之后在小库院的菜头寮前右转，爬上阶梯。最后在总受理处用力振铃。

以为往下巡回一定比昨天往上巡回来得轻松,没想到反而更吃力。使尽全力抵达总受理处振铃之后,还要快步跑回高处的僧堂。回廊之长,让人跑得几乎断气。

巡回过程中有一个地方不可振铃。那就是上巡回时,从穿过法堂来到通天回廊开始,直到通过监院寮为止这一段。

通天回廊的地面铺着红色毛毡,过了监院寮后,地面铺的则是藤垫板。既不知道通天回廊也不晓得监院寮的我们,在幽暗的伽蓝中全速奔跑,只能靠地面铺设材质的不同来判断自己身在何处。

对我们这些众寮的人来说,法堂也就罢了,通天回廊到监院寮这一段,之前是完全没有去过。也就是说,这两天的巡回,单靠自己的双眼来确认几乎是不可能的。

于是我们合力回想这两天的巡回路线,从哪里转弯之后走廊通道分为两股,哪边有一根柱子等等,提出来给大家复习。

翌日,我们正式开始轮值振司的公务。结果每个人都经历了超乎想象的失败:因转错弯走到完全陌生的地方而迷路,走进死巷进退不得,在不可振铃的地方发出铃声,在木鱼处转弯时滑倒……阶梯踩空的情况更是不可胜数。

其中,喜纯的失败更复杂。他担任下巡回的振司时,途中振铃的铃舌掉了,以致发不出声音。

喜纯也和其他许多云水一样,大学刚毕业,是出身寺院的长男。因为受到良好的教养,他有着与野心无缘的无欲性格。或许也是这个缘故,交代给他的任务他都认真异常。这样的喜纯因为害怕没有振铃会遭到严厉指责,就一路模仿振铃的声音大喊大叫,在旁人眼中滑稽十足。

但大家都非常认真。在这满天星星闪烁,夜色依然重重笼罩着的凌晨三点半,永平寺的一天,就在穿过伽蓝全速奔跑的振司仿佛要撕裂什么似的鼓动声中,揭开了序幕。

钟点

天色还没有一点破晓的感觉,四处一片漆黑,在幽暗的最深处,点点雨滴自古杉的叶尖垂落,化为长长的银丝,钻入地衣的缝隙中。

"下雨真是伤脑筋啊……"

我一边喃喃自语,一边朝钟楼走去。钟点是我今天分配到的公务。

众寮的公务共十一项,分配都是一日为限,用意是让所有云水都能轮到。十一项公务分别是:

【振司】 振铃通知大家起床。

【钟加番】 敲击各式乐器,主要是敲打挂在大库院的云板。

【前日钟加番】 同上,主要是敲打僧堂外堂鼓或佛殿鼓。

【直堂】 在僧堂全天值勤,管理僧堂大小事务。

【直堂加番】 直堂的助理。

【直寮】 在众寮全天值勤,管理众寮各项事务。

【直寮加番】 在众寮当番所全天值勤,处理各项杂务。

【送供】 在大库院做行钵的准备,主持僧堂的行钵。

【前日送供】 送供的助理。

【喝食】 进行本饭台的特别行钵时,一边执行一边高声告知堂内行钵进展。

加上我今天分配到的钟点,共十一项。钟点要执行的公务,从敲打钟楼的大梵钟开始,称为"打晓钟"。

永平寺的钟楼位于山门下方,依照厚重的镰仓样式铸造。中间吊挂的大梵钟口径一点五米,高三米,重约五吨。上面有阳刻的花鸟草木纹样,有着和缓优美的曲线。

在永平寺敲打各式乐器,不仅是敲打方式,对装扮也有详细的规定。要根据敲打乐器种类的不同,换穿不同的衣服。敲打大梵钟时,必须上披袈裟,下穿布袜,着最高等级的装束,同时携带坐具与手表。

要敲打晓钟必须在振铃之后马上前往钟楼,所以我在振铃之前即着装完毕,待振铃结束就立刻出发。

钟楼大梵钟前的钟楼撞木底下,和僧堂的圣僧龛前一样,有一个跪拜用的礼盘。钟点须先走上礼盘,铺好坐具,行三拜之礼,然后唱诵《鸣钟偈》:

三途八难①,息苦停酸,法界众生,闻声悟道。

断绝各式苦难辛酸,愿世上众生,闻此钟声,得入觉悟之道。

晓钟的第一声,必须在僧堂外堂更点结束的同时撞下去。偏偏这天下起雨来,越是注意倾听,滴落在枝叶上的雨声,谷底清流拍击岩石的水声,越是形成连绵不绝的音波,阻碍着我的听觉。

但这是每一天都要敲打的钟,风雨无误,也不会只有今天听不到更点声吧。虽然这么告诉自己,但毕竟是第一次敲钟。

雪上加霜的是,今天负责更点的是天真那个家伙。个性随和温吞的他,之前轮到在大库院敲打坐禅结束的云板时,不知道为什么一直在禅堂打坐,结果明明到了时间却听不到打板声。察觉不对的古参云水只得慌忙跑去大库院

---

① 三途指地狱、饿鬼、畜生三恶道,见《华严经》。八难指遇到八种障难的有情众生不得见佛、闻法,见《中阿含经》等经。

敲打云板。即使到这个节骨眼上，天真都还不知道自己出了纰漏，还在跟其他人一样打坐。想到他今天可能会出的状况，不禁有些慌张。

所以，在听到更点的大鼓与钟声从远处穿过雨声传来之前，我都感觉生不如死。

终于隐隐听到天真开始敲打更点。在他打完的同时，我抓住撞木上的引绳，使尽全力往后拉，一鼓作气向前撞去。钟声压过黑暗中的雨滴声与水流声，悠悠余韵有如梵音的巨浪，晃动了黎明前的伽蓝。

一撞一拜。每撞一下即平伏于礼盘上跪拜。这时总有一种被梵钟的威力彻底击溃之感。

晓钟总共要撞十八下，每一声与下一声的间隔定为一分五十秒。这时就需要手表了。礼盘上还并排放了十八颗小石子，每做一撞一拜即移动一颗为记，以免弄错撞击次数。

晓钟的十八声中，第十四声为小声，第十七、十八声则是小声接着大声。第十四声的小，是各寮舍开始公务活动的信号；第十七、十八声的小、大，则是晓钟结束的信号。

其他公务也是一样，彼此之间有一些连带关系。如果外堂没有打更点的话，钟点就没办法撞晓钟。如果钟点在晓钟的第十四声没有正确撞击，等待这个信号的云水就无法展开公务。因此公务的失败不仅仅是个人的失败，而是会影响到全山，让相应的活动被迫中止。所以不允许有任何失败发生。

小声撞击的时候尤其不能掉以轻心。本是用来发出巨大声响的大梵钟，这时却要刻意放轻。但轻归轻，如果声音过小无法传抵僧堂，就一点意义也没有；如果声音大得和其他无法区别，结果也是失败。

撞完第十三下，我就紧张地看着手表。等到撞第十四下的时刻到了，我心慌地往后拉绳，仿佛祈祷一样有些不确定地将撞木推了出去。松手后，引绳随着撞木而去，慢慢撞向钟面。最后在莲花形的撞座上轻轻弹回，幽静的余韵即刻在四周响起。总算成功了。

撞大梵钟的场合，必须发出小声时，麻烦在于一分五十秒的间隔。

秒针在"12"的时候撞一声；下一响是秒针走过一圈，之后指向"10"的时候撞下；再下一响，则是秒针又走完一圈，指向"8"的时候撞下。

道理都明白，实际做起来却很容易错乱。只是注意手表的秒针倒还简单，但因为担心失误而产生的压力使得心念失去平静。一面想着秒针是不是已经走完一圈了，一面又不确定上一次撞钟的时候秒针指向哪里，脑子常常会瞬间一片空白。

不只如此，一撞一拜之后理应移动一颗小石子，可是有时仔细一想，又马上失去自信。只要心念一动摇，接下来撞的是第几下就忘得一干二净。

总之越是开始思考，头脑就越是混乱，最终可能导致情况无法收拾。一个人在离天亮还远的暗夜的钟楼上，一边全神贯注于秒针的移动，一边努力捕捉着由于紧张而不断逸失的记忆。最后总算撞完晓钟的十八声，我再度三拜，离开了钟楼。

撞过晓钟后，接着要去佛殿打更点和晓鼓。我在僧堂侧边低头送走去法堂进行朝课讽经的云水后，就拿着手表前往佛殿。

佛殿中央须弥坛的后面有佛殿鼓和佛殿钟。佛殿鼓是和僧堂的外堂鼓一样的大鼓，佛殿钟则是口径三十七厘米左右的小钟，即所谓"半钟"。

更点就是报时，小时名"更"，以大鼓表示；分钟叫"点"，以钟表示。小时不分午前午后，一点钟为一更，打大鼓一下，五点钟为五更，打大鼓五下。至于分钟，一个小时分成五十分到下个二十分为止的三十分，以及二十分到五十分为止的三十分，以前者为一点，钟敲一下，后者为两点，钟敲两下。简单说,更点所表示的最小时刻单位是三十分钟。

但实际情况会稍微复杂。比如五点十分的话是五更的一点,五点四十分就是五更的二点,这倒没什么问题,但五点五十五分并不是五更的一点,而是要进到下一更,即六更的一点。

钟点必须在把握这些基本原则的前提下,配合法堂朝课讽经所敲的引磬来敲钟。听到引磬敲出第一声,就要立刻用佛殿鼓与佛殿钟将正确时间敲打出来。更点重复敲打三回,接着以佛殿鼓击打晓鼓。

晓鼓是告知天亮的大鼓,全部打完需要三十分钟,为时甚久。晓鼓分为"一会""二会""三会",每一会的击打方式都有详细到以秒为单位的规定。

首先以五秒为间隔,打一趟"小、小、中、大",再隔四十五秒,开始打一会。

一会开头每一打间隔一分钟,共打十二次,接着是三十秒间隔打两次,二十秒间隔打三次,最后以转叠的方式用力击打一分钟作为结束。所谓"转叠",就是最初间隔较大,然后逐渐缩短,最后变成连绵的鼓点。

一会打完后,隔一分钟开始打二会。前七打每一打间隔一分钟,接着的两打间隔三十秒,然后三打间隔二十秒,最后是"小、大、小、大"的一分钟转叠。

三会也是在二会打完一分钟后开始，先是一分钟间隔两打，接着三十秒间隔两打，二十秒间隔三打，最后则是"中、小、大"的一分钟转叠。三会打完，晓鼓即告一段落，前后正好三十分钟。

总之不管是晓鼓、更点、晓钟，还是其他各式乐器，所有的打法都要默记下来。这不仅限于钟点，执行其他公务时也一样，不允许边做边看公务手册或备忘录。

因此要完美执行像晓鼓这样琐细而复杂的公务非常不容易。何况又不能事先排练，即使是第一次，也只能一个人硬着头皮凭着记忆直接上场。

更不用说打击乐器发出的声音如此响亮，错误很容易被察觉；而且打错不能重来，有且只有一次机会。

如果把这唯一的机会搞砸了，之后会有什么下场，不用说，每个人心里都明白。

朝课讽经、行粥、回廊扫除等上午一刻不停的行持结束时已接近中午，我再度前往钟楼，这次是敲斋钟。

日中讽经结束之前的五分钟，即十点五十五分，当大库院的云板敲三响，佛殿鼓打三下后，就要立刻撞斋钟。斋钟和晓钟不一样的地方，一是斋钟只须撞九下，每一撞间隔三十秒，二是晓钟一撞一拜，斋钟则一撞一礼。

打斋钟的时候雨已经停了，钟楼也不再是打晓钟时那种黑暗孤独的空间。风穿过枝叶的声音，远近传来的野鸟的鸣啭，取代了盖住鼓声的讨厌下雨声。还能不时听到回廊上来来往往的参拜者开心的笑声。这些声音令人怀念，也让人心情平静。

斋钟打过之后，一天也就过去一半，终于来到折返点了。我在轻快愉悦的心情中撞下最后的"小、大"两响。

度过漫长的上午，突然觉得时间好像走得快了些。钟点的公务要等到傍晚，太阳消失在山后，伽蓝逐渐被深深的夜色包围时再度展开。

我和担任钟加番的天真一起前往佛殿，准备用佛殿鼓敲打告知黄昏来临的大鼓——昏鼓。昏鼓的打法和早上的晓鼓一样，但钟点只打一会，二会三会是由钟加番继续打。我们从佛殿后面的拉门进去，将灯泡点亮，等待着打鼓时刻的到来。

"嘿，鲁山桑，想不想看个好东西？"

天真突然将手伸到灯泡下面。

"哇，好厉害，这样做可以吗？"

天真的手掌上用圆珠笔写满了公务的备忘。

"没问题的。写在纸上偷看很可能被抓住，但这样做绝对不会被发现。因为我不会把手掌摊开给人看啊。"

天真说着笑了起来。他这么说也对。

"可是前不久带小抄被逮到的家伙,被讲送又踢又打,想想如果遇到这种事,还是挺恐怖的啊。"

"知道啊,但是公务失败也好,小抄被逮也好,反正后果一样都是满头包,没差别了。"

说来说去竟然得出一个似是而非的结论。

不久打鼓的时刻到了,我打完之后,接着交给天真打,然后沿回廊前往钟楼。钟点要在钟加番打完昏鼓和更点后,在钟楼打响昏钟。回廊开始慢慢笼罩在静默的暗影中,夜色正分分秒秒变换它的样子。远方传来天真击打昏鼓的声音,顿添黄昏的寂寥之感。

昏钟的撞法与晓钟一样,共十八响,以一分五十秒为间隔,但第十四响不必小声,与其他一样即可。

这是我第三次打昏钟,但紧张的情绪丝毫未减。还是瞻前顾后,在战战兢兢中打完。

打过昏钟后,为了参加夜坐,我又急忙前往经行廊下。

夜坐的第一炷香已经开始,廊下由于威压之感而充满了叫人窒息的静默。钟点这时不进僧堂打坐,是因为执行最后的公务——敲定钟时,必须中断夜坐到钟楼去。而僧堂从夜坐打止静开始,到结束打放禅钟之间,完全与外界隔绝,禁止任何人进出。

公务手册规定钟点在八点三十分开始念诵《普劝坐禅仪》,到某个特定字句时下单前往钟楼。这天,我与堂内的云水一起念诵《普劝坐禅仪》,在适当时候慢慢下单,放轻脚步走向钟楼。

抵达钟楼之后,由于是一天中最后的公务,我用了较长时间虔敬地行三拜之礼。接着就是等僧堂诵毕《普劝坐禅仪》,外堂打完更点,僧堂板也打完规定的三会后,开始撞定钟。定钟与斋钟打法相似,以三十秒为间隔打九响。

三拜完看了一下手表,或许是我走得比较急,来早了一些。我松了口气,无意间抬头看到天空,发现钟楼已被满天繁星所包围。

我应该从未看过如此高清的星光吧。一粒一粒细碎的光点高挂在漆黑的天幕上,仿佛随时会掉落下来,发出哗啦哗啦的声音。目睹这让虚构与现实的界限暧昧难分的炫目星光,突然觉得很难想象自己也曾住在同一片星空下。

如果这些是真实的,那么此时此刻,被海与宁静的山丘所包围的逗子那边,我深爱的租屋的庭院也将一如以往,正好是流浪猫出没的时候。每天搭乘摇摇晃晃的电车去上班的涩谷街上,想必也是灯火通明,放眼都是年轻人喧哗的身影。昔日的朋友们，会不会正为一些有的没的八卦而开怀大笑呢？

那么爸爸妈妈呢？离家前来永平寺的那天，爸爸妈妈在玄关处笑着送我出门。想到他们笑脸背后尽力掩饰不安的另一张脸，我的眼眶不禁一热。

大概从那天早上开始，他们每天都免不了要为我忧心忡忡。爸爸妈妈就是那样的人，我非常清楚。很想告诉他们我快要成为一名正式的云水了，希望他们从此能够放心。但我知道那是不可能的。

想着想着，远处的更点声响起，接着僧堂板的"小、中、大"也打完了。

我用力握紧撞木的引绳，使尽浑身之力往后拉，然后一口气往前撞过去，仿佛这样就可以将钟声的音波托付给星空，传到爸爸妈妈的心里。

那天晚上，我就是抱着这样的信念，一下又一下地击响大梵钟。

反省会

和清晨有如要撕破夜幕般嘹亮的振铃相反,在暗夜中轻轻摇动发出"丁零零"响的开枕铃,让人有种寂寥之感。所有准备入睡的人,对一天的结束都不得不抱着些感慨,它的响声就像是这样的声音。

我们这些众寮的人,在开枕铃响起的同时,全部都得到众寮当番所集合反省:回顾一整天的仪行,报告自己所犯的过错,并且加以清算。我们称之为"反省会"。

反省会是每天晚上在众寮当番所地板上正坐进行。没有铺地毯或坐蒲团,直接坐在地板上。时间通常为三十分钟,有时也会延长到一个小时。其间必须在地板上保持坐姿端正,坐到结束为止。

通过反省会,能了解到其他人所犯的种种错误——除了可以学到公务手册上没有提到的实务经验，还能对自己在永平寺这个小社会中的位置及相应的行为，有进一步的理解。

在众寮这个单位的职级中，首先是寮长，即钟点长，他也是第一个于地藏院脱下草鞋的人。其次是讲送，负责直接管理我们。在他们之上，则是管理全体云水的堂行，必要的时候也会间接，以至直接处理众寮的事务。

反省会是在讲送列席，钟点长主持下进行的。首先宣布由讲送决定的第二天的公务分配，接着将议题转到当天的反省点。

反省点并不限于公务的失败，个人所犯的即使再小的错误也要主动提出来检讨。说是主动提出，其实是不得不提出。众寮的公务，从早到晚都在别人的监视之下，有任何失误多半在反省会之前就会传到讲送那里。

讲送会对所有反省点加以惩处。有的只是被警告，但大部分不是被臭骂，就是被踢打，绝无宽贷。如果有人出错却又故意隐瞒，下场一定更惨。当然不许辩解，更不许反驳。犯了错就得乖乖接受惩处，没有二话。

永平寺是一个全纵向结构的社会。不过必须申明的是，这并不等同于落伍的封建等级制社会,永平寺就是永平寺。

永平寺纵向结构的基点,在上山当日与在地藏院脱草鞋的时候就已经定好了。一直到下山为止,在地藏院脱草鞋的先后顺序,都是决定同级云水高低序列的唯一因素,不管在任何情况下都不会改变。基本上只要先后顺序一确定,前辈晚辈的上下关系就立刻确立了。永平寺云水的上下关系与年龄、学历、地位、财产完全无涉,这就是永平寺的平等。不过在今天的永平寺,同一年上山的云水之间已经很少存在上下关系;现在的上下关系,是以上山年份为标准确立的。

丛林中这样的纵向人际关系,类似将水从一个容器倒进另一个容器。水通过容器从上到下移转,佛法就是像这样,涓滴不漏地从器到器传承至今。

道元禅师在《对大己五夏阇梨①法》一卷里,对丛林纵向社会结构中人际关系的礼节要点,做了详细说明。"大己"指大于己者,亦即长辈之意。"五夏阇梨"指的是有五次以上安居②经验,足以为人师表的高僧。

---

① 阇梨为佛教与印度教术语,又称阿阇黎或阿遮梨耶,意为轨范师。"教授弟子,使之行为端正合宜,而自身又堪为弟子楷模之师",故又称导师。
② 安居,佛教术语,此处指雨安居,也称结夏安居或坐夏,指的是在印度雨季的三个月期间,出家人集结在一起修行的制度。其间僧侣不许随意外出。汉传佛教定为农历四月十五至七月十五日。

入大己房时,当从门的侧边进去,不可走门中央。

面对大己时,必须直立不动。

大己未坐时,不可先坐。

大己未从座位上起身时,不可先站起来。

大己未吃东西时,不可先吃。

大己未吃完时,不可先吃完。

大己未入浴前,不可先入浴。

大己未睡前,不可先睡。

大己面前,不可抓痒,抓跳蚤和虱子。

大己面前,不可擤鼻涕或吐痰。

大己面前,不可弄首搔头、摆手抖脚。

大己面前,不可嚼杨枝、漱口。

大己面前,不可剃头、剪指甲,也不可换腰衣。

五夏阇梨面前,不可张大嘴打呵欠,当以手遮口。

上座面前,不可突然高声大笑,做一些不知羞耻的动作。

大己面前,不可大声叹气,当依照规定的方式恭敬应对。

受教或被警告时,必须礼貌恭听,如法用心体会、反省。

对上座,当随时不忘谦逊。

有事上禀时，当口气谦恭，不可想到哪里说到哪里。

没有大己指示，不得对人说法。

大己质问时，当依照规定的方式回答。

随时观察大己的脸色，注意不要让大己失望或生气。

与大己在一起时，苦差事当抢先做，轻松事当礼让。

遇到五夏、十夏的大己，当自内心起恭敬之想，不可态度轻忽。

有机会接近五夏、十夏的大己时，可询问经典的意义与戒律的主旨。

大己面前，不可谈论对其他高僧的好恶。

不可轻视大己，或以轻佻的态度议论或质疑他。

大己面前，即使有需要责骂的人亦不应责骂。

注意到大己忘记了什么事，当殷勤提醒他。

注意到大己犯了错，不可大声冷笑。

大己为施主说法时，当正身端坐倾听，不可从现场突然起身离去。

大己说法的场合，敬陪末座，不可论其是非。

对大己之师，要能好好地加以认识，善尽一切礼节。

对大己的弟子，亦要毫无保留如对其师；大己之中亦有上下关系，当好好记住，不可混淆。

不可长时间不见大己。自初次安居开始拜见大己。即使得佛果位（修行而得一定的证量）也一样要拜见大己。

上述对五夏、十夏大己之法，即诸佛祖师之身心也，宜努力学习。若不学则祖师之道废，清净之善法亦将不存。这在三世十方世界中实在是难逢的尊贵之法。唯前世多植善根者而得听闻，诚大乘法门之极致也。

"无我"是自古以来丛林修行生活中，修行者面临的最大课题之一。

舍去我见，即舍弃以自己为中心的执念，专心遁入无的境地，恭敬长者，依循长者，默默执行每天的工作。

脑子里想归想，但是要把如此重要的自己舍弃谈何容易？何况我们接受的都是西式教育，受近代西方哲学影响，认为一切存在都要从自己的立场出发来思考。

而在这里就是要被束缚自己的人詈骂踢打，将"我"彻底粉碎。过去紧抓不放的学历、地位、名誉、财产甚至是人格，至少要有一次将它们彻底粉碎，沉入无底深渊。只有这样才能舍弃我执。

在旦过寮的时候，好几次刚进入浅眠就被巨响惊醒。那是有人撞在装了玻璃的木门上的声音，之后总有哀号透过板壁传来。每次听到那样的声音，我都会内心一沉，吓得全身颤抖。

声音的来源，直到配属到众寮之后第一个晚上的反省会上我才知晓。而每晚都有的反省会上的惩处，即是为了粉碎我执我见的必要之恶。

不用翻阅禅宗的历史就知道，永平寺里老师与弟子的关系从很早之前就恶名昭彰：棒打、脚踢、拿鞋子敲头……

可是如果不假思索地定义这就是暴力也未免太轻率了。将所有拳打脚踢都视为暴力之前，应该从出发点考察它的用意再加以判定。在禅修中，这些行为的目的不是为了伤害某人，或给予他肉体上的疼痛，而是自肉体到肉体，以心传心，为了真理的一脉相承而对修行者进行的磨炼。

如果一个人的自尊心和羞耻心都被抹消，自己紧抱的难以舍弃的东西都被碾成齑粉，或许他可以对事物产生更加冷静的认知。

这样的生活不断重复的结果是，我对之前人生中大部分造成自己困惑烦恼的事慢慢就无所谓了。想想自己竟然曾为那些鸡毛蒜皮的事情感到困扰和受伤，越来越觉得不可思议。其实，耸立在眼前、被头撞过一次又一次的墙壁，只要稍稍冷静凝视，就会顿悟它不过是一推即倒的薄板，可能它旁边就有一个洞开的出口。

每当被踢打得倒地不起时，整个人反而像人造珍珠的表面碎裂剥落了一样轻快。之前是那样费尽心力地维护人造的表象，试图让它不要受伤，不要朽坏。然而就是在剥落殆尽、无须维护的时候，才醒悟到：层层剥落之后，最终保留下来的，才是无可置疑的自己。

当看见那个微不足道的自己，内心瞬间涌起一种难以言喻的安心之感。

净人

被分配到众寮时,众寮已经有了比我们早上山的三组云水。这三组加上我们八人,共有三十四名云水聚集在这里。

由于众寮全部的公务只有十一项,所以有二十三人没有特定公务,属于非值勤者。这些云水平日的主要工作就是参加每天的坐禅、勤行、作务,以及担任行钵之际的净人。

净人是在送供的指挥下执行勤务,首先从大库院的擎盘开始。

大库院是调理云水食物,相当于厨房的地方。永平寺的大库院是一座入母屋造①风格的壮丽建筑,从玄关进去

---

① 入母屋造为歇山式屋顶的日式说法,中国古建筑屋顶样式之一,在规格上仅次于庑殿顶。

后，会看到正面奉祀着韦驮尊天①，右边是大黑天②，左边则是岁德神③。

晓天坐禅结束或是行钵之际敲打的云板，就挂在大库院前。云板是青铜制的厚板，形状一如其名，像是涌升的云朵，据说它的声音可以呼云唤雨，因此挂在大库院前，祈求五谷丰穰。

所谓"擎盘"，是将大库院调理好的食物装在桶盆之中以准备行钵。

在大库院中，粥、饭、味噌汤或是其他酱菜等一律在巨大的锅釜中调理，净人按照送供的指示排成一列，依序以桶盛装。此时要将桶高举至两眼高度，大声告知自己手上桶的序号，站在规定的位置，以规定的姿势盛装食物。排在最前方的一号桶需要特别敬重，因为这只桶里的食物要用来供奉僧堂中奉祀的圣僧。

大库院的云水合掌为礼之后，就开始恭敬地将大锅中的食物盛装到桶里。如果净人的声音过小，站错位置或是持桶的姿势不正确，马上就会被骂甚至挨打。

仅仅是将调理好的食物盛装在桶里，也一点都不简单。

---

① 韦驮尊天或曰韦驮天，全称"护法韦驮尊天菩萨"，为佛教护法神。
② 大黑天本是婆罗门教湿婆神，即大自在天的化身，后成为佛教尤其是藏传佛教的重要护法神。
③ 岁德神乃日本阴阳道信仰中职司当年福德之神。

第一次担任擎盘踏进大库院,黑光乌亮的柱子与高耸的天花板包围下的沉重气氛,以及此起彼伏充满杀气的怒骂声,就让我觉得实在太吓人了。

上山之前,我对永平寺修行生活的想象画面是,一片静寂中,连香灰掉落的声音都清楚可闻,身处其中的僧人们则如如不动默默内观。然而现实的落差太大。平日生活的大半都是在粗鲁的语言和拳打脚踢的骚动中度过,和静心专注持续内观之类的想象相去甚远,我上山后没多久即有所觉悟。

而让我彻底死心的地方,就是大库院。

行钵的准备告一段落后,即在韦陀尊天前进行僧食九拜。所谓"僧食九拜",就是由大库院的最高责任者——典座带领,对调理好的僧食进行九拜。

典座背对韦驮尊天站立。大厅中摆着一张桌案,中午时上面奉祀着装有麦饭、味噌汤、酱菜的一号钵。净人们在桌案左右面对面排好,配合典座的九拜,一起合掌垂首九次。僧食九拜期间,任何人都不能从大厅前经过,因此外面的回廊也禁止通行。

对食物的敬意已经淡薄的现代人,看到有人额头触地面朝食物跪拜,说不定会觉得不可思议。

上山之前的生活中,虽然饭前也会说"感谢赐食,开动了",但如果说的时候同时合掌就会不好意思,心里难免有一种抵触。那是意识到合掌这个举动的宗教性而产生的拒绝反应。

但将饭前的仪礼单单归为宗教性举动并不妥当。这一举动的出发点,并非将食物升华为超越第三者的赐予,特别标榜施予者的存在,而是对此刻自己所吃的食物表示诚挚的谢意。这种谢意,乃是为了人与人、人与自然在世上共存,每个人行事都应该具备的重要分寸之一。

僧食九拜结束后,净人须快速将所有准备好的食物搬运到僧堂的外堂。

接着在送供的指挥下随着行钵的进度按照顺序分配食物。食物分配的要点,道元禅师写在了《赴粥饭法》中:

行食之法:行食太速者,受者仓卒,行食太迟,坐久成劳……

分配食物的要领:如果分配太快,受食者会慌张;太慢,受食者会因等待而不耐烦……

净人礼合低细,羹粥之类不得污僧手及钵盂缘。点勺三两下,良久行之。曲身敛手,当胸而行。

派发食物时应当慎重。打汤打粥注意不要弄脏了僧众的手或钵缘。勺子舀取食物后，应在桶上点两三下，稍后再装进食器。同时上半身微倾，未持勺子的手握拳置于胸前，顺次分配食物。

粥饭多少各随僧意。不得垂手提盐醋桶子。行益处如嚏喷咳嗽，当须背身。

食物的分量应依随受食者的意愿。不可垂手提桶。分配饭菜时如要打喷嚏或咳嗽，应当背过身去。

舁桶之人法，须如法。

提桶走动时，必须遵照相应的规定。

僧堂的行钵，没有净人是无法进行的。一如饮食乃重要的修行，分配饭菜也是不可轻忽的修行。

永平寺的修行生活中，任何一件事都牵涉诸多云水的各式公务。坐禅的场合亦然，并不是个人单独进行即可，还需要其他云水的配合方能完成。

而在这些场合中，也不能将角色二分，说谁是主谁是从。所有的角色，根本而言同等重要。

僧食

"须运道心,随时改变,令大众受用安乐。①"

《禅苑清规》中有如上一段话。意思是说,调理饮食的时候,必须带着道心行之。不同季节的食材,应当配合采用不同的烹调方法,让每天的菜色都有变化,让众僧都能愉快地行钵。

永平寺云水的餐食,是由大库院总监、名为"典座"的师父负责,由职务为"菜头"的云水来执行。也就是说,没有特别专业的人士来准备,一切皆出自云水自己之手。

和饮食乃重要修行一样的道理,烹调食物也是修行的一环,淘米、切腌萝卜、煮萝卜都是修行,也有培育众僧善根之功德。如同《禅苑清规》中说的,不能只是简单地

---
① 引文出自《禅苑清规》卷三《典座》一节。

烹调，必须同时带着深刻的道心去做。

食材或菜色需要细心考虑，不同的季节，不同的行持场合也都得纳入考量，而且必须严格遵行不杀生戒和素食的原则。这里所说的素食，并不包含所有蔬菜。除了"荤酒不许入山门"，会发出强烈气味的蔬菜，例如葱、韭、薤、姜、野蒜、大蒜等也都在禁止之列。

丛林中早晨的行钵，吃的是粥、胡麻盐与酱菜。

粥基本上是玄米粥，只有每月一日与十五日的"祝祷日"，提供传统的白米粥。祝祷日除了例行的粥、胡麻盐与腌萝卜以外，还会另加一个小碟，里面放两样配菜，配菜会因日子不同而适当变化，有梅干、佃煮①海苔、佃煮昆布、盐渍昆布、佃煮山蔗、味噌紫苏卷、吉祥时雨煮等，但总体分量极少。所谓"吉祥时雨"，不管是味道还是外形都极像肉或贝类的佃煮，但其实是大豆蛋白的化身。很不可思议的食物。

随着季节变化，偶尔也提供其他口味的粥：七草粥、小豆粥、茶粥、大豆粥、梅粥、青菜粥、芋粥、海藻粥、昆布粥、银杏粥、糯饼粥、豌豆粥、甜玉米粥等。

---

① 佃煮为日本常见烹调方式，以酱油、糖调味，将食材充分熬煮，煮出来的东西通常汤汁浓稠，口味甜中带咸。

胡麻盐是将黑芝麻炒到类似肌肤的颜色,之后加上盐巴在擂钵中研磨而成。当然不是一次做很多贮藏起来,而是每天早上用同样的方法制作新鲜的。

腌萝卜,亦即泽庵,则是每年晚秋到初冬期间在大库院腌渍的。腌渍一年份的泽庵,要用近八千根萝卜。制作方法是将加入了盐巴和辣椒的米糠,与萝卜一层一层交互叠放在大库院地下室的大瓮中,再由穿着草鞋的云水踩踏压实,最后在上面压上大石头。每一瓮的盐巴比例都不一样,从来年二月初开始依序开封食用。

中午的行钵,吃的是饭、味噌汤、酱菜,加上一碟别菜。

饭基本上是麦饭——米、麦以六四比例混合。偶尔会提供梅饭、昆布饭、银杏饭、什锦炊饭、野菌饭、腌紫苏饭等。

味噌汤一般有三种煮物。主要食材有萝卜、芜菁、包心菜、马铃薯、甘薯、芋头、茄子、南瓜、野菌、蘑菇、白菜、芹菜、菠菜、鸭儿芹、萝卜叶、海藻、萝卜丝、豆腐、炸豆皮、炸豆腐、面筋、涡卷面筋等。味噌种类则没有特定选择,视原料而定。

偶尔也有放了薄削豆腐干、竹笋、海藻的汤品或建长汁①等。

酱菜与早餐的腌萝卜不同，是将芜菁、茄子、胡瓜、芜菁叶、萝卜叶、白菜等糅合盐巴放置一夜而成。

别菜则是以醋、味噌搅拌或热炒，装在小碟中。主要菜色有白味噌拌野菜蒟蒻、豌豆拌白芝麻、菜豆拌黑芝麻、纳豆与金针菇拌萝卜泥、豆腐皮、渍菠菜、生姜酱油渍菠菜豆腐、萝卜丝与烤豆皮加茼蒿拌麻油、红味噌炒茄子甜椒和甜玉米、白菜与蒟蒻冬粉炒豆腐丁、豆芽炒木耳、白菜与香菇与盐渍昆布炒面筋、番茄酱炒包心菜与胡萝卜与青椒与甜玉米、牛蒡与胡萝卜金平②、莲藕与胡萝卜金平、羊栖菜大豆、芝麻牛蒡、泽庵煮等。

晚上的药石，包括麦饭、味噌汤、酱菜，以及两小碟别菜。

麦饭和酱菜与中午的行钵大致相同，味噌汤则尽量避免和中午有重复。

酱菜先装在名为"平"的食器与小皿中，然后进行分配。平里面通常有三种煮物，主要食材有萝卜、芜菁、胡萝卜、

---

① 建长汁是把萝卜、胡萝卜、牛蒡、芋头、蒟蒻、豆腐加麻油炒熟，经高汤熬煮，最后以酱油调味而成的汤品，据说是镰仓建长寺修行僧发明的，故名。
② 金平是一种将食材浸泡麻油后，以酒、酱油、糖加辣椒热炒的烹调方法。

牛蒡、芋头、马铃薯、甘薯、长芋、南瓜、茄子、竹笋、香菇、菠菜、蕨菜、山蕗、豌豆、花菜、青花菜、昆布、烤豆腐、高野豆腐、炸豆皮、炸豆腐、雁拟豆腐[①]、粟麸蒸、蒟蒻等。烹煮方式并不限于日式，有时也会使用鲜奶油或人造奶油。除此之外，还有胡麻豆腐或汤泡炸豆腐。

晚上行钵时的小皿菜色，和中午时有共通之处，另有醋渍品及煮豆。主要有醋渍细切胡萝卜与独活与蒟蒻、醋渍岩藻与胡瓜、芝麻醋渍车麸、味噌醋拌竹笋与海藻与独活、辣味噌拌胡瓜与海藻与粟麸、通心粉色拉、马铃薯色拉、蜜豆、黑豆、甜豌豆、白花豆等。

每个月道元禅师忌辰前一天的药石上，麦饭会变成茶饭，另有很特别的辛汁。分配辛汁前，首先将马铃薯、胡萝卜、蒟蒻等食材放入各人的平中，然后像分配味噌汤一样再分配煮汁。辛汁也算是味噌汤的一种，但和一般味噌汤稍有不同。做法是先将食材置于昆布高汤中熬煮，煮好后将食材捞起放在平上，接着在剩下的煮汁中加入白味噌，以酱油、味醂[②]、砂糖、盐调味而成。

[①] 雁拟豆腐是将豆腐搅碎，与胡萝卜莲藕或牛蒡混合，捏成圆饼状油炸而成的一种食物，在僧人的素食中作为肉类的替代品，名称来源不明。
[②] 味醂是由甜糯米加曲酿成的含酒精制品，可去除食物的腥味，为日本料理中广泛使用的调味料。

行钵本来都在僧堂,但有时也会在各寮舍进行。前者称为"僧堂饭台",后者叫作"各寮饭台"。

各寮饭台一如药石的展钵,只使用头钵以外的食器,以简化的流程用餐。虽不常有,但优点是会供应僧堂饭台没有的食物。

首先,会有乌冬面和荞麦面。两种面食都是用大锅煮,有高汤、提味的萝卜泥、碎烤海苔,以及白芝麻,再加上裹了面粉的油炸茄子、甘薯、蔬菜等天妇罗三品。

其次还会有咖喱饭与奶油焗饭。只是这两种料理和市面上一般的咖喱饭、奶油焗饭不一样,都是用合乎戒律的马铃薯、胡萝卜、蒟蒻、炸豆腐之类的食材制作而成。严格来说,永平寺的咖喱饭该叫咖喱汤,因为完全被当作汤品,禁止浇在饭上一起吃。所谓"奶油焗饭",说到底也只是焗奶油汤罢了。

永平寺煮咖喱饭或焗饭时,会使用市面上销售的奶酪面粉糊,纵使食材只用蔬菜,汤里也难免会有动物性原料。但是在这里,并不会被放大为破戒。

在重视戒律的上座部佛教[①]国家,比如泰国,僧侣必

---

① 上座部佛教,一种佛教宗派,今盛行于斯里兰卡、缅甸、泰国、柬埔寨、老挝等国,尊奉早期佛典与戒律,又名南传佛教,以别于汉传及藏传佛教。

须托钵才能获得食物，托钵所得不管蔬菜还是肉类都要吃下。尽管如此，也未被视为破戒。

佛教戒律圣典《十诵律》中提到，僧人允许吃三种净肉，即：没有亲眼看到这动物是为我之故被杀；没有听说这动物是为我之故被杀；没有怀疑这动物是为我之故被杀。[①] 泰国僧侣托钵所得肉食，只要属于这三种净肉，即使吃了也不算破戒。

因为比起吃肉与否，更重要的是不杀生的一颗心。世上很多人只知道一味追求，却迷失了追求的目的或本质。或许是因为他们觉得，比起目的，使用各种手段更有吸引力，自己也更擅长吧。但遗忘目的、迷失本质，结果就会像战争或鼓吹进步而进行的许多自然开发那样，往往只会带来大量过错。

---

① 《十诵律》卷三十七："痴人，我听啖三种净肉。何等三？不见，不闻，不疑。不见者，不自眼见为我故杀是畜生。不闻者，不从可信人闻为汝故杀是畜生。不疑者，是中有屠儿，是人慈心，不能夺畜生命。我听啖如是三种净肉。"

净发

如同现代社会以七天为一个礼拜,并以此为一切运转的周期,永平寺则是以四九日——每逢四、九的日子作为活动的周期。

四九日也叫作"放参日",对丛林而言类似于一种安息日。每逢这样的日子,起床时间延后一个小时,晓天坐禅、夜坐和作务都暂停,取而代之的是剃头、刮胡须、剪指甲、入浴、缝补衣物等。虽说是放参日,但并不像社会上的假日,拥有无法被剥夺的自由时间。公务在身的云水,依然要在振铃之前两个小时起床,并且还不允许入浴。

没有晓天坐禅的四九日早上,以朝课讽经开始。这一天的朝课讽经不做什么特别仪式,变成简化形式的"略朝课",勤行很快就结束,接着就是每天例行的行粥。

《后呗》结束时,平日会举行堂行与直堂加番两个人交互击打戒尺的仪式,四九日要加上钟点在外堂敲放参钟、直寮在后架以戒尺敲打净发柝①的仪式。放参钟是放参日到了的通知,净发柝是催促大家去剃头的信号。只在放参日敲打的这两样乐器,听起来有一种特别的愉悦之感。

"净"指的是剃头、剃须。关于剪指甲与剃头发,道元禅师在《正法眼藏·洗净》卷中写道:

应剪十指之爪。谓十指者,即左右两手之指爪也。足指之爪,同须剪。经云:"爪之长若至一麦许,即得罪也。"是故,不可将爪长蓄。爪长者,自是外道之先踪也,故更须剪爪。

十指的指甲长了就当剪。十指即左右两手的指头。脚指甲同样当剪。经书上说,指甲若长到麦粒般大小就是罪过。所以不能让指甲过长。留长指甲是不了解佛门教义的人的习惯。当留意剪指甲的事。

然则,而今大宋国僧家中,不具参学眼之徒,多蓄长指爪,或一寸两寸,甚及有三、四寸之长者,此非法也,

---

① 柝为古人打更时敲的木梆。

非佛法之身心，因非佛家之功夫，故如是焉。有道之尊宿则不然。

然而如今大宋国僧侣中，没有有参学眼的人，留长指甲的人倒是很多。有一寸、两寸，甚至三四寸长的。这些都是不合佛法的，不是佛法的身心。因为不学佛道，以致变成这等模样。有道心的前辈高僧不会这样。

或有蓄长发之徒，此亦是非法也。虽为大国僧家之所作，然莫错认其全是正法！先师古佛深诫天下僧家之长发、长爪之徒曰："不会净法，不是俗人，不是僧家，便是畜生。古来佛祖，谁是不净发者？如今不会净发者，真个是畜生！"

也有留长发的人，这也是不合佛法的。虽说这么做的是大国的僧侣，但也不可误认为是正法。先师对天下留长发、长指甲的僧人曾严厉劝戒："无法理解净发需要的人，既非俗人，亦非僧人，乃是畜生。自古以来，有不剃头的佛祖吗？现在不剃头者，只能说是畜生。"

可知长发者，佛祖之所诫禁也；长爪者，外道之所行也。佛祖之儿孙，不可好此等之非法。须净身心，须剪爪剃发！

须知留长发乃佛祖禁止的事，留长指甲则是佛道之外的人所做的事。如果自认是佛祖子孙,就不可偏好那些违背佛法的行为。应当保持身心清净,剪短指甲,剃光头发。

这一天完成例行的回廊扫除后,直寮即前往僧堂外堂领取净发的榜牌。榜牌是在厚板子上篆刻"坐禅"或"点汤"之类文字的挂板,依据不同的行持,准备有各式各样的榜牌。当净发的榜牌挂上众寮的前帘时,就可以开始剃头发了。

净发地点在经行廊下。直寮会在经行廊下铺上红色毛毡,准备好洗面器、装满热水和冷水的水桶各一。

预备净发的人,手腕上挂上洗面手巾,携带擦拭手巾和安全剃刀前往经行廊下。往洗面器里倒进适温的冷热水,两人一组互相剃头。在永平寺剃头,别说刮胡膏了,连肥皂都没有,用热水将头打湿之后,就可以拿起剃刀净发了。

净发时须默念《剃发偈》,安静而专注地使用剃刀。

剔除须发,当愿众生:永离烦恼,究竟寂灭。
剃除胡须,剃落头发,发愿回向众生:永远断除烦恼,得入究竟解脱之境。

高高的天花板覆盖的经行廊下，剃刀利刃在湿濡的头上刮剃时发出的沙沙声，在微暗的空气中幽幽回荡。

上永平寺的前一天，我有生以来第一次剃光了头。

不过用的不是昔日剃发的那些精致道具。我双脚交叉坐在镜子前，最后看了一次自己长发的模样，随即拿起剪刀利落地剪掉刘海。不像有些女生样对头发怀有一种特别的留恋，我咔嚓咔嚓就将剩余的头发剪下，脚下铺的报纸很快堆满了黑发。往镜子里一瞧，眼前是一个发型丑怪的自己。

接着拿起电动剃刀，从额前往后剃去。没几下就把自己理成一个大光头。这时再看一下镜中的自己，虽然不算丑怪了，但也面目全非。

马上调整心情，挤出一坨刮胡膏抹在头上，然后拿新买的安全剃刀刮下头皮上那些白色泡沫。如果要说生平第一次剃光头的感觉，那就是，温热的头皮与冰冷的刀刃接触，让人充满了洁净愉悦之感。不过和平日剃胡须的情况不同，必须慎重下手，小心造成刮伤。

如此这般，除了留下两三处刀痕，也没有什么戏剧性的状况发生，就剃好了一颗崭新的和尚头。我端正坐姿，严整地凝视着镜子。

那一刻的感觉还记忆犹新，仿佛身体里面的血液突然从背后被快速抽吸，整个人陷入即将降温冷却的错觉。而镜中映现的，早已不是过去的自己。

"断发乃断爱根也。爱根稍断，本身即露。"

道元禅师《出家略作法》里的这句话是说，净发是为了确认自己远离爱欲之心、断除烦恼之意。剃完光头，在镜中看到另一个"我"的瞬间，确实感到一阵错愕。第一次想到此前自己作为一个人所拥有的俗情，一切的一切至此都必须彻底舍弃了。

古代净发也是使用日式剃刀。受剃者手上托着名为"发盘"的板子举至额头高度，收集剃落的毛发，之后将其烧掉。

只要活着，头发就会长个不停，就像人的欲望。而燃烧的头发会发出恶臭，出家人就闻着这味道，思忖自己无止境欲望的悲哀本质。

大鉴

大鉴是和我同一天上山,并第一个脱下草鞋的人。

年纪已经四十过半,属于那一年上山的云水中年龄最大的人。浅黑色皮肤包裹着瘦削的骨骼,给人一种强悍之感,这大概跟他出家前的职业有关。

大鉴已婚,是一家货运公司的卡车司机,还有一个就读初中的儿子。这样的一个人,却剃了头,穿上了僧衣。为的是他的妻子。

本来平静的生活,某一天由于妻子娘家的变故而发生变化,一家三口不得不一起回去照料。妻子是寺院住持的独生女,因此作为丈夫的大鉴,必须辞掉卡车司机的工作,设法在后半生成为一名寺院住持。卡车司机如果改行从商也许还容易些,但做寺院住持就是另一回事了。

剃光头、穿袈裟、诵经拜忏，不是每个人都做得来的。

要成为寺院住持，必须获得宗务厅授予的名为"教师"的僧侣资格，资格还有细分的等级。宗务厅还根据寺院自身传统或规模而规定了不同的"寺格"。要成为住持，必须依据不同寺格，取得相应的教师等级资格。

寺格较高寺院的子弟降生时，并不会自动获得比出身较低寺格的小孩更高的等级资格，彼此是平等无差别的。

但世俗社会的学历风潮还是渗透到了宗教界，同样是在僧堂修行，大学毕业的人为取得资格而修行的时间就比高中毕业的要短。也就是说，大学文凭会自动获得资格加分。自各宗门大学毕业的还可以比一般大学毕业的获得更多积分，研究所也是。

因此刚刚高中毕业的眺宗，为了获得较高等级的资格，需要比其他大学毕业的云水付出更长的修行时间。

像融峰，虽然完全没有僧堂修行的经历，但因为出身宗门大学研究所，反而成为我们八个人里积分最高，必要修行年限最短的一个。

至于大鉴，既没有大学学历，又没有僧堂的修行经历，如果想获得住持的资格，就需要更长的时间。大鉴没有选择修行相对轻松的地方僧堂，而是要求极严格的本山永平寺，理由就是在永平寺修行，时间可以短些。

振铃前两个小时,午夜一点半,大鉴总是先于所有人起来,早早地坐在众寮当番所火炉边,伸出粗糙的双手在变红的木炭上烤火。

我很享受在火炉边听他谈论自己怀念的卡车司机生涯。他口中的卡车,远不是我们所认为的,只是载运货物的车子,而有着极为特别的、某种程度上接近家人或知己的意义,甚至远在这一切之上。

木炭越来越红,开始吐出小小的火舌,大鉴的脸映着火光,眼睛闪闪发亮地谈起坐在卡车驾驶座上那种舒服和安全的感觉,无论是夜晚车窗处流逝的陌生城镇的灯光,还是手握方向盘走遍日本看到的一处又一处风景,都让他常常忆起。

"啊,好想坐上卡车的驾驶座……"

我不知道在火炉旁听他这么说过多少次。大鉴还说,结束永平寺的修行与家人团聚后,一定买一辆卡车开着到处兜风。听到这里,我脑海中浮现出成为寺院住持的大鉴顶着一颗和尚头手握卡车方向盘的画面,差点忍不住大笑出来,但又真的希望他能如愿以偿。

这样的想法,在看着大鉴于寮内日益孤立,众人对他不理不睬时更加强烈。

虽说禅修并非多么极端的苦行，但对年纪较大的人而言，身体上的挑战还是有些严酷。加上像大鉴这样的云水，没有从小在寺院生活的经验，一切都要从头学起，记忆力的衰退又会让他们加倍辛劳。

实际上，大鉴有着过去的职业培养出来的强健体魄，在体力上并不落后于其他云水。但跟记忆相关的功课，无论如何就是要比年轻云水多花两倍甚至三倍的时间。不管是背诵公务手册，还是理解公务规定，都让他吃尽苦头。

结果就是他执行公务时老是出错。害怕受他连累，大家都对大鉴唯恐避之不及。

除了要忍受寮内冷淡的孤立感，每天还要被年纪小他两轮以上的古参拳打脚踢，苦上加苦。但是为了翘首盼望的妻儿，在取得资格之前，再怎么难受也只有硬着头皮忍耐下去。

一天早上大鉴照例坐在了火炉旁边。

我看到拿着打开的公务手册眉头紧锁的他，问他手册的背诵情况。

"唉，完全败给它了，不管怎样就是搞不懂。"

又是这个答案。但他又说，今天有不了解的地方去问其他人，结果没有一个人愿意教他。

虽说公务是依照手册去做，但手册所写的只是一个概要。一般都是前一天执行过公务的人，将手册没写的实际作法教给下一个接手的人。

我马上找到上一个执行同样公务的人，问他为什么不教大鉴。

"很简单，因为怎么教他都记不住，根本就是浪费时间。我自己要忙的事情很多，没工夫去管他的事。"

他一边读公务手册一边说，语气中显露出对大鉴的轻蔑。

"嘿，你干吗只看到别人的缺点？"

我忍不住回他一句，空气突然僵住。察觉到自己说了不该说的话，我后悔起来。

一般人都拥有的沾染了名与利的事物一个个被拿走，被压抑的欲望没有得到疏解，渐渐变成黏稠的块垒郁积在体内。许久没有出口，就开始搜寻细小的缝隙，又因为找不到缝隙导致精神状态更加不安。

身边的云水越来越暴躁，即使只是鸡毛蒜皮的小事也会无端火冒三丈。

在这样压抑的集体生活里，生而为人的快乐只会逐渐消失。察觉到这种状况时，很多人就会把心里的郁闷转向借由伤害比自己弱小的人而获得疏解。每个人都是这样。

以为只看到别人的缺点而义正辞严反问的我,其实也会在知道谁失败了、看到什么人被拳打脚踢时,内心深处生出一种幸灾乐祸之感。

会不会那天的反问实际上并非为了大鉴,只是偶然遇到自己想要装酷的机会罢了?

被逼迫到极限的结果就是,人最丑陋的东西都会显露出来。

大鉴握拳说"倒不了,绝对不能倒"的情景,我到今天都还印象深刻。

由于执行公务时一次又一次犯错,大鉴引起古参云水的特别关注,时常被处罚在走廊跪坐。有时惩处过当,甚至一天不准他吃饭,让他一个人在冷飕飕的经行廊下罚坐。

如果是上山前,偶尔一两餐不吃倒也没什么大不了,但在食物分量只满足最低需求的永平寺,一餐不吃的严重性超乎想象。一天,大鉴早上被罚不许进食,直到中午行钵时依旧没有获得豁免,只能一直跪坐下去。

看到大鉴那样我实在于心不忍,虽然知道不被允许,但还是在做行粥后的整理时,趁其他人不注意,将剩下的米饭与别菜豆渣用纸包起来,到经行廊下偷偷塞进他的袖子里。

"撑着点。"听我这么说,大鉴用力点了点头,一边紧握着瘦骨嶙峋的拳头,置于细瘦的膝盖上,一边一直嗫嚅道:"倒不了,绝对不能倒。"

即使这样,大鉴的身体还是不到半年就垮掉,最终被送进了医院。

饥渴

好像有什么在远处发出呻吟声,我不自觉地从床上起身。

"难道是在做梦……"

短暂而珍贵的睡眠时间,却被这样的梦给打断,委实有几分懊恼。正想再度倒头大睡,才注意到呻吟声并非来自梦境。

睡在旁边的童龙,额头都是汗,不安地在棉被里蠕动着。

"怎么了?"

听到我的问话,童龙露出五官扭曲的一张脸,直说好痛好痛。这时眺宗也被吵醒,我们两个将童龙的棉被掀开,发现他的膝盖肿得厉害。

自从被分配到众寮之后,童龙已经是第三个发生这种状况的人了。

某个四九日的上午，净发结束开始修剪指甲时，我留意到虽然过了相当长的一段时间，但自己的指甲几乎没有变长多少，这才意识到我们的体质正缓慢地发生变化。尽管变化程度因人而异，但症状基本雷同。

首先是身体浮肿。严重者手脚鼓胀，肌肉失去弹性，用指头一压即出现凹陷，久久不能恢复。其次排尿次数异常地多，不管跑几次东司都还是尿意频传，以致在时间较长的法要或仪式上，有人会因忍不住而失禁。

还有就是伤口不易复原。由于长时间跪坐，很多人膝盖和脚指甲频繁受伤，伤口很难结痂。有些人的伤口感染霉菌，水肿与剧痛更加严重，甚至发起高烧，只能被紧急送医。童龙也是立刻住院。

这些症状几乎都是因为过度摄取碳水化合物以及缺乏维他命 B_1 引起，一般称为"脚气病"。在永平寺，主要是因为米饭吃太多。所以古参云水经常提醒我们饭量不宜过大。

饭吃太多会生病，但不吃又不行。我们的处境就是如此。

居于众寮的我们，饥饿感渐渐到了极点。不管是坐禅，还是缩在棉被里，想的都是吃，被食物的幻影所折磨。那是有生以来从没有经历过的难以形容的饥饿。

就在不久前，我们过的还是极为理所当然的"肚子饿了随时都可以吃想吃的东西而且想吃多少就吃多少"的生活。但在这里，从凌晨一点半起床到夜晚十点半就寝之间，除了早中晚的行钵以外，完全没有任何东西可以吃。

而且三次行钵所提供的食物极少，即使有别菜，也是两口就吃光的分量。可以再来一份的东西，只有味噌汤与麦饭，但装味噌汤的钵本身就小，味噌汤又是流质，根本吃不饱。实在无法忍受饥饿的人，唯一的选择就是麦饭。

麦饭也和味噌汤一样，只能多要一份，也就是头钵两碗的分量。区区两碗就会导致碳水化合物的过度摄取，归根到底还是因为除麦饭以外，能吃的东西分量和营养都很少的关系。

为了充饥而多吃饭就要生病，不吃饭就要为饥饿所苦。只能二选一。

然而这种饥饿感，又不是徘徊生死之际的那种饥饿，更像是我们被饱食时代所豢养，稍有一点不顺，即被轻易击溃的羸弱，或可说是精神的空腹与饥渴。正因为如此，我们的精神会走上加速恶化之途，逐渐陷入深深的泥淖。

没过多久，一群成人就开始为一口饭、一碗味噌汤、一片腌萝卜而产生龃龉。

行钵在僧堂进行，因为公务而无法在僧堂用餐的人，会有所谓"二番饭台"，即在僧堂行钵后，在众寮当番所中排好桌子，以较简略的仪节进食。这时没有净人分配饭菜，而是各人直接从桶里盛装。

没有公平分配，唯有先下手为强。只要稍有迟疑，转瞬间饭桶即见底。味噌汤里的食材消失，只剩下汤汁，别菜、酱菜也一片不留。完全没有为他人着想的意思。我看了实在气不过。

"嘿，好歹想一下别人吧。"

为这件事义正辞严的我，倒不是说比他人冷静，而是真的痛恨那些只顾自己不顾他人死活的家伙。

古代佛制中，吃被当作染污的一种。对当时的我们而言，吃这件事还真令人感到厌恶与肮脏。永远无法满足，难以抑制地想要更多，自尊也在不断地受损。

不只众寮有二番饭台，各寮舍都会在各自相当于当番所的地方用餐。众寮中，二番饭台是由轮值的直寮加番准备；直寮加番同时也负责邻近的堂行寮和讲送寮的餐点以及之后的清理。

餐具清理是将用过的食器放入盆中，拿到众寮当番所下方的洗面所整理清洗。每天直寮加番捧着盆来到洗面所时，都有好几名云水等在那里，抢着要吃盆中的残羹剩饭。

"鲁山桑,不要那么理性好不好?"

当我因为看到其他人抢夺残羹剩饭,用手抓了往嘴里塞的场面而一阵错愕时,突然听到有人这么说。感觉像是看到了不该看的东西,又心虚又自责。想到人竟会沦落到这种地步,不禁悲从中来。

然而接下来的瞬间,我也伸手抓了一把剩饭送进嘴里。虽然剩饭无滋无味,但一种空虚又复杂的满足感随即在腹腔扩散开来。

做了一件坏事而没有被谴责处罚,新的价值观就会在意识中生根。很快,那种空虚感就被我忘得一干二净。

那是理性所不能及的地方。闭锁在一切都被压抑的世界,人的理性变得非常脆弱。因为理性无法填饱肚子,也掩盖不住想吃东西的本能。

童龙住院后不久,喜纯也跟着住了院。剩下我们这些人,依然为食物的多少而吵得面红耳赤,抢着吃别人剩下的东西,甚至捡塑料桶里的厨余来吃。

永平寺行钵后的餐余一律丢弃。即使剩下很多,即使我们都饿得七荤八素,在大库院担任行钵清理时也得全部扔进塑料桶里。这样做,说是对食物的不敬也没错,对丛林生活而言却是必要之恶。有剩菜剩饭的确应该深刻忏悔,但为了谨守戒律又不得不丢弃。

理性遵从戒律将食物当作垃圾丢弃,本能随着欲望将垃圾当作食物捡来吃,这两者都是人类的行径。而这种矛盾,也是身为人与生俱来的苦恼与疑惑。

永平寺的修行生活,就是通过对欲望的彻底压制来凸显心智与肉体的分歧,以此不断向我们发出无声的质疑。

第四章 随流而行时在乎的事

逃亡

发现义介不见,是在中午行钵之后不久的事。

当时大家正在众寮当番所做公务预习,讲送慌张地跑进来。

"喂,义介怎么了?行钵没看到他!"

听到讲送这么说,我们才知道义介不见了。由于事出突然,一开始完全不明白发生了什么事,慢慢才搞清楚原来他逃走了。

义介是早我们两批上山的云水,也是大学刚毕业出身寺院家的长男。由于上山日不一样,突然听到"义介"这个名字时,脑海里无法立刻浮现出他的脸,也可以想见他存在感的微弱。总之就是一个不会犯什么大错,却也不算是优等生,非常低调不惹人注意的乖乖男,因此谁都没想到他会做出逃走这样惊人的举动。

"这样,你们也在附近帮忙找一下!"

看到讲送气急败坏的模样,我们才意识到事态的严重,立刻开始搜寻。虽说是搜寻,但能够去的场所也有限,很快就确定附近没有他的踪影。这时堂行也加入搜寻的行列,不久搜寻范围扩大到寺院外面的商店街。

永平寺每年二月开旦过寮,受理上山申请,通常到四月上旬才告一段落,即"开旦过"。开旦过期间每隔四五天就有人陆续报到,每年大概都有一百多人上山。

但每年也都会有几名云水逃走。逃走说起来简单,实施起来可不是一般地困难。

永平寺三面环山,如果不是熟门熟路的当地人,没有任何准备的情况下,要翻越一座山都很困难。而要走到下一个有人烟的地方,还得翻越好几座类似的山。

因此逃走的人只能选择从寺院前面的商店街离开。可是永平寺位于福井偏远山区,步行是回不了家的,必须利用交通工具,要么搭电车[①]和巴士,要么叫出租车。

但有一个大问题:身上没钱。上山时带的钱在地藏院做行李点检时已经全部被收走。唯一剩下的就是袈裟行李里面的一千元涅槃金,可要解开捆得极为复杂的袈裟行李

---

① 京福电铁永平寺线已于2002年废止。

相当花时间。而要在没有自由时间,想要一个人独处除了去东司上厕所其他机会全无的平日里打开行李,根本不可能。更何况如果打被视为特别神圣的袈裟行李,谁看到都会起疑。要是想在就寝和起床之间的有限时间内来做,又有被巡夜发现的危险。

这样一来,要么逃进商店街的茶馆借电话打回家,要么身无分文地搭上出租车。但在永平寺附近,逃进茶馆也罢,搭上出租车也好,大多数看到的人都会打电话联络寺里。

现在永平寺与云水的关系,和过去行云流水时代有些许改变,更接近"全国各宗门的寺院,为了修行的目的而将继承家业的儿子托付永平寺管理"的状态。因此永平寺对这些为修行而来的人负有责任,即使本人吃不了苦或我行我素而想回家,也不能说声"好,请便"就让他回去。对本人而言,理应是抱着决死的觉悟接受修行考验、脱下草鞋的,永平寺也是秉持着同等的责任心收留这个人的,这样的秩序与尊严不容打乱和损毁。尽管云水与寺里的关系与往昔有许多变化,但永平寺作为禅宗根本道场的事实并未改变。

充分理解永平寺与云水间这种关系的商店街居民,碰到类似情况都会通报寺里。

若是运气好，用了什么方法拿到钱，不进茶馆也不搭出租车，而是装作普通乘客上了巴士或电车，也还是有曝光的危险。

永平寺一般禁止云水为了私人目的离开寺院。若是古参，限制会少一点。但不管什么情况下，走出山门的云水都会穿作务衣，绝对没有人穿着僧袍外出。

如果有人穿着黑色宽袍大袖在路上栖栖遑遑，一看就知道事情非比寻常。那般模样在外面未免太引人注目，简直和异形无二。所以如果想偷偷逃跑，除非脱掉衣服，否则根本不可能。

即使如此，每年还是有几个人克服重重困难成功逃走。

有人深夜冒着危险，解开好几个人的袈裟行李，偷走里面的涅槃金逃走。还有人带着上山前偷偷缝在衣领中的钱逃走。不过大部分人都是只想要逃，未经深思熟虑就采取了行动。

想必，"逃"是突然在他们心中浮现的一瞬的念头。在那一瞬，于无意识中纵身一跃，等回过神来，人已经光着脚在暗夜中奔跑了。也许也想过回头，但一切都为时已晚，后悔也来不及了。

逃走的人，本来就是因为无法忍受每天严苛的修行。最让他们无法忍受的，既不是睡眠不足，也不是饥饿难挨，而是对严格的戒律与古参云水的倾轧的恐惧。对怀着这种想法逃跑的人来说，大概没有比中途被抓回去更恐怖的事了。

只能忘我地拼命往前跑。越远越好，越远越好。心中仅剩这样的念头。深夜一片漆黑的山中，灌木的枝桠牵绊着双脚。穿过商店街的巷弄，屏息躲开人们的眼光，没有一刻不担心被人从后面抓住衣领拖回去。

结果并没有找到义介，也不知道他是怎么回家的。事后家人给永平寺打了一通致歉的电话，说儿子给大家添麻烦了。

新到挂搭式

义介不见了,加上之前逃走的,总共少了五个人。最后,有一百一十一名云水历经种种试炼留了下来。

于是,在梅花和樱花姗姗来迟的某个美好春日,全山云水齐聚一堂,庄重地举行了新到挂搭式。所谓"挂搭",是指云水将自己的衣钵挂搭于僧堂适当的位置,代表正式在僧堂设籍。通过这一仪式,上山以来只有暂到这个临时身份的我们,总算被认可为永平寺的正式云水。

新到挂搭式前夕,我们在众寮讲堂集合。首先让我们磨墨,磨好后给每个人发了两张白纸,一张写履历,另一张用来写挂搭状。讲送在黑板上写出格式,我们边看边提笔写下:

右某甲履历具于别纸　今为生死事大特来依栖左右　自今以后宗规山法谨正遵守　若有违犯甘受其罚　伏望慈悲容纳

挂搭状全部以汉语来书写。每个字仿佛都饱含着重量。我就在那一笔一画中，充分体会着好不容易走到今天的实在感。

写好后署名、捺印，与履历一起包在厚纸夹中，封面写上大大的"挂搭状"三个字，然后上交。

当天回廊扫除一结束，客行就将挂搭状放在红漆盘上，呈递给总监督维那。维那接受挂搭状后，领着在经行廊下待命的我们这些新到进入僧堂。

走进僧堂后，新到的代表烧香，接着大家一起三拜，然后以顺时针方向巡堂。巡堂终了，面单而立，以堂行所打的引磬为信号向其三拜，接着向两旁以及对面的云水行礼。

在沉默中结束僧堂的仪式后，我们又随着维那走出僧堂，前往承阳殿。经过同样的烧香、礼拜后，排成长长一列走出承阳殿，穿过法堂和通天廊下，抵达光明藏。

光明藏是位于不老阁和监院寮之间，依照桃山时代的样式建造而成的全桧木建筑,是住持正式会见访客的场所。大厅内铺了两百九十八张榻榻米,挂了御帘的上段,被上有小室翠云所画的松、鹰、竹、梅的障壁画所围绕。南画①特有的崇高无为的恬淡笔墨与颜料交错,使得整个空间更加闲雅。

我们依序进去,正面上段排好队。上山以来,几乎没看到过如此华美的颜色,以致进入光明藏之后感到头晕目眩。

当周遭终于静肃下来,上段侧边的纸门被悄无声息地拉开,随后从里面走出一位老僧。他就是永平寺现任住持,七十七世丹羽廉芳猊下②。他眉白如鹤,眼瞳深处异常清澈锐利,我站在远处,都能感受到他散发出的辉耀。整个人被一股难以形容的能量所吸引,内心一阵骚乱。世上少见容姿具有如此吸引力的人,我想佛陀或耶稣基督也是如此吧。

猊下静静走到上段中央,新到代表即刻向前,呈上放在漆盘上的挂搭状。接着大家一起三拜后就座,另有三位被点名者走到中央香台前立定。

被点名的三个人,是我们这些新到的"笔头",也就

---

① 南画为江户中期以降画派、绘画风格用语,可视为文人画的同义语。
② 猊下为佛教对高僧长老的敬称。

是永平寺开旦过时最先上山的人。开旦过是二月中旬，还是天寒地冻、积雪盈尺的时候，单从这一点也可以想象他们非凡的修行决心。

三人慢慢拿起挂搭状，和声齐念，念完后将挂搭状放回漆盘，再退回原来的位置。

接着是猊下的开示。猊下全程坐在四周吊着白色垂饰、围着金襕的坐褥上，见证仪式的进行。这天开示的内容是什么我已经忘得一干二净，但却清楚记得自己如何着迷于那优雅的声音。对一位老者而言，那声音无疑洪亮异常，语调又是如此典雅优美，仿佛带着超越人类资质的力道，向四方辐射开来。

僧堂、承阳殿、光明藏，每个场所的仪式都依序进行过后，我们到佛殿前庭拍摄纪念照。

现在看着这张令人怀念的照片，发现大家的表情都像如临深渊似的，丝毫看不出新到挂搭式结束、顺利成为正式云水的欣喜。

觉得成为正式云水就万事大吉，是有些想当然了。那个阶段的我们，每天精神都极度紧张，忙着摸索、重复演练都来不及。好不容易从暂到的临时身份变成了正式的云水，一时竟无从判断要如何看待这个新的身份。

新到挂搭式是一种代表通过修行考验的仪式。可是尽管通过了,每天的生活也还是一如以往。

修行本来就是这么回事。即使时间久了,位阶上升,年龄增长,也不足以成为获得特殊待遇的理由。修行不是前往某个目的地的过渡阶段,而是活着的每一个瞬间都应有的状态。

以身心洞察活着的这一事实,并持续不断地修习、实践作为一个人的理想生命状态,这就是修行。道元禅师说的"威仪即佛法,作法是宗旨",正是这个意思。

然而永平寺的修行,并没有特别教会我们什么。永平寺有的只是毫无变化,一再重复而已。而修行就是在这样一天天的重复中,对自己身心的体悟与发现。

于是在佛殿前拍好纪念照后,结束新到挂搭式一切仪节的我们,又开始了与之前没有两样的生活。

开浴

公务点检一般在行持与公务的空当进行。

由讲送质问开始,我们依照公务的不同一个一个来,回答完全部质问,关于这一公务的点检就算是及格。必须是十一种公务加上之后的综合点检都及格,才可以放心从"公务中"的见习身份获得解放。话虽如此,事情可没有那么简单。

从入堂开始到新到挂搭式期间,大家一直被要求反复熟习山规,以应对严厉的点检。不过新到挂搭式结束后,之前严格异常的点检就缓和下来,没过多久几乎所有人都脱离了公务中的身份。

那是新到挂搭式结束后的一个礼拜,四九日的早上。也是那天下午,我们获得了上山以来第一次入浴的许可。

丛林中称入浴为"开浴",习惯于四九日进行,但因为公务在身，入浴不被许可，所以在此之前我们既没有擦过身体，也没有换过衣服。

开浴在山门之东的浴室进行。永平寺的浴室将脱衣场和浴场分开，脱衣场供奉跋陀婆罗菩萨。在丛林中，开浴与其说是洗澡，不如说是仪礼或许还更准确。

开浴由直岁寮担任水头职务的云水负责，首先进行浴司百拜。

所谓"浴司百拜"，是在开浴时，先恭请僧堂里奉祀的圣僧文殊菩萨入浴的仪式，在中午行钵之后进行。

执行仪式的水头着最高等级的装束——披上袈裟、套上布袜、携带坐具、手持线香，午时行钵结束后进入僧堂。

入堂后在礼盘前作揖，点燃线香行三拜，再绕到圣僧龛后面，将用毛笔写了"浴司百拜"的白色棉布挂在一个类似木制笔架的东西上。再将架子高举至双眼高度，一边念诵《般若心经》，一边朝浴室走去，直到浴室入口。

随后将架子置于跋陀婆罗菩萨前，烧香三拜，接着跪在装满热水的汤桶前，将白色棉布放进装满热水的一号汤桶中浸洗，象征奉请圣僧文殊菩萨入浴。

同时唱诵《清净真言》三次：

唵室利室利摩诃室利苏室利萨婆诃

浴司百拜结束后,接着由开浴导师进行入浴仪式。仪式本该由住持来做,但多数场合都由其他师父代行。这个部分也没有浴司百拜那么复杂。

开浴导师在侍者陪同下进入浴室,首先对跋陀婆罗菩萨烧香三拜。三拜的同时,浴室隔邻的鼓楼开始打浴鼓。之后脱衣,与侍者一起入浴。入浴结束,再次对跋陀婆罗菩萨三拜。此时浴鼓再起,促请其他师父入浴。

云水的入浴,是以师父们入浴结束后击打的浴鼓为号。

到了入浴的这天,我们将擦拭手巾和换洗衣物装在包袱巾里前往浴室。抵达浴室后,首先走到跋陀婆罗菩萨前,合掌默诵《入浴偈》,并行三拜。

沐浴身体,当愿众生:身心无垢,内外皎洁。

洗净身体,发愿回向众生:身心皆无染污,一切事物皆能光明清净。

三拜之后依照规定作法脱衣,拿着擦拭手巾进入浴场。

浴场很大,热水槽里满是清洁的热水。我们先在洗涤处坐下,将肥皂抹在擦拭手巾上,一遍又一遍洗刷累积了好几个礼拜的污垢。当肥皂的白色泡沫从身上冲走,真是感觉清爽极了。

接着浸泡到热水槽中,伸展四肢。因为长期紧张而僵硬的全身肌肉仿佛立刻融入热水之中。看着蒸腾的水汽从开放的天窗涌出,消失在杉木林上方的空中,一时浑然忘记了一切。

入浴结束后离开浴室时,脚步变得异常轻快。午后的风吹过回廊,掠过皮肤上残留的余温,整个人都愉悦了起来。

回众寮途中,不经意往众寮当番所瞧了一眼,里面聚集了好些人,正七嘴八舌地议论着。

"眺宗,那是女孩子的字吧,平常一脸老实相,真是看不出来啊。"

"才不是这样!"眺宗满脸通红地反驳。

"喂,没有我的吗?"

大家脸上都堆满了压不住的笑意——上山之后久违的灿烂。正这么想着,突然一个信封递到我眼前。

"鲁山桑也有一封。"

一封来信。公务中的我们,寄信收信都被严格禁止,其间所有信件都由讲送保管,直到本人可以收信为止。大家收到期待已久的来信，无不喜出望外。

其中也包括大鉴。他开心地走过来，没说什么就把一枚明信片伸到我面前。仔细一看，是大鉴的儿子在修学旅行途中寄来的。我第一次看到大鉴脸上洋溢出幸福的表情。那无疑是一张凝聚着为人父母全部生命意义的毫无造作的笑脸。

但也是最后一次了。积淀在大鉴体内的什么，突然让他像断了电一样垮掉。大鉴被送进医院后，我再也没有见过他。

我快步回到众寮，把盥洗用品摆好，再将颇有分量的来信放进袖子里，前往东司。

进入东司，将门关好，在天窗透进的微光中取出信封。一看熟悉的令人怀念的笔迹，就知道是妈妈写的。

我尽量克制自己的兴奋，拆开信封。信纸被折成厚厚一沓，摊开来的瞬间，妈妈沿着信笺格线一笔一画用心写下的笔迹跃入眼帘。墨水显露出细微的浓淡变化，依旧带着鲜亮的光泽。读着上面的字句，仿佛听到妈妈说话的声音，看着看着，字里行间恍惚浮现出妈妈的脸。

之后如何就毫无记忆了。只记得回过神来时，自己正蹲在东司中哭泣。无论怎样都无法停止，只能任凭热泪从脸颊上流淌下来。

完全不是因为悲伤。就是一个三十岁的男人蹲在幽暗的东司中,手里握着妈妈的来信哭个不停。

直到寺内逐渐向笼罩一切的深夜挪移,四下充满静谧的幽暗。

结制

古代印度的僧侣原则上都过着居无定所即所谓"游行"的生活。但在雨季的三个月,他们会集中在固定的场所修行,即所谓"安居"。据说一方面是因为印度的雨季不适合云水游行生活,另一方面是为了避免踩到水坑和泥泞中的昆虫,于无意中杀生。

这个习俗经由中国传到日本丛林,不久即发展成夏冬两期。夏天的安居称为"夏安居"或"雨安居",冬天的安居称为"冬安居"或"雪安居"。

期限比照印度,夏冬都是三个月,禁止外出,即所谓"禁足"——留在丛林中专心进行各种行持法要。因此安居中称为"制中",安居开始称"结制",结束为"解制"。

安居不仅仅意味着期间禁止外出,还意味着从结制开始,修行的内容逐渐严格,重要的仪式或法要越发密集。

道元禅师在《正法眼藏·安居》卷中阐释了安居的重要性:不修安居而自称佛祖儿孙者,乃是不值一笑的愚者。

也就是说,修此安居,是佛祖法门的正传,丛林修行的大面目。

结制时首先指定一位首座。

所谓"首座",是指僧堂中坐于首席的人,也就是位居云水之首的人。首座是云水的模范,制中的修行及各种仪式都是以首座为中心进行。首座一般从经过两年以上安居生活的云水中挑选,同时指定辅佐他的书记与弁事,然后开启首座寮的运作。

制中进行的主要仪式与法要列举如下:

【大夜参行茶】 结制时宣布各种制中职务的仪式。在茶鼓的轰轰声中,将明亮的蜡烛送到光明藏,然后一同吃茶。

【楞严会启建】 楞严会是读诵《楞严咒》的法要,启建指法要的首日。

《楞严咒》的全名应该是《大佛顶万行首楞严陀罗尼》,"陀罗尼"是梵文"咒"的汉文音译,唱诵可得除灾等功德。

"陀罗尼"也是汉译佛经中所谓"五不翻①"之一,在中国亦未翻译成汉语,全部保留梵文原典的发音,后转写为汉字,并流传到日本。

"首楞严"是调伏诸魔使成正觉的意思。佛陀弟子阿难受到摩登伽女诱惑即将破戒,佛陀派遣文殊菩萨去救他,后来阿难和摩登伽女受到感召,都入了禅定三昧。

因此《楞严咒》被用来破除修行中所起的种种障碍、烦恼与妄想。为了制中的修行得以圆满,于是启建楞严会,直到解制为止,每天早上都要在法堂勤修,诵读此咒。

【结制土地堂念诵】 结制时对土地堂奉祀的伽蓝守护神——土地护伽蓝神与招宝七郎大权修理菩萨念诵的法要。土地堂指进入佛殿内正面右手边的大厅,各守护神都奉祀于此。

【库司点汤】 为庆贺结制,师父们给云水供应茶点的仪式。进行时,僧堂四方安置的香炉中,会熏燃名香一片。由于仪式过程有大量礼拜,且须全程沉默,库司点汤与侍者煎点并列永平寺茶礼中最特别的仪式。

---

① 五不翻为唐代玄奘法师提出的翻译理论,主张在将梵文译成汉文时,遇五种情形不进行意译,而保留原音,只进行音译。五不翻包括:一、秘密故(如陀罗尼,亦即咒语);二、含多义故(如"薄伽梵"具六义);三、此无故(本地没有的事物);四、顺古故(保留古人习惯用法);五、生善故(为对翻译的事物存尊重之心,如"般若"不翻为智慧)。

【结制人事行礼】 结制时宣读贺词的仪式。人事指烧香或礼拜等事,依场所不同,有法堂人事、库司人事、僧堂人事等。

【巡寮】 住持巡视诸寮,点检结制的威仪或规范,以及指点关于安居的注意事项。

【戒腊牌问托】 戒腊是指从出家受戒起至今为止的时间。将全山僧众名字依戒腊长短排序,用胡粉①写在正方形漆板上,是谓"戒腊牌"。永平寺的戒腊牌,列于最前面的是文殊菩萨,接着是师父们的名字,其后是云水。将戒腊牌挂在僧堂的外堂,然后烧香、礼拜的仪式,即戒腊牌问托。

【侍者煎点】 烧香侍者代表住持供应茶点给云水的仪式。与库司点汤同样在僧堂举行。

【本则行茶】 由首座在首座法座上举唱显示禅之真理的古则公案的仪式。住持于前一天提唱②本则并供应茶点,地点在光明藏。

【祝茶】 修首座法战式时,首座给云水供应茶点的仪式。地点在光明藏。

【首座法座】 亦名首座法战式,作为云水领袖的首座

---

① 胡粉为传统白色颜料之一,由贝壳或铅白制成。
② 提唱指关于禅宗法义或禅僧语录的开示,或曰提要、提纲。

代替住持举唱古则公案，与僧众进行禅问答对的仪式。典出佛陀将自己的座位分一半给正传弟子摩诃迦叶，由其代为说法的故事。首座法座是无数制中仪式中特别重要的一个，法战的举行也是制中活动的高潮。

【大布萨讲式】 布萨是反省自己的言行并忏悔罪过，自佛陀在世时即建立的重要惯例。讲式是以文学的形式宣讲佛教教理的法要，以汉文体的和文声明①呈现。大布萨讲式就是宣讲布萨的法要。地点在法堂。

【楞严会满散】 每天早上勤修的楞严会的结束仪式。

【解制土地堂念诵】 解制时对土地堂奉祀的伽蓝守护神念诵的法要。

【解制人事行礼】 解制时宣读贺词的仪式。

当所有仪式圆满时，为期三个月的安居即告一段落。上面列举的仪式或法要，只是制中所举行法要的一小部分。除了这些特别的活动以外，例行的法要、作务、坐禅照旧进行。

仪式或法要的过程无不庄严而绵密。仅仅是列席其间，就让人心生虔敬之念，仿佛有一种神秘的力量在发挥作用。

佛教有个说法叫"熏习"。就像走过香炉周围身体即

---

① 声明为加上韵律以进行经典唱诵的佛教音乐之一，亦即梵呗。

满布熏香,只要身处现场,整个身心就会在无意识中受到飘荡的气息的影响,仪式或法要所产生的作用之一,就是这样的熏习。在此意义上,宗教仪礼的存在是无可取代的。

制中的每一天,从早到晚都是行持的连续。像是绵绵密密不留寸隙地依照既定的情节演出,同时成为情节的一部分。当然,也可以说是依照法义并成为法义的一部分。

当熏风吹遍永平寺的山谷时,今年的安居终于开启了序幕。

作务

在禅法中，与坐禅同等重要的修行是作务。

作务是指丛林中的体力劳动。丛林中开始有作务的课目，是佛教自印度传到中国，汉化过程中所产生的变化之一。印度的僧侣远离一切体力劳作，全心投入精神的修炼。他们所需要的物资，来自信徒的布施供养，一切劳动也都交给信徒来做。但是到了中国，与中国人崇尚体力劳动的实践性思想结合，丛林就有了作务。

与丛林生活类似，因宗教而建立的集体生活，还有基督教的修道。基督教修道的根本，也是祈祷与劳动。但是劳动最终是为了祈祷，祈祷与劳动是目的与手段的关系。而禅宗丛林生活中的劳动，是要从劳动本身发现其真正的价值，这一点是与基督教有所不同的。

在永平寺，作务也被当作重要的修行，与早晚的坐禅一样无一日中断。永平寺的作务大致可以分为两类：一是以各寮舍为单位进行的作务；一是集合全山云水共同执行的作务。

各寮舍的作务，以与该寮舍公务关联的作业，或是寮舍责任区域的清扫等为主要内容。

众寮中，主要的公务项目为清扫与撞钟，如果只谈属于寮舍本身的作务，就只有清扫。众寮管辖的场所包括僧堂、后架、经行廊下、众寮、众寮当番所、众寮当番所下方的洗面所与东司。这些场所的清扫，并不只限于规定的作务时间进行，每天分配到这里执行公务的云水也要负责。永平寺清扫的殊胜之处，在于不规定特别的日子，也不指定特殊的场所，每天不管脏乱与否都要认真执行，没有例外。

与各寮舍自身的作务相比，集结全山云水共同执行的全山作务，除了规模较大，不同季节的项目也会有所不同。

首先是春天的清扫作务。永平寺伽蓝全部被高大的杉木林所包围，雪融化之后，地面上都是和雪一起落下的枯枝败叶，需要我们合力捡拾、清除。

在永平寺川进行的"川作务"也是一样。一到春天，河床岩石间会堆积大量从上游流下来的枯枝败叶。我们得套上胶鞋，披上雨衣，踩进河流中，彻底清除。雪融后的河水冰冷刺骨，手脚被冻得完全失去知觉，但每个人都默默地一枝一枝捡拾。

夏天快到时，必然开始集中精力在一项作务上：除草。只要稍有怠惰，野草就会在广袤伽蓝的各个角落迅速蔓延。除草通常需要连续几天，将近百名云水参与，实在是因为伽蓝太大，野草生命力太强。人类毕竟不敌自然——心存这种意识，执行除草作务时就不会有将全山野草快速一扫而空的焦虑。草长出，人除之；人除之，草又生。与其一扫而空，不如老老实实一次又一次重来，这样反而更能接受其存在的必然性。

夏季除草范围不仅限于伽蓝区域，还会扩大到邻近的山区，即"山作务"。永平寺一直在邻近山区有计划地种植杉树，以前可以为寺院带来不错的收入。我们沿着山径，用镰刀割除高度及腰的长草。万里无云的碧蓝天空下，伴随着刺鼻的青草味和远方传来的杜鹃啼声，割刈作业就这样持续了好几天。

秋天同样有清扫作务。在伽蓝内的杉木等常绿树木间，还种了以枫树为主的多种落叶乔木。与夏天的野草随除随长一样，秋天的落叶也是随扫随掉。冬天降临前悠悠长长的秋日里，我们就这样一天天扫个不停。

冬天的永平寺，是名副其实的"雪寺"。积雪会覆盖伽蓝所在的整个山谷。因此在冬天到访前，为了防止大雪带来的灾害，要帮每栋建筑制作防雪围篱，即"雪围作务"。首先要构筑粗角木框架，接着劈开竹子，用竹片编成大型遮帘。伽蓝占地宽广，屋顶又高，要为分散各处的建筑做好防雪围篱，使用的遮帘数量非常庞大，所需的作业时间也相当漫长。当防雪围篱都做好时，永平寺静寂的冬天也揭开序幕。

第一场雪宣告冬天正式降临，除雪作务也同时展开。北陆的雪很沉，有如碾压大地一样层层堆积。我们使用大号铁锹，一铲一铲地清除地面上的积雪。不只是地面，屋顶上的雪也得铲。好不容易铲到看见地面，雪却完全无视我们的辛劳，继续下个不停，周遭即刻又白成一片。也是从这里，我们切身体会到自然威力之强大。

还有一些与季节无关的全山作务。其中之一是障子门换贴新纸作务，就是将伽蓝各建筑上的纸门换贴新纸。两人一组，首先将纸门拆下，用喷雾器喷洒水汽，或浸到池子里，让障子门上的旧纸剥落，然后贴上新纸。需要换纸的障子门数目惊人，但熟手有限，多数人都是有生以来第一次做这件事，不少新纸被贴得歪歪扭扭，点检后还必须撕掉重贴。

除此之外，还有清洗全山玻璃窗，搬运从外面送来的大锯炭①,寄送永平寺发行的杂志《伞松》等各式其他作务。

如上所述,所有体力劳动的作业悉数称为作务。

永平寺的修行中,作务是自己的行为唯一有具体结果呈现的修行。默默地工作,完成时内心就会充满无以名状的快感。而且多数时间都在幽暗伽蓝中度过的我们,能够在阳光底下执行作务,让泥土和草屑沾满全身,也是很开心的事。

到了制中,作务也和其他行持一样要求更加严格,我们每日都在蓝天下挥汗工作。

有一天又是除草作务。我们被制中繁忙的行持追着跑,一到接近平日作务开始的时刻,就急忙换装,向集合地点——山门赶去。作务要穿作务衣,头上扎白毛巾。点名之后,由古参云水带头一路小跑向作务场所移动。走出山门,绕道圆通门,穿过敕使门侧边,最后抵达龙门。

龙门,就是上山那天将亮未亮的清晨,我们背负着袈裟行李和无数的不安,以及其实已经无所谓的希望,越过的结界。

回头想来,从那天起,已经在永平寺度过了不算短的一段岁月。如今重新站在这里,省视流逝的时光,逐渐意识到自己已经在过去的一天天里,发生了许多变化。

---

① 大锯炭是指将锯木屑加温压缩铸型而成的燃料。

突然一声令下，作务开始。一如以往，我一只手拿着塑料袋，一只手一株一株仔细拔着草，草变少了就再换个地方。整个过程从头到尾没有多余的念头，只是默默重复同样的动作。

不知过了多久，突然抬头，发现自己已经来到龙门所在的道路边缘，而对面就是娑婆世界。从上山那天开始即生活在远离外界的伽蓝中，这还是第一次看到俗世的光景，仿佛将手一伸，就能够得着那个世界。一瞬间，我手上抓着正在拔的草，心中一片茫然。

眼前浮现出令人怀念的时光。在那样的光景中，每个人依照自己的想法说着、笑着、走着，不为任何事物所束缚，连存在本身都几乎被遗忘。

我的四周也曾经流淌过这样的时光。时间就像空气一样总是在自己身边，一切都觉得理所当然。但是现在的我，从起床到就寝，不，连入寝的时候也是，没有片刻可以依照自己的意愿去生活。一切时间都属于佛法修行和规矩法度。

此刻横亘在眼前的沥青路，就像山脉的分水岭一样，将对面与这里，将两种完全异质的区域分割开来。

我突然被跑向对面的冲动所左右。到界线的距离不过十步左右，如果不顾一切拔腿跑去，"噗"的一声穿过面前界线处看不见的薄膜,我将瞬间回到现实,犹如从悠长的梦境中醒来。的确,难以想象我身处的地方是现实世界。而想要从梦中醒来,也只有现在了。

然而我还是没有冲出去。如果一口气从梦中醒转固然没什么不好,但继续再做一下梦或许也不错。更何况,脚下还有好多杂草需要清除。

那一瞬间,界线在心里消失。我再度拔起脚边的杂草,将它们塞进塑料袋中。

罚油

"哎呀!"

圆海慌忙探身出去,但已缓不济急。筷子从钵单上滚落,掉在三合土上的声音传遍堂内。在僧堂行钵的云水一起将视线投向圆海。

坐在旁边的我也条件反射地看向圆海,心里想说糟了。圆海也看着我,一脸不知所措的样子。

这时我惊觉净人已站在自己面前,赶忙递出头钵。

"唧!"

见鬼了。因为慌忙间递出,忘了底部还有一个防止头钵倾倒的钵碟。我的钵碟和圆海的筷子一样掉落在地上,再次引起堂中僧众注目。

边想着完了边转头看向圆海,只见他如释重负地笑了起来。

"啊，还好不止我一个人。和鲁山桑一起更是放心。"

行钵结束归寮后，即使发生了那样的事，圆海也还是开心地走过来。

圆海出身于收入稳定的寺院，成长过程中得到家人悉心照顾，这些爱全都转化为脂肪蓄积于体内。来到永平寺后，圆海自称瘦了一圈，不过我们看到的还是他圆滚滚的体型。

由于行钵时不慎将应量器掉在地上，我们俩必须接受罚油处分。罚油是一种罚则，要在佛前供养香油钱以补偿过错。道元禅师在《正法眼藏·重云堂式》卷中规定："朝昼行钵之际，应量器落地者，须依丛林规则予以罚油。"也就是说，罚油仅限于正式行钵的早晨与中午，傍晚非正式行钵的药石中，即使应量器掉在地上也不受惩罚。

被罚油时，首先要做一种名叫"可漏"的特殊折纸。上面用毛笔依照规定格式写上大大的"谨上罚油"四个字，再写上自己的名字落款"某九拜"，然后将钱放进去。

但在地藏院时钱都被收走的我们，要如何才能交出罚油呢？

其实在地藏院被收走的钱，新到挂搭式之后就还给我们了。不仅如此，永平寺每个月还发给每个人一笔"衣资料"作为薪水。

云水一方面是在永平寺修行,一方面也算是参与永平寺运转的职员。不过虽说是薪水,却远不是一般社会概念上可以养家糊口的金额,只是在信封里装几枚硬币或几张小额纸钞而已。因为在永平寺的衣、食、住中,食与住都由寺方提供,日常修行几乎用不到现金。

我和圆海各在可漏中放进五百元硬币。罚油的金额并没有严格的规定,而是听当时管理我们的师父的意思。这笔钱最后归为众寮的寮费,以不同形式回馈到我们的修行生活中。

做好罚油的准备工作后即开始更衣。我们全身换上最高等级的装束:披上袈裟、套上布袜、携带坐具,带着线香与罚油,走向僧堂。

罚油要供在僧堂的圣僧文殊菩萨前。我们点燃线香,恭敬地三拜,之后放好罚油离开僧堂。

"真的好麻烦,不过是筷子掉了,就非得这样不可。"
圆海小声嘟囔道。
"话别说得太早了,接下来你才知道厉害。"
的确接下来才更厉害。应量器掉落的惩罚还没结束。

我们以同样的装束,拿着线香前往堂行寮,去做掉落应量器的忏悔与谢罪之拜。

堂行寮是古参配属的寮舍,由他们监督云水的一言一行。古参在云水面前有着绝对的地位,不管发生什么事都不许忤逆他们。堂行如果说乌鸦是白的,永平寺的乌鸦就是白的。因此那是我们最害怕的寮舍,前往堂行寮必须有相当高的觉悟。

"嘿,鲁山桑,你走前面好不好?"

走到入口处,圆海突然提出要求。地藏院脱下草鞋的顺序,在这种场合依然有效,两人以上一起行动时,必须以脱下草鞋的先后作为顺序的依据。由于圆海是先脱草鞋,应当他走在前面,但当下处境容不得我们在那里慢慢商量,没办法我只好走到他前面去。

到了入口规定的位置,我们跪下,畏畏缩缩地开始致意。

"喂,你们爱怎么忏悔就怎么忏悔去吧。"

只听到纸门后面传来声音却不见人影。好极了。虽说是云水之长,但并不是每一位都像暴君一样凶悍,也有些古参比较温和,只是他们偶尔也挺啰唆。

我们幸运地连挨骂都没有就结束了堂行寮的忏谢之拜,趁其他堂行回来前赶快离开了。

"太好了,我们的运气真好。"

圆海开心得满脸笑容。

但惩处还没有结束。

走出堂行寮,我们还要拿着线香,前往首座寮。制中期间,位居云水首位的首座,地位更在古参云水之上,因此我们也要向首座做忏谢之拜。

这一年的夏安居,被选拔出来的首座是上山第二年的慧光。和其他多数云水不一样,慧光并非出身家族寺院,而是在普通上班族家庭长大的。他之所以决意出家,是由于大学时期接触了禅修课程,从此对禅修充满热情,到大学毕业依旧没有衰退,于是就选择了出家。

"出家"这个说法一般是指走出家门进入佛门,僧侣一般都被认为是出家人。但是永平寺的云水中,既有这种被称为出家的,也有"在家"的。

慧光走出家门上山成为永平寺云水,叫作出家;而寺院出身的小孩上山成为云水,则称之为在家。因为对后者而言,虽然身为僧侣,但并没有走出家庭。这个分别固然道理上说得通,但也让我一时对出家是什么有些莫名起来。

在永平寺出家的云水,他们的动机主要有三种:一是像慧光那样对禅有特殊兴趣者;一是像大鉴那样妻子出身家族寺院者;还有一种就是对社会生活抱持疑问者。

有一种社会风潮视出家为潜在性的悲剧,起初我多少也带点那样的想法。直到上山来到永平寺,我才第一次真实感受到出家不一定是悲剧。让我醒悟到这个事实的,就是像慧光那样以积极的理由出家的云水,他们的存在着实令我感到安心。

慧光获选担任首座并非没有理由,他个性沉稳,默默专注于修行生活,在云水中有相当高的信赖和威望。

到了首座寮前,我又被圆海推到前面去,只好紧张万分地在入口处先行致意。纸门立刻被拉开,慧光走了出来。

"是你们啊?那就进来忏谢吧。"

我们忐忑地走进去,在慧光双手抱胸的监督下,开始忏谢之拜。

当最后一拜要起身时,圆海由于太过紧张而踩到自己的衣角,突然往前一个踉跄,圆滚滚的身躯差点跌倒;而被他踩到的衣袍因为无法负荷体重发出"呲——"的一声,破了。慧光几乎爆笑出来,但马上就恢复了冷静的表情。为了维持制中的紧迫感,首座一刻不得放松,必须时刻保持作为云水之长的威严。

"好,现在开始面壁而坐!"我们听从命令,并排坐好。突然警策向肩上打来。

"之后去东司扫除吧!"

我们齐声告退，离开了首座寮。

永平寺对不同的违规有不同的罚则，最常用的是跪坐、旦过寮样式与东司扫除。

所谓"旦过寮样式"，就是像在旦过寮时那样，用束带将衣袍下摆提到膝盖高度，然后以这样的装扮进行回廊扫除，一次又一次地来回抹个不停。

东司扫除通常在傍晚进行，扫除之后首座或堂行会来严格点检。窗框或门楣等大小角落都不许留有灰尘。

"喂，根本没有扫干净！"

如果是这样，惩处将会追加好几倍。

制中期间，这类点检会更加严格，伴随而来的罚则也比平日更加严厉。

清扫东司须先准备扫帚、畚箕、两只水桶和两块抹布。之所以要两只水桶，是因为一只要用来擦墙壁，所谓"上用"，一只则用来擦地面，所谓"下用"；抹布同样也分为上用和下用。

东司清扫的装束为身穿作务衣，头扎毛巾，打赤脚。

准备好之后，先用扫帚清扫。必须将入口或通道上铺设的竹席全部掀开，每个角落都不放过。扫过一遍以后，接着用抹布擦拭。首先以上用的抹布擦拭墙壁和门窗,每个框角都要细心清理,接着以下用的抹布擦拭地面与便器。

以抹布擦拭便器感觉上是令人难以忍受的脏活,实际做的时候并非如此。即使擦拭便器时手弄脏了,冲洗一下也就干净了。实际上也并没有那种会穿过皮肤、渗透身体的污垢。

经过一番作业,东司里里外外干净得发亮。

"什么跟什么啊,筷子掉了就要受这种处罚,简直受不了了。脏死了!"

圆海一边擦便器一边又开始在那边咕哝个不停。

正是通过这样的处罚,我们深刻体会到应量器的分量,以及修行生活的无奇不有。

眼藏会

花季转眼过去,群树一齐吐出嫩芽。说是春天的颜色未免过于绚烂,说是夏天又未免过于娇嫩。到处充斥着暧昧的明亮感,山谷中的风景全然换成另外一种模样。风起自草丛,带着微甜的湿气,从各个角度穿越回廊。

被北陆连绵山峰怀抱的永平之谷,就这样送走春天,宣告夏季的来临。

季节的流转不只是大自然的特权,云水的生活也同样起了变化。

首先是换帘——僧堂出入口的前帘与后帘的更换。之前所挂的门帘是厚厚的毛织物,一般叫作"暖帘"。暖帘宋音读作 nou-ren,我们一般把房门口或店家入口挂的布帘称为 no-ren,语源即来自这里。用来更换暖帘的是用竹片编成的凉帘。

行钵时所提供的茶饮——香汤，也改为凉茶。说是凉茶，并没有在里面放冰块，只是在冰水中冷却过而已。但在僧堂中喝到第一口凉茶时还是有点激动。上山之前我们习惯了一年到头喝冷藏过或加了冰块的饮料，上山之后就和冷饮无缘了。

随着气温上升，四九日以外的日子也开始照常开浴，称之为"淋汗"。由于淋汗被视为非正式的开浴，所以不做浴司百拜之类的仪式，入浴前后的三拜也改为一拜。

永平寺的夏天非常热。世人通常都以为深山幽谷中的夏天一定特别凉爽，其实不然。永平寺湿度之高非比寻常，僧堂等处的三合土都好像洒过水一样濡湿。正因如此，在没有阳光直射的幽暗伽蓝中，不管哪里都湿热难当。所以淋汗对冒着溽暑修行的云水而言，也算是小小的幸福。

此外每天所敲打的乐器也产生了变化。之前在山门下方以大梵钟所撞的午时之斋钟、傍晚之昏钟、夜间之定钟，从这时开始改为撞敲承阳殿旁边的承阳钟。承阳钟不像大梵钟那样一撞就发出地动山摇的巨响，轻敲时会发出幽静的余韵。那充满凉意的微音，在树林中穿行、扩散，却又不遮掩万物自身所发出的声响，非常不可思议。

表面上似乎极为单调的云水生活，在六月随着夏季的接近开始慢慢发生变化。六月是举行眼藏会的月份。所谓"眼藏会"，即提唱道元禅师所著《正法眼藏》的活动，又名"本讲"。

永平寺的修行生活中，除了坐禅、勤行和作务以外，还有不少关于佛典或法式的讲义活动。但基本上都是临时安排，为了与永平寺年中行持之一的本讲，也就是眼藏会区分，一般称之为"内讲"。

内讲通常会取代夜坐，由名为讲师者或其他资深师父主讲，时间约一个钟头。我们一起在禅堂的大厅跪坐，静肃地倾听讲义。偶尔也会有所谓"视听觉研修"，观赏以人权和社会福利为主题的影片。

与此相比，眼藏会作为本讲，则是连日进行，而且更为严肃。

首先，开讲前要在承阳殿举行"开讲讽经"，讽经结束时敲本讲板作为眼藏会开讲的信号。本讲板必须依照一定章法，轮流敲打散在伽蓝各处的木板。第一打从挂在僧堂前回廊的回廊板开始。回廊板一打，承阳殿所挂的承阳板立刻接上，然后是法堂的法堂板、光明藏的监院板，最后是祠堂殿的祠堂板。每一块木板的音色和音高都有微妙的差异，不同的木板发出不同的声音，让本来就宽广的伽蓝显得更加宏大幽深。

木板声回荡在伽蓝四围的古杉林中,最终消失在遥远的山林深处。让迎接梅雨季节到来的永平寺更加多彩多姿的,就是宣告眼藏会开讲的本讲板。

眼藏会在铺了一百五十张榻榻米的菩提座大厅举行,所有拜听的人都要披上袈裟,与坐禅时一样盘腿而坐。如此严格的要求,是对眼藏会所提唱的《正法眼藏》,亦即开祖道元的法教表达虔敬之念。提唱由学养深厚的师僧担任。

《正法眼藏》收录的内容从道元禅师三十二岁时所写的《弁道话》开始,直到五十四岁时的绝笔《八大人觉》为止,充满了绵绵不断的教示,篇幅长达九十五卷。"正法眼藏"的意思是含藏了将佛陀正法明确诠释出来的眼目[1],为指称佛法真髓的用词。

提唱是从九十五卷中选出一卷,用一切可能揭示其中所包含的佛法思想。话是这么说,但这可是自古以来以"难解之最"著称的《正法眼藏》。要将其中深意道出,或要理解它的奥义,可不像探囊取物那么简单。

而这个眼藏会一如云水们戏称的"眠藏会"那样,真

---

[1] 眼目有核心要旨之意。

是叫人昏昏欲睡。

到了这个时节,我们的身体一方面因吃不饱而饥饿难当,一方面由于睡眠不足而瞌睡不断。提唱的声音也好,洞开的窗户外面洗涤古杉枝叶的雨声也好,仿佛苍天回音的杜鹃鸣啭也好,每一种声音都催人入眠。大家都睡意蒙眬,但一旦有人打瞌睡把头撞到桌子上,师父的一喝马上如迅雷般落下。瞬间,大家抖擞精神坐正身子,不过不用多久又会听到头撞到桌面的声音。

尽管眼藏会如此容易诱发睡意,提唱的声音也如同穿过旷野的微风般从右耳进左耳出,结束时我们却都充满不可思议的满足之感。难道是因为道元禅师所说的正法,对睡眼惺忪的我们也能起到潜在的作用?或者只是单纯的心理作用?总之眼藏会过后,真正的夏天也就正式降临永平寺所在的山谷了。

转役

当湿濡多云的梅雨天气结束,伽蓝开始覆盖在夏季碧蓝的天空下,我们也终于不再像上山时那样度日如年,时间恢复到本来的速度。

就像溪水冲刷小石头一样,时间的流转让我们一点一滴地产生了变化。一开始穿的时候觉得麻烦、穿上后别别扭扭的衣袍,随着绽裂、摩擦,粥或味噌汤或泪水留下的痕迹逐渐增加,我们的身体也就慢慢习惯了。行钵洗面的过程也是,在头脑转动之前,身体已经自觉地先动了起来。

夏季的某天,也不知道从哪里传出来的,说我们终于要转役了。

所谓"转役",就是从所属寮舍移籍到别的寮舍。当然,随着寮舍不同,担任的职务也会跟着改变。转役由管理云水的维那提案,获得永平寺总负责人监院的同意后即可执行。

转役的顺序,也与地藏院脱下草鞋的先后一致,脱得早的人先转,众寮里面比我们早两批上山的同修已经转役离开。转役并不会事先通知本人,都是秘密操作,突然宣布。

永平寺共有二十三个寮舍,主要分为两大类:一类是只有古参才能配属的古参寮舍;另一类是古参与新到都有的新到寮舍。我们配属的是新到寮舍。

新到寮舍总共有十四处:

【众寮】 负责每天敲击信号乐器与清扫,协助僧堂中进行的坐禅与行钵。这是上山的云水最初配属的寮舍,毫无例外。云水在众寮累积了公务经验之后,再配属到其他寮舍去。众寮的生活是丛林修行生活的根本。

【知库寮】 分发或贩卖云水修行生活中所使用的物品,管理仪式或法要时所需的法器或经典。另外也在瑞云阁负责宾客接待。

【大库院】 调理云水的餐食和供奉诸堂佛菩萨的佛菜。另外也负责瑞云阁宾客的用膳。

【小库院】 为住在吉祥阁的普通参禅体验者提供膳食。

【直岁寮】 负责山内清扫，警备点检，及照明取暖相关燃料或器材的管理。另外也负责浴室的一切相关事务。

【接茶寮】 接待吉祥阁的普通参禅体验者。

【受处】 负责永平寺所有参观和登记事宜。

【祠堂殿】 负责祠堂殿普通檀信徒的先人供养，及隔邻的纳骨堂——舍利殿管理事宜。

【永代系】 管理所有普通檀信徒先人供养的相关数据资料。

【传道部】 负责参拜者的诸堂拜观导览。

【伞松会】 负责永平寺机关报《伞松》的编辑，及永平寺的宝物馆——圣宝阁的管理。

【国际部】 负责海外的布教传道，及大众传媒的对接，必要时担任山内的外语翻译。

【电算室】 管理并操作储存永平寺全部数据资料的电脑系统。

【人权拥护推进室】 处理人权、福祉等相关问题。

以上为新到寮舍。古参寮舍则总共有九处。生活其间的古参云水各自都有不同的职能：

【不老阁】 担任永平寺住持——不老阁猊下的秘书及

生活助理。

【监院寮】 担任永平寺总负责人——监院的秘书及生活助理。

【后单行寮】 担任全部云水所属之后堂、单头各师父的秘书及生活助理。

【维行寮】 担任维那的秘书及生活助理。

【侍真寮】 负责承阳殿一切相关事务。

【法堂】 负责法堂一切相关事务。

【堂行寮】 作为云水之首管理所有云水。以及在仪式或法要之际负责敲打各色乐器。

【参禅系】 负责普通参禅者之接待与引导。

【讲送寮】 在众寮负责指导新到云水。

流言一旦传开,寮舍里马上充满了转役的话题。

"要是能分到传道部就好了,感觉挺酷的。"

听到圆海这么说,大家马上吐槽他。

"圆海,传道部能轮得到你吗?照照镜子再说吧。如果让你这副德性的家伙去当导览,参拜者一定会被你吓跑的。"

"对啊,依你的体型,最有可能是直岁寮吧。你去直岁寮从事体力劳动还可以减肥呢。"

"那你又能去哪里？"

圆海也认真起来反问道。

"我有厨师执照，八成是分到大库院吧。早知道我还是不要交代清楚比较好。"

到永平寺之前，我们曾经提交过一份简历调查表，听说转役会根据这份调查表以及本人之前的表现决定其去处。

"我想鲁山桑应该是去伞松会。"

不知道谁突然冒出来这么一句。我的调查表上，大学专业是现代美术，职业是美术设计，擅长的体育运动是游泳，特殊技能是雅乐[①]。简直是支离破碎的组合。

转役之所以会在云水当中引起骚动，不仅仅是因为寮舍变动带来的新鲜感。不可否认，如果转到传道部的话，就有机会和观光客中的可爱女孩说说话，转到电算室的话，每天只需要面对电脑，肯定也很好过，大家不免充满乐观的期待。但如果分配到大库院或接茶寮的话，由于职务上的需要，几乎没办法有充足的睡眠，从早到晚都要被苛酷的行程追着跑。直岁寮也有做不完的体力活，肉体上的疲劳最严重。

尽管有这么多不同的寮舍，转役分配却完全不考虑个

---

① 雅乐为日本传统音乐的一种，主要用于宫廷及祭祀仪式。

人的期望或兴趣，不管喜不喜欢，一宣布结果就只能遵从。从那一刻起真可谓天堂与地狱之别。

转役是云水生活中无从预想、突然降临的大反转。但也因为转役，云水生活才有良性的紧张感。

如果让我选的话，我想去大库院。起因是大学时代读了道元禅师的《典座教训》①，对丛林的库院有一种近乎憧憬的感情。但说归说，我从没下过厨，就我提交的调查表所填的内容来看，转役到大库院的可能性非常渺茫。

转役的通知，是在早晨行钵准备唱诵《后呗》前，由维那宣读的。

本来应该极机密的转役，不知从哪里走漏了消息，以致大家都提早知道了这一天将要宣布结果。我运气不佳，当天正好轮到直寮公务，无法在僧堂聆听。只好算好宣读时间，偷偷从众寮溜出去，前往僧堂后边的后架偷听。

到达后架时，折水桶正好收集完洗钵水，马上就要宣读转役公告了，我紧张地侧耳倾听。

"转役通知——"

接下来开始宣读详细内容。但里面夹杂着好多陌生的用语，加上僧堂回音的关系更加听不清楚。没办法，我只

---

① 《典座教训》乃道元禅师阐释饮食与修行、杂务与本务无区别之作。

好走到后帘附近,集中精神捕捉维那的声音。

"Fu-nan-ken-zui-un-kaku-set-ju,泰禅,同,鲁山。"

听到了,终于。可是除了知道与泰禅转役到同一个寮舍,而且确定不是大库院外,这"Fu-nan-ken-zui-un-kaku-set-ju"到底是什么意思,我毫无概念。

正在那里左思右想,突然堂内开始唱起《后呗》,我急忙跑回众寮。

第五章 微温生命的所在

副行兼瑞云阁接头

"Fu-nan-ken-zui-un-kaku-set-ju"写成汉字是"副行兼瑞云阁接头",是知库寮的一个职称。所以转役通知并不是以寮舍名而是以职务名宣布的。

所谓"副行"是"副寺行者"的略称。"副寺"掌理丛林中有关财政的事务,等于永平寺的财政部长。由名为"老师"的导师级僧侣担任。而丛林中协助老师担任其助理的称之为"行者"。"瑞云阁接头"则是指在永平寺接待宾客的瑞云阁担任接待的职务。

转役通知宣布后,大家喜忧参半。

同一天上山的天真去了接茶寮,融峰与圆海去了祠堂殿,眺宗则是直岁寮。剩下的大鉴、喜纯和童龙三人还在医院。

仔细一想，众寮的生活全部是以同一批上山的人为单位行动的。坐禅的时候是这样，勤行或行钵的时候亦然，都是以地藏院脱下草鞋的先后顺序排在一起。大家都是吃苦的时候互相勉励，开心的时候笑成一片的好伙伴。想到和他们就这样各奔东西，不禁有些黯然。但是永平寺的转役就是与之前熟悉的人彻底分开，接到通知后就得马上打包行李，转移到新的寮舍。原处不许留下任何痕迹，也没有时间依依不舍。

泰禅与我连忙整理好行李，仿佛被人追赶似的手忙脚乱地前往知库寮。泰禅比我早一批次上山，不论什么公务都能使命必达，是众寮里面为数不多的优等生。和他一起转役叫人特别放心。

知库寮位于大库院的二楼。这栋木造三层楼建筑的地下室为直岁寮，一楼是大库院，二楼是知库寮，三楼是举行眼藏会的大厅——菩提座，从菩提座再上去，就是作为知库寮仓库的阁楼。这栋建筑还装设了从地下室通到阁楼的古董电梯，铁栅门开关时"喀拉喀拉"直响。电梯装设于昭和五年（1930年），对于古色古香的永平寺而言，也算是比较早地接受了现代化。

我们到达知库寮后，将行李放在名为"杂巾部屋"的房间。知库寮约有十人左右,在这里也是以地藏院脱草鞋的先后为序,早到的人住到附有壁龛,名为"接头寮"的房间,晚到的人则是在这间杂巾部屋起居。我们位居序列最末端,要等排在前面的人一一转役离开,才能自动升级到附有壁龛的接头寮。

正如其名,杂巾部屋中,高与天花板齐的棚架上堆满了装杂巾的纸箱。

行李放好,接头长就过来了。就像众寮的钟点长一样,知库寮中最资深的云水被赋予接头长的职务。我们依照他的指示进行转役之拜。披上袈裟,套上布袜,以最高等级的装束拈香而拜,作为转役的问候。

首先要拜的当然是接下来我们要服侍的副寺老师。第一眼看到的副寺老师,体格健硕却给人以风雅之感,后来才知道老师是手风琴高手。我们恭敬拜过,然后前往下一个地方。

接下来是知库寮的同僚,以及负有管理之责,称之为"贴库"的古参云水。贴库职司丛林中所有物品的出入。和大家一起排好队,看到最前面站着的贴库时我吓了一跳。那不就是我们在众寮时的讲送慈眼吗?原来这次转役中,他也和我们一样配属到知库寮来。

"喔,鲁山,一起转役了呢。"

行礼完毕，慈眼走过来打招呼，然后发出"咯咯"的奇怪笑声离去。

他在众寮的时候，总是眼带凶光，是个严厉的讲送。各寮舍与众寮不一样的地方，是新到与古参之间的距离会拉近不少。尽管如此，严格的上下关系依然存在，只不过不像在众寮时那样，一不小心和古参云水四目相接就会被拳打脚踢一顿。

知库寮拜完之后，接着前往与知库寮有公务关系的寮舍：大库院、祠堂殿、接茶寮与受处。说起来要进行的环节还真是不少。转役之拜固然是一种致意，但像这样每到一些环节即跪下叩拜，主要用意还是在于确立丛林中规矩俨然的人际关系。

转役之后，不管分配到哪个寮舍都和众寮时一样，首先都还是公务中的见习身份，只不过见习期没有众寮那么长，大概就一个礼拜，而最后一天也同样要做公务点检。各寮舍所做公务各不相同，但都要抄写并背诵公务手册，从事扫除。

结束转役之拜的泰禅与我，以公务中的身份，即刻展开扫除工作。需要扫除的地点多到令人脚软。首先是瑞云阁。瑞云阁里有接待宾客的客间、接待室、浴室、东司、棉被仓库、漆器仓库，设有大流理台的厨房，还有铺设了一百五十张榻榻米的菩提座。

这些全都要由我们两个从头到尾清扫一遍。纵使两三天内做好，也不表示公务中的扫除已经完成，必须从头再来一次。总之，公务中的一个礼拜就是没完没了的扫除。这一个礼拜也和在众寮时一样，必须在振铃前两个小时起床，从半夜一点半开始到晚上九点左右结束，几乎一整天都是在扫除中度过。

最初两三天还好，到了公务中的一半时，时不时就有可怕的睡魔袭来。

整理棉被时尤为危险。储藏棉被的仓库有着楼中楼高度的天花板，里面装了好几座大型棚架，上面堆放了几百条棉被。为了防止潮湿，仓库里还装了空调。

或许是人类特有的条件反射吧，一看到用浆过的纯白被套包裹的棉被就困得不得了。遑论暑气蒸腾的永平寺中，唯有这间仓库湿气低又凉爽宜人，简直是另外一个世界。在这么舒服的仓库里，睡眠严重不足的我们，还要一条一条整理折叠数百条棉被。

折呀折的，蓦然发现刚刚还从里头传来的泰禅的叠被声停了下来。正想着"泰禅这家伙终于也……"的时候，头突然一沉，失去重心往下掉，一个激灵醒了过来。

便用

公务中成天到晚做扫除的一个礼拜,很快就过去了,最后一天按照规定接受公务点检。这次公务点检不像众寮那样严格,只是形式上做个样子,泰禅和我都轻松过了关。

不只是知库寮,众寮以外的其他各寮舍也几乎都这样。本质上,这与各寮舍的公务性质有关。

众寮中的日常是撞钟、扫除、出席法要,某种意义上它是对古来丛林生活保留最到位、呈现最多彩的寮舍。众寮的存在,乃是作为丛林的永平寺的根本面目。

与此相比,众寮以外的寮舍,则是为了推动丛林这样的庞大组织的运转而设立,近于一种实务性的机构。如果配属这些寮舍的人,在公务点检时总是没通过,一直以公务中的身份从事扫除的话,就会对寮舍的运转造成妨碍。因此多数时候公务点检变得比较形式化,以便让每个人都可以尽快分担寮舍的公务。

在知库寮结束公务中的见习身份后,我执行的第一个正式公务是当番。当番每个寮舍都有,必须待在寮舍一整天,执行自己的职务。

知库寮的当番,首先要在上任的前一天晚上,带着自己的棉被到本山事务所过夜。本山事务所是永平寺的财政中枢,也是副寺老师办公的房间。虽说是事务所,但毕竟是永平寺,和现代的办公室还是很不一样——壁龛挂着佛像,室内排着几案,需要跪坐处理公务。

这天晚上我就睡在了本山事务所。听说因为这里是财政中枢,永平寺的现金和许多重要文件都放在这边的保险柜里,不过我并没有真的看到所以也不能说什么。总之我就在房间正中铺上棉被睡了一夜。

知库寮的当番要在早上振铃前一个小时,也就是深夜两点半起床。起床后首先在瑞云阁的厨房用大水壶烧水,水开后将五只热水瓶灌满热水,接着用陶壶煎茶,然后将茶装在另外两只热水瓶中。虽然过程中一直抱着对茶叶分量多寡的一丝不安,但最终还是做好了该做的事,将热水瓶运回了当番所。此时也差不多到了振铃的时间。

我赶忙将走廊的电灯打开，站在当番所前。不久从三楼远处传来振铃声，和振司急速奔跑过来的脚步声。

"辛苦了！"

振司穿过菩提座侧面，从楼梯上一口气跑下来，经过知库寮的时候，知库寮的当番要合掌并大声喊出这句话来激励振司。记得我在众寮担任振司公务执行振铃的时候，经过这里也曾听到有人大声说着什么，但当时只知道全力奔跑根本无暇顾及其他，因此也不知道对方在喊什么。

今天的振司是晚我一个批次上山的广寿。看着他一个劲往前冲时认真的表情，不禁怀念起在众寮的时光。他们今天肯定也是深夜一点半起床，在烧着火炉的当番所抄写和背诵公务手册。当然广寿也无从知道我站在这里是为了激励他，只顾着睁大双眼注意前方的阶梯冲向大库院。

我默默祈祷他一路不要跌倒，最后能够平安回到僧堂，继续接下来的工作。

接着当番要做寮内的扫除。知库寮和众寮不一样，里面堆满了各式各样的东西，将这些东西一一移动再做清扫非常花时间。不过最后总算在规定时间内全部做好，正要喘口气休息一下，电话响了。

终于来了。这通电话是来自监院寮名为"告报"的通知，内容是今天所有预定行持的日程表。监院寮是全山为数不多的住了许多严厉古参的寮舍，如果接到告报的电话没听清楚请对方再讲一次，据说马上会被叫到监院寮修理。不想接这个电话，却又不能不接。

"您好，这里是知库寮……"

"告报。samu-kouhou-kujihan-sanmon-tou-shuugou-kusatori-zamu-nitchuu-kouhou-nitchuu-nyojou-handai-nyojou-samu-kouhou-ichijihan-sanmon-tou-shuugou①……以上。"

不妙的预感成真。简直像说绕口令一样自顾自地说个不停，也不给对方提问的时间，突然就完了。不过我总算完整地记录了下来，正想让惊魂未定的自己喘口气，电话又响了。我带着不祥的预感，心惊胆战地拿起电话。

"您好，这里是知库寮……"

"我是大库院的台明。咦，您会不会就是鲁山桑？哎呀，太好了！"

台明是我在众寮时的同僚，他是如假包换在大寺院的九重白墙里娇生惯养长大，完全不受世俗羁绊的人，简单

---

① 此处作者为营造效果，除开头与结尾外，仅以片假名标出相应发音，并未指出明确内容，其大意为："告报。作务广报：九时半、山门东集合、除草作务；日中广报：日中如常、饭台如常；作务广报：一时半、山门东集合……以上。"其中第一个"日中"指中午，第二个"日中"为"日中讽经"之略。

说就是个不懂世故到了极点的家伙。我很喜欢他那种对任何人任何事都深信不疑的纯真。他在之前的转役中转到大库院去了。

"为什么说太好了呢?"

"鲁山桑,监院寮的告报您都听懂了吗?我根本没有听懂,又不敢问,所以才试着给您打这个电话。"

真是的,叫人虚惊一场。我没好气地告诉他记录下的电话内容,同时也因为不是监院寮的来电而松了口气。

像这样结束慌乱的早上后,知库寮的当番接下来所有时间都要在当番所担任"便用"的应对事宜。

便用简单说就是购买。知库寮除了管理永平寺的财政事务之外,也贩卖平日修行生活中云水所使用的物品。

知库寮的当番所中有一台古董收款机,还有摆放商品的古典抽斗与棚架。但这些抽斗或棚架并非开放式的,所以云水没办法自己选购物品。

交易过程一般是这样的:购买者先在知库寮前走廊的指定地点跪下问候,之后打开当番所的大窗户,向当番告知想要购买的东西,然后当番不急不徐从抽斗或棚架上取下商品,一手交钱一手交货。

知库寮中的商品还算丰富。不过这里毕竟是永平寺,并不是要什么就有什么。

首先有书籍。都以《正法眼藏》为主的道元禅师的著作或祖师语录。杂志有是有，当然不会是一般的周刊杂志，而是《禅之友》这类的宗教杂志。

其次是文具。品类相当丰富，除了书写用具，还有笔记本、信纸、事务用品等，一般文具店里有的这里几乎都有。

也有布袜或内衣裤等衣物，行钵时使用的布巾，洗面或开浴时使用的毛巾、牙刷、牙粉、指甲剪、耳挖，剃头用的安全剃刀和备用刀片等许多日用品。

还有药品。这里药品的种类也从侧面反映了永平寺修行生活的样貌。永平寺的云水几乎一整年都赤着脚，脚底变得又厚又硬，会像石榴一样龟裂。因此相关的治疗药，比如皮肤病软膏或护肤乳液的种类非常丰富。贴布也是。由于长时间坐禅的缘故，不少人苦于腰痛，所以直接贴在患部的涂抹用软膏或喷雾式药物都很齐备。另外还有头痛药、感冒药、胃肠药、眼药、创可贴和绷带等。

比较意外的东西，是消除口臭的薄荷味或蓝莓味的小型携带用喷剂。乍看好像很难与永平寺联想到一起，其实或许是时代风潮的反映。在物资丰富、生活水平显著提高的和平时期长大的云水们，有些异常的洁癖也很合理。

一般人想到云水坐禅的生活，就是除了随身一套衣服以外别无长物,整天埋头打坐,给人以不洁的观感,但在现代的永平寺却不是这样。

云水之间最常被嫌弃或挖苦的,就是肮脏与邋遢的外表。所以大家洗衣服都很细心,每天都穿得特别干净,仿佛以此来弥补不能润肤护发的缺憾。时代的风潮,就这样在永平寺中涌动着。

云水们对于前往知库寮便用总是有掩饰不住的开心。他们成长于物资过剩的时代,同时也是消费高涨的时代,拥有某种物品变成一种生活方式。人们相信抛弃旧物是促进经济发展的重要行为,而就是这样一次又一次的抛弃,加速形成了所谓"流行"的社会热潮。身处这样一个时代的他们,即使购买再微不足道的东西,也会有小小的愉悦与短暂的满足。

在严格的修行生活的间隙,云水们就是这样利用极为有限的时间和领取的少量资金,特意跑到知库寮买一个橡皮擦或一支耳挖。然后将买来的东西放进袖袋,重新调整心情,回到自己所属的寮舍。

拜请

结束当番公务后,接下来第二天就是加番公务。当番主要是待在当番所值班,加番则是负责当番所以外的杂务。

加番公务从瑞云阁与菩提座走廊的清晨扫除开始,完成后去取报纸。报纸集中放在吉祥阁一楼专用棚架上,由云水分发到各寮舍。这些报纸只有老师以及古参云水才可以看。我们其他人都是处于与外界信息完全隔绝的状态。

夏日的黎明,当东方天空呈现鱼肚白时,周遭的景物即开始快速变化,令人眼花缭乱。日出的同时,一切都从睡梦中苏醒。在这些变化发生前,我穿越仍被夜色笼罩的回廊,前往吉祥阁领取报纸。

转役以来,我还没踏出过知库寮一步,有好一阵子没接触外面的空气了。我大口呼吸着从深山涌进回廊的清新空气，经过浴室前方时，不经意抬头看了看山顶那座庙。

就在这个时候，我看到一位脚套长靴、头扎毛巾的云水，正在山径上默默拿着鬃刷刷磨那看不到尽头的石阶。定睛一瞧，那人正是眺宗。看来他是转役到直岁寮了。虽然听说过直岁寮的公务是以山内清扫为主的体力劳动，但看到这个天亮前就忙得汗流浃背的身影，还是觉得自己轻松太多了。

吉祥阁是一座地下一层、地上四层的现代钢筋水泥建筑，是普通檀信徒的研修场所，同时也作为住宿处、讲堂、坐禅堂、写经室。一楼贩卖处旁边就是放报纸的地方，棚架上注明了各寮舍的名字。我拿起知库寮的报纸正要回去，突然听到有人叫我。

"啊，鲁山桑！"

我回头一看，几乎吓呆了。叫住我的是转役到接茶寮的天真。他的模样改变之大实在令人吃惊。在众寮期间，由于吃太多米饭，身体像吹了气一样鼓成个胖娃娃的天真，如今脸颊凹陷，整个人明显瘦了一圈。接茶寮以前就有"地狱的接茶"之称，但没想到会这么可怕。

"鲁山桑，我真想回去算了。"

"你瘦了好多啊。再忍耐一下，都已经撑到现在了。熬过这段时间，就再也没有什么可以难倒你了。"

对这没什么帮助的回应,天真回给我一个无奈的微笑,然后抱着报纸走了。我看着他的背影,突然不安起来。想到自己转役后几乎没吃过什么苦头,却随口用那样的话糊弄他,觉得非常自责。

抱着报纸一回到当番所,就被慈眼叫住。

"嘿,鲁山,该准备拜请了。"

慈眼留下这句话即迈着大步先行离去。我将报纸交给当番,然后赶忙追了出去。

拜请就是分配修行生活中所使用的备品。每逢三与八所谓"三八日"必须做拜请,称之为"三八拜请"。

我们搭上那台老电梯前往阁楼上的仓库。仓库面积相当大,里面的东西以法要仪式所需的法具或经典为主,还有线香、蜡烛、书籍、文具等物品,塞得满坑满谷,简直像恐怖电影里常见的鬼屋中的阁楼。慈眼和我一起将拜请可能用到的物品装进纸箱抬回当番所,接着又到当番所同楼层的另外一处库房。这个库房主要放着洗洁精、肥皂、卫生纸等日用杂货。我们照样将所需物品装箱抬回当番所。

执行三八拜请的不只知库寮,还有其他各寮。比如直岁寮负责管理全山的清扫和照明取暖相关事宜,因此像垃圾袋、电灯泡、木炭之类的就由直岁寮来拜请。

知库寮拜请的物品主要有线香、蜡烛、文具、茶叶、药品、扫除工具、清洁剂之类,几乎无所不包。法堂和侍真寮拜请的物品就比较奇怪,是婴儿爽身粉。

为什么需要婴儿爽身粉呢?当然不是为了照顾婴儿,也不是法要或仪式之前用来清新空气。答案是,用来制作香炉的香灰。

永平寺的香灰有一部分是杉树针叶烧成的白灰。每年仲夏时节,法堂与侍真寮的云水都会前往邻近的山野捡拾杉树的枯枝。数量大约是特大号垃圾袋一百袋。接着将这些枯枝在盛夏的阳光下曝晒干燥,起火烧成纯白的灰烬。这么多的枯枝,烧出来的灰却少得超乎想象。然后筛汰去除杂质,以灰三、石灰一、爽身粉六的比例调和,最终的成品就是香炉的纯白香灰。

拜请在早上回廊扫除结束后展开。各寮舍在拜请传票上填写所需物品交给知库寮。我们收到传票后,先让贴库慈眼过目,获得同意才可将物品交给对方。

"什么,你们寮舍要卫生纸干吗?不行,退回!"

慈眼一个接一个划掉。在法堂这个严谨的寮舍长期担任殿行长的慈眼,是我们这些新到非常敬畏的古参云水,前来拜请的人没有一个敢跟他唱反调。

终于结束拜请,各寮舍云水将领到的拜请物品用自己带来的包袱巾包好带回。如果量大到两手拿不动的话,就会使用背负子。背负子是一个用来背负行李的木制背架。看着他们在这个传统器具上装满各式物品,摇摇欲坠地走在回廊上的背影,我突然一阵酸楚,甚至有些感动。

现代社会随着经济的发展,越来越致力于消除人们生活中的劳苦。本来一直靠人力来做的事,都渐渐改为借助电力或石油等原料,以更高的效率、更短的时间、最小限度的体力消耗来完成。但是在永平寺,所有劳动都不能假手其他,而是要全部通过自己的力量来处理和消化。就某种意义而言,这也是一种不依赖于他者,以自己的力量成就一切,以个体身心来获取生而为人的自信的生活。

瑞云阁

当烧灼着伽蓝屋顶瓦片的炎热阳光终于西斜之时,我在日暮中等待着一位婆婆的到来。那天由我担任瑞云阁的访客接待事宜。

永平寺有吉祥阁与瑞云阁两处接待访客的地方,分别由接茶寮和知库寮负责。吉祥阁主要用来接待普通访客,瑞云阁则用来接待贵宾或是获得许可的特别参拜者。

瑞云阁有很多客间,另有接待室、浴室、东司、厨房。客间通常是连在一起的两个房间,宾客首先被迎进靠近走廊一侧的小厅用些茶水,再到里面的房间用餐。

每个房间都有壁龛,须在客人抵达前先在壁龛的小香炉点燃线香,称之为"迎客香"。点迎客香不仅仅是这些客间的惯例,云水结束法要回到僧堂时也会点香相迎。离开僧堂时同样要点香,叫作"送行香"。

客间的室礼是这样的:在中央摆一张几案,铺上坐蒲团,几案旁边放一只煎茶器以及一只装了开水的热水瓶。安置几案时,必须和一股一股的榻榻米线条定位对齐,不许有一点偏斜。坐蒲团也必须朝指定方向摆放,连上面的绳结都要摆出固定的造型。

茶水接待,是对僧侣以外的宾客提供煎茶与煎饼,对僧侣,则要在茶、饼之前先端出梅汤。梅汤的做法,是在茶碗中放砂糖,然后注入热水,加碗盖置于朱漆高茶托上,接着用长长的杉木筷夹一颗去子梅干放在茶碗旁边。喝的时候,先用筷子夹起梅干放入茶碗中搅拌,然后一饮而尽。

里面房间提供的膳食,是分别摆放在漆盘上的一之膳和二之膳①,我们与宾客对坐,负责添饭或倒茶。

如果要过夜,也是在里面这个房间就寝,不过依照永平寺的规定,即使是夫妇或亲子,男女也必须分房而睡。

我把准备工作都做好后,就在瑞云阁的玄关待命。

预定抵达时间是下午四点半。时钟的指针早就过了预

---

① 一之膳和二之膳属于日本古老的本膳料理,是在结婚或法事等庄重场合提供的餐点。本膳料理对宾客的服装、食器的排列、进食的顺序都有严格规定。寺院提供的是全素食的精进料理,一之膳为米饭、香菜与味噌汤,二之膳为煮物、炸物及蘸酱等。

定时间。当我正担心是不是有什么状况发生时,受处来电通知客人已到。我即刻到客间点燃迎客香,同时留意着窗外回廊上的动静。

永平寺的伽蓝全部由回廊连结。回廊随山势地形起伏呈现阶梯状,给行走其间的人带来视觉上的变化与美感。

不久,在夏日夕照晕染的回廊中,出现了一个老婆婆的身影,由云水陪同着。回廊立体的动线这时变成严酷难走的路,老婆婆花了很长时间才终于抵达玄关。

"一路辛苦了。大老远光临本山,您一定累坏了吧?"

瘦小的婆婆一路转乘电车似乎不太顺利,因为迟到而深深低头向我们致歉。我从带路的受处云水手上接过老婆婆的行李,马上将她迎进客间。

进入客间后,老婆婆首先对着壁龛的佛像恭敬合掌,然后让我领她就座。之后每为她做一次服务,她都一再俯首道谢。

山谷中的黄昏,即使在盛夏也到得特别早,静静疗愈着白天烈日留在体内的倦怠感。暮蝉的叫声也渐渐被虫鸣声取代。

里间的红色灯泡点亮后,老婆婆背对壁龛坐下开始吃晚饭。摆放一之膳与二之膳的漆盘上,罗列了大库院云水精心烹调的料理,精致却不显奢华。

老婆婆慢慢举起筷子。用餐进行了一会,加上夜晚宁静的氛围,我们的对话开始热络起来。她放下手中的筷子,低声讲起自己的遭遇。

"不管来参拜多少次,永平寺的样子都始终如一。我已经忘了第一次来永平寺参拜是多少年前的事了。年纪越来越大,一回首,发现自己已经变成这样一个老太婆了。"

她环视了一下房间,继续说道:"我因为战祸失去最小的弟弟。父亲和母亲从此动不动就哭个不停,因为是唯一的儿子。尽管他们知道,不管怎么哭儿子也不会活过来了。

"父母想的无非是,对出生到这个世界上却来不及长大就过世的可怜的儿子,他们唯一能做的就是哭泣吧。他们不是憎恨着什么特定的人。憎恨于事无补,也不知道该憎恨谁,毕竟就是那样的时代。对降临在自己儿子身上的悲哀命运,唯有一直哭,哭到泪水乃至一切干涸为止。

"到现在都还清楚记得当时家中那种悲惨无助的样子。后来因为缘法而将弟弟的骨殖奉纳在永平寺,之后每年父母都带我来寺里为弟弟举行供养法事。这就是我和永平寺建立关系的缘起。"

讲到这里,她从膳上拿起筷子,放在膝上重新调整筷子的角度,长久地注视了一会,然后缓缓说道:"后来父亲过世,母亲在去年秋天也走了。他们仿佛是替弟弟活着一样得享高寿。我想他们现在大概已经在天上与自己的儿子相会，一起过着幸福的日子吧。如今家人都离开了这个世界，只剩我一个人了。"

这时老婆婆抬起低垂的视线，满是皱纹的两眼流出大颗泪珠，从两颊滑落到膝盖上。她赶忙擦掉泪水，微笑着掩饰自己的失态。

"抱歉，年纪大了就变得爱哭。倒是和您说这么多，感觉好像和亡故的弟弟说话一样……"

尽管剃了头，身着僧衣，听这位老婆婆说话时，自己却还是只知道点头，我的内心不禁充满了自责。

离开客间时，微凉的夜风将草丛中的虫声吹送过来。永平寺的秋天临近了。

第二天早晨，老婆婆与我一起在犹有凉气的回廊上散步。

围绕回廊的杉木林空隙里，刺眼的朝阳照射过来，仿佛预告着这依旧是炎热的一天。从眠梦中苏醒的蝉声，也从远方的山上传递过来。

我们在尚未有参拜者出现的空阔回廊上，与几位云水擦肩而过。每经过一位云水，她都合掌俯首为礼："永平寺每一张云水的脸都很好看。扫得干干净净的走廊当然也很美，但云水的脸上仿佛泛着光。每年我来参拜，看到云水的脸，就觉得自己的一颗心被彻底清洗了一遍。"

被彻底清洗。到现在为止我还没有产生过这样的感觉。走着走着来到了正面玄关。

"辛苦您了。请多保重。回去一路小心。"

听我这么说，她亲切地微笑回道："谢谢您为我做了这么多，让我顺利地完成今年舍弟的供养。也谢谢您昨天愿意听我说那些微不足道的事。托您的福，我觉得精神好多了。今年能够见到您，真是美好的一年。我年纪这么大了，不知道还能否继续前来参拜，但只要身体情况允许，我一定会再来的。您也请保重，好好修行。再见！"

老婆婆用皱巴巴的双手一次次用力握住我的手。

接着她瘦弱的背影便融入刚刚抵达的参拜人潮中，逐渐远去，很快就消失不见。

我回过神来，对着她的背影双手合十，但愿她明年、后年，年年都可以精神奕奕地光临永平寺。

点检

在灯笼里装上新的蜡烛，准备好戒尺与手电筒，只等时候一到，我就要出发去叫贴库慈眼与副寺老师。

今晚轮到副寺老师执行点检。点检就是在深夜的山内巡逻，每天由各位老师交替轮值。永平寺历史上曾多次因为火灾导致伽蓝烧毁，因此点检的首要任务即是防火巡逻。与此同时查看云水是否依照规定就寝。所以云水必须在老师点检之前就寝完毕，如果被发现尚未就寝，在永平寺可是相当大的错误。

点检分一番点检与二番点检，一番点检从晚上十点半开始，二番点检从半夜十二点开始。

看了看当番所的钟，马上就十点半了。我立刻到瑞云阁旁边的贴库寮跟慈眼打声招呼，接着前往真阳阁的副寺寮找副寺老师。

还没到达,就听到寮内传出音乐声。原来是副寺老师正在弹奏手风琴。他是个乐感极佳的人,不管手风琴还是口风琴都演奏得很出色,而且可以用绝妙的分节法唱歌。僧侣本来就以读诵经典为日课,不仅可以练就不错的发声,同时能培养出相当好的乐感。

副寺老师因为音乐素养受到青睐,负责在若干内讲的场合上,教云水唱诵由佛教主题的韵文配上西洋音乐的"佛教赞歌"。穿着僧衣,肩上挂着手风琴高唱赞歌的副寺老师,其身影之潇洒简直倾倒全场。

副寺老师准备停当后,慈眼也到了。副寺老师提着上面墨书"点检"两字的灯笼,慈眼拿着手电筒,我则脖子上挂着戒尺,开始展开当晚的公务。

点检要巡视全山所有寮舍。打开寮门,用手电筒探看大家是否就寝,有瓦斯开关的地方则要检查是否已经关掉。因为要准备香炉所需的炭,所以即使是夏天,永平寺的火炉也会烧着,点检时必须确认灰烬里面的火星都已经熄灭。

对于日常行动受到限制的我们这些新到而言,点检是看到平日难得一见的永平寺各寮内部的唯一机会。寮舍主要分为两种:一是作为执行职务之组织的寮舍,如知库寮、直岁寮；二是作为居住房间的寮舍，如副寺寮、贴库寮等。

云水起居的各寮舍，新到是多人同住一个大房间，古参则是单人房或二三人房。虽然格局各有不同，但都是和室。不管身处哪一个寮舍，每人都有一张带有抽屉的专属几案，这张矮桌是每位云水唯一不可侵犯的圣域。

寮舍也遵行着地藏院脱草鞋的先后顺序，早脱鞋的人睡里面，晚脱鞋的人睡靠近入口的地方。

副寺老师和慈眼开始迅速而仔细地一一点检，而我也终于来到深深怀念的众寮。打开众寮当番所大门的刹那，本来已经忘记的事突然在脑海里苏醒过来。

那是我入堂后配属到众寮不久的事。我在配属次日即担任直寮加番的公务。直寮加番即当番，一如知库寮的当番必须于前一晚在本山事务所过夜一样，直寮加番也是在前一晚抱着自己在僧堂单上的棉被，到众寮当番所就寝。

众寮当番所不像知库寮的本山事务所那样有保险箱之类的东西，唯一要守护的，就是火炉灰烬里埋藏的火种。直寮加番每天起床后，要以此火种来引燃木炭。

那天在当番所，我已经窝进棉被里，却一直翻来覆去无法入睡。一方面想早点睡着，一方面又有点舍不得。毕竟是好不容易盼来的夜晚，如果马上睡着的话，很快就到起床时刻，又要开始第二天漫长而紧张的一日。如果可以的话，多希望明天永远不要降临。但若是就这样醒着不睡，能想的也尽是一些黯淡的事，眼前一片漆黑。或许是因为忙了一整天疲累不堪，最后还是睡着了。

睡梦中突然听到有人破口大骂，于是我一边大声回答，一边慌忙从棉被中跳起来。这时当番所的门被打开，有人用手电筒照向我这边。

"混账！还没睡！快给我躺下去！"

那个人影对着我一阵怒吼之后，即关门离去。当时我根本不知道夜里还有点检这种事，多半是在睡梦中听到当番所的开门声，错以为有人在骂我，于是立刻跳起来回应。现在想想我当时看起来一定很滑稽。不过足以说明，即使已经睡着了，我们也没有一刻是真正放松的。

之后半年，随着时间的流逝，从原本在漆黑中一无所见，到终于多少可以看清一些事物了。与此同时，发现有些东西也消失不见了。在这点检之夜，往日那种紧绷的疼痛在心中苏醒的瞬间，我开始清楚地悟到自己失去了什么。

一番点检完成，等到时钟指向十二点整，我们又出发进行二番点检。二番点检不像一番点检那样巡查全山寮舍，只是沿着回廊形式上巡视一遍七堂伽蓝的外观。

夜晚的回廊只保留了最低限度的照明，使得深山之中的黑暗倍加深沉。也因为黑暗，夜晚才成其为夜晚。如果夜晚也像白天那样明亮的话，这世上绝大部分的美就将消失。夜晚的伽蓝中到处充满了在都会无法感受到的幽暗迷人的层次。

沿着回廊走到特定的地点时，我取下挂在脖子上的戒尺开始中用力击打。戒尺坚实澄澈的声响，在包覆着所有云水的幽深黑暗中，于远处发出回音，绵延不断，终至消失。

杂巾

一天,知库寮收到一封来函。

前略。今年夏天,北海道的气候少见地炎热。遇到这种年头,冬天绝对有强烈寒流来袭,必须准备与凛冽的大雪奋战了。

想必各位每天都过着繁忙的修行生活。

前阵子寄呈一批杂巾,收到许多珍贵的回礼,实在非常感激。

为了年纪轻轻即战死于西伯利亚的独子,请永平寺读经、拈香、供养,也从内心深处致上最深的谢意。

我在儿子还小的时候就失去了丈夫,其后母子俩相依为命。没想到因为战争,又走上生离死别的命运之路。只要想到在寒冷的战场孤独地与世长辞的儿子,就泪流不止。

但是这种永无休止的噬心之痛,通过永平寺的帮助,终于得到了缓解,这是我的福报,打从心底里感谢。

如果我们所缝制的杂巾能够派得上用场的话,今后也将继续送呈。年过八十的我还能做的,大概也只剩下缝制杂巾了。我将以至诚之心一针一线地缝制。

今后每一天,想必各位的修行生活都是席不暇暖,唯愿各位大德多多保重,元气淋漓地精进勤行。感激不尽。

从全国各地寄送到永平寺的各式物品,称之为"添菜"。通常有白米、蔬菜、水果、茶叶、毛巾、草鞋等,种类繁多,其中最大宗的就是杂巾。

或许是因为云水们用杂巾默默擦拭长长回廊的画面深入人心的关系,寄送给永平寺的杂巾数量极为庞大。杂巾确是我们修行生活中不可或缺的重要道具。因而也可以这么说:我们的修行生活是在来自全国的善意的支持下进行的。

这些寄赠而来的添菜,食品类交由大库院保存,其他物品则送到知库寮的杂巾部屋贮藏。

面对这么多的善意,永平寺唯有回赠若干粗品致谢。

这项作业也是知库寮重要的公务。

而对于回赠，毫无例外地我们也会收到亲切的谢函。这些一笔一画工整写就的信函，每封背后都是写信者令人感动的生命姿态。从北海道寄来的这封信我到今天还记忆犹新。

坦白说由于没有经历过那个时代，我对于战争仅有的认识就是，那都是过去的历史了。但是那天读了这位老婆婆的来信，我才第一次明白，对经历过那样的时代，尝尽惨淡苦涩滋味的人而言，战争从未真正结束过。

当我想到年过八十的老婆婆与亡儿遗影一起度过的那些漫长无尽的岁月，就对不理解这些人内心深处的哀伤，却自我感觉良好动辄奢言和平自由的自己感到非常惭愧。想着老婆婆一个人默默为我们缝制杂巾的身影，我只能感激地低下头来。

在送到知库寮的杂巾中，有一包让我至今难以忘怀。

那天我接到通知，说又有一批寄给知库寮的物品送达。我扛起背架去通信部领取，发现其中有一个用旧绳子仔细捆绑的破烂包裹。将所有包裹整理好扛回当番所后，我首先解开了这个破烂包裹。

平常我都会拿剪刀利落地剪断绳子，然后将绳子往垃圾桶一丢，但那次当我抓住绳索要剪的时候，突然踌踏起来。仔细一瞧,这绳索是用旧浴衣撕下的碎条捻成的。手提的位置还特意用了别的布条包卷,以防勒手。

于是我放下剪刀,费了好大工夫才解开打得极牢的绳结,拆开包裹。

看到里面的东西时,我瞬间呆住——那是用褪色破损的法兰绒睡衣、浴衣、汗巾等为原材料,以粗棉线缝合而成的杂巾。

我在知库寮当番所见过不少杂巾包裹,但都是以崭新的棉布或厚毛巾缝制而成的,因此对眼前这些杂巾的破旧感到十分吃惊。不过尽管破旧,却毫无不洁之感,每一条都洗得干干净净,甚至还可以闻到洗涤剂的香气。

拿着这样的杂巾,想到自己从未物尽其用,极为理所当然地过着不断汰旧换新的生活,仿佛被一盆冷水当头淋下。

然后我看到有一封信夹在杂巾中间。信封上只有用圆珠笔所写的大大的"云水钧启"四个字。我恭敬地打开信封,拿出里面的便笺。便笺上面也是以圆珠笔一个字一个字写得一丝不苟、稍嫌过大的笔迹。

> 八月已过半,附近山岗上的知了也逐渐安静下来。
> 永平寺的云水们,想必今天也在从事严格的修行。

对各位的努力，我想说声"辛苦了"。

我们老人之家每天清晨也有五十个人聚集在佛堂做早课。从来到老人之家帮忙的寺院住持口中，常常听到关于永平寺的种种。虽然我们一次也没去过，但却有一种熟悉的亲切感。

这些杂巾是住在老人之家的我们卖力缝制的。我们是抱着死前一定要去朝拜一次的强烈渴望在缝制每一条杂巾。如果能够用在访客众多的永平寺的扫除之中，我们将会非常开心。

今年一入冬，云水们也将迎来一个又一个冷冽的早晨。修行生活辛苦，各位请多加油！

读过信后，一股自己也不是很明白的复杂思绪涌上心头，然后转化为大大的叹息。我一一取出包裹中的杂巾，感慨地端详着它们。

看着那些褪色的布上歪歪扭扭、若断若续的线，我忍不住流下泪来。没有理由，只是有种难以言喻的悲伤。

那天晚上，在被窝里闭上眼睛，不免又想起杂巾的事。眼前浮现出老人之家的老婆婆们戴着厚厚的眼镜，弓着背，用爬满皱纹的手一针一线全副心思缝制杂巾的身影。

在人生的巨浪中载沉载浮多年，拼尽一切力量克服危难存活下来，最后抵达的终点站就是那老人之家吗？的确，就像每个人都有自己的人生，喜乐也各有不同，如今得以住进老人之家，为此而感到平静幸福的人应该也是有的。但不是每个人都能这样。

我突然有一种仿佛对这些老人弃之不顾而产生的强烈自责。一定要做点什么。虽然不知道具体是什么，但就是这么觉得。

每个人只要活着，就要面对生命中的分分秒秒、时时刻刻，无一例外。年轻人也好，老年人也罢，都需要拥有与自己岁数相应的尊严。也因此必须营造一个人人都可以有尊严地活着的社会。

从那天开始，我将老人之家寄来的其中一条杂巾放在自己的抽屉之中。每当倦怠沮丧的时候，就偷偷地拿出来，放在手上凝视一番。

杂巾上的每一针每一线，无不带着缝制者诚挚的热忱。上面仿佛还留有她们专注劳作时温厚的指痕。如此简单的一件物品，却可以让脆弱的我面对挫折时一笑置之。

所谓宗教、所谓信仰到底是什么呢？缝制这条杂巾的一针一线给了我答案，也赐给了我勇气。

解制

"十时大梵钟,十时半巡板,即刻敲打法堂钟,楞严会满散。"

接到监院寮的电话,楞严会满散的告报终于来了。

所谓"楞严会满散",就是从结制启建开始,无一日中断、每天早上为祈愿制中修行顺利而举行的楞严会,今天就要结束。而夏安居至此也告一段落,准备解制了。

这天早上,朝课讽经前的例行楞严会中止,在法堂上殿后直接开始朝课讽经。

十点开始击打大梵钟,连续三十分钟无间断,接着开始巡板。大梵钟打完的同时敲三下僧堂板,然后是接宾板、法堂板、监院板,依照顺序从伽蓝下方往上方打过一巡。当最后的监院板打完,即刻敲起法堂钟,楞严会满散就开始了。

与总是在黎明前苍然的氛围中进行的楞严会不同,楞严会满散这天,包覆着法堂的天空发出炫目的光,整个过程有着平常所没有的高亢,我们的情绪也涨得满满的。

九旬百日。对期间每一天的怀想,以及对即将结束的兴奋,最终都融入每个人的声音里。超过百名云水的澄澈读经声在法堂中跌宕起伏,从这清净之海中满溢而出,穿越古杉的树梢,传送到无垠的晴空,仿佛发出煌煌彩光,然后瞬间消散。

接下来进行解制土地堂念诵、解制人事行礼等仪式,百日为制的安居至此解除。

终于结束了。每个人的脸上都洋溢着完成一件事情的满足感。当所有仪式告一段落,回到寮舍的途中,大家都觉得身心轻快无比。

"啊,鲁山桑……"

正要走上大库院通往知库寮的阶梯时,听到有人从后面叫我。回头一看是大库院的台明。

"终于结束了,叫人大大松了口气。不过我接下来还有的忙呢。我爸妈来了永平寺,就住在上面的瑞云阁。我想好好做一席本膳请他们品尝,正在努力学习中。到时候的接待就麻烦鲁山桑了!"

台明笑容满面地说完,就匆匆忙忙回大库院去了。听他这么说,不禁觉得僧堂生活也挺好的。

我发现刚上山时以各自的处境抱着各种复杂心情来叩门的同伴们,如今已经产生缓慢但明显的变化。当初抱着仿佛是家庭牺牲品的委屈感上山的人,随着僧堂生活的历练,那种心结也逐渐解开了。

或许是因为与处境相同的人聚集在一起,多少可以让自己的心情变得比较踏实平静。但不可否认,也是因为他们在这种严格设定的生活情境中感受到了愉悦。这绝非是一种消极妥协的结果。现在的他们,已经开始慢慢拥有自信,踏实地站在自己当下立足的场所,无畏地凝视前方了。

回到寮房稍作休息,整理了一下身边的物品,又被慈眼叫去。

"鲁山,马上要去集赛了,你准备准备。"

集赛就是去收集放置在伽蓝各处的赛钱箱里的香油钱。香油钱的管理,也是由永平寺的"财政部长"副寺老师负责。

集赛的时候,贴库慈眼带着各赛钱箱的钥匙走在前面,我则脖子上挂着墨书"净赛"两个大字的木箱跟在后面。永平寺放置赛钱箱的地方有法堂、承阳殿、佛殿、大库院、祠堂殿。香油钱的数目每天有多有少，据说多的时候可以重得让集赛箱的箱底脱落。

即使是比较少的日子，数量也相当可观。每多收集一个赛钱箱的香油钱，箱子的重量就会明显沉重许多。搞不懂为什么要把放那么多香油钱的箱子挂在脖子上抱在胸前走路，若论方便，还是背着像童话故事《舌切雀》里那样的大藤笼最理想。大概那种藤笼不适合用来装尊贵的香油钱吧。

慈眼照旧是头也不回地快步前进，我才走到大库院前面，头就已经快抬不起来了，两腿更是酸软无力抖个不停。

这时突然有一位看起来很认真的女性参拜者来向慈眼请教。原来是在问大库院前面那根巨大研磨杵的事。

那是建佛殿时将使用的夯土棒做成研磨杵的形状，矗立在大库院前面的。之后疯传只要摸过这根研磨杵就会做出美味的料理，所以前来永平寺参拜的人大都会去摸一下。

"照您这么说，应该也会有和这根研磨杵搭配的擂钵吧？"

这位参拜者一边对慈眼的说明点头称是，一边进一步追问。果真是个打破砂锅问到底的人，而她得到的答复也没有令自己失望。

"当然有啦，嗯，大库院里面有一个直径五米左右的大擂钵,可惜我们没有开放参观。"

她真是问错人了。慈眼若无其事糊弄人的功夫叫我哑口无言。

不知被骗的参拜者礼貌周到地向慈眼道过谢,然后往佛殿走去。而慈眼则带着他招牌式的"咯咯"怪笑声,继续自顾自地快步向前走,把两腿直抖的我远远抛在后面。

第六章 峰之色、谷之响

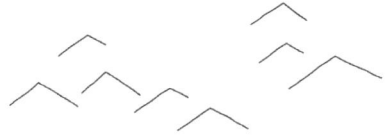

监行

每当伽蓝的古杉上空飘过一阵雨云,夏天的脚步就又远去了一点,我们的身体也开始慢慢失去对夏日的感觉。

资深的云水陆续转役离去,泰禅和我因此从知库寮的杂巾部屋升到附有壁龛的接头寮,泰禅成为接头长,我则担任他的副手。接头长身为接头寮之长,负有领导重任,对遇到任何状况都能够冷静应对的泰禅真是再适合不过了。

我第一次和泰禅说话,还是在众寮时为了向他请教公务。

"首先把木炭放进香炉,再铺一层香灰,然后换新蜡烛,最后点燃线香。因为我之前是和尚,所以知道这样排列。"

他在僧堂的圣僧龛案前对我说的话令我颇感意外。原来如此。我再次意识到对于上山的多数云水而言,永平寺这些仪节他们已经熟悉得不能再熟悉了,也因此对他们更加佩服。而把这一切从零开始教给我的，就是泰禅。

接头长除了要对接头寮云水的所有言行负责，还要被赋予其他棘手的任务。只要发生任何问题，第一个被叫出去的肯定是接头长。每次泰禅被叫走，尽管我知道这是他的工作，但还是非常同情他的遭遇。这时又会觉得，自己的草鞋比泰禅脱得晚真是太好了。

有一天，大家议论纷纷，说最近又有转役，而这次知库寮有一个人会变动。到底这些流言是从哪里传出来的没有人知道，我听到后，心情立刻变得沉重起来。

或许我要担任接头长了。

"那么鲁山桑，以后就拜托你了。加油！"

带着总算可以卸下接头长大任的解放感，泰禅一脸粲然地说，而我则心情越来越沉重。但喜不喜欢不是自己说了算，只要告报一宣布，就只能接受。

无可奈何。只好调整心情，如同过去在众寮时那样，请泰禅一样一样教给我有关接头长的公务细节。

每天照旧忙这忙那，终于到宣布转役的日子了。那天要宣布的消息也是提早泄露，大家耳语不断。正式宣布前，我们赶忙拿着应量器前往僧堂行粥，转役的告报会在行粥的最后宣布。

虽然是再平常不过的行粥,堂内的空气却显得有些躁动。每个人都掩饰不住紧张的情绪。毕竟对云水而言,转役可是非比寻常的大事。宣布之后,接下来的日子可能就是天堂与地狱之别。

不过坦白说,转役告报宣布时那种紧张感也挺有意思。齐聚僧堂的云水,每个人心脏的鼓动仿佛全都集中在耳膜上了。

"转役告报——"

来了。维那老师开始宣读写在卷纸上的告报。堂内的云水无不聚精会神地听着。随着告报的发布,有人吁了口气,有人则面色凝重,表情各式各样。我转头看了看泰禅,他也是一脸肃然地倾听着,急切地等待后面的发布。我还是第一次看到泰禅紧张的模样。正这么想的时候,听到维那念道:"监行,鲁山。"

"什么!"

由于事出突然,我忍不住叫了出来。脑海中唯一浮现的声音就是"不会吧"。

结果泰禅并没有转役,比泰禅晚脱草鞋的我却先他一步离开接头寮。

而转役的地方，是大家都唯恐避之不及的监院寮。监院寮承担着永平寺的重要责任，身处其中必须时刻处于一种神经质的紧绷状态，更不要说里面几乎都是些脾气古怪的古参云水。怎么想眼前都是一片黯淡，令人意气消沉。还有更雪上加霜的——

"喔，鲁山，翻身啦。"

回到当番所，慈眼立刻挖苦我，然后又发出那"咯咯"的怪笑。

"鲁山桑，别想太多，也只能这样了。说不定到那边一看，监院寮和想象的完全不一样，根本是天堂呐。"

连泰禅都这么说。虽然我一直告诉自己不要太在意，但沮丧感还是挥之不去。

"喂，鲁山在吗？"

这时监行长突然过来叫我。

"在那里拖拖拉拉的干什么！还不赶快准备！"

啊，这下子彻底是没有挽回的余地了。我快速整理好行李，不容犹豫，慌忙赶往监院寮。

相见

我抱着行李,跟在监行长后面前往监行寮。从今天开始那就是我将要起居其间的寮舍了。

监行,一如副行,是"监院行者"的略称。

抵达监行寮,放下行李,即按照监行长的指示换衣,赶着跟他去做转役之拜。

走出监行寮,有一道阶梯通到菩提座的边角。监院寮坐落在菩提座与光明藏之间,由于地势有些落差,三栋建筑由平缓的阶梯连通。每一级阶梯的一侧都刻意地整齐摆放着一双拖鞋。

"拖鞋在这边脱下摆好。按照从上到下的顺序,你在最下面,明白吗?"

监行长说完,将自己的拖鞋摆在从上面数下来的第三阶，然后进入寮内。

我再次望向阶梯，发现的确是越上面的拖鞋越有年头，越旧。那种老旧给人一种诡异之感。未及多想，我急忙将拖鞋摆在最下阶，跟在监行长后面入寮。

进到监院寮，首先是铺着榻榻米的走廊。走廊右边是监院寮当番所，再往里走，右手边是监院的会见室，最里面则是监院所住的监院内寮。

我随着监行长，小心翼翼地走进会见室。这里可以说是永平寺的心脏部位，重要的讨论或会议都在此举行。进入会见室，我仍是坐在最末的座位。室内壁龛上挂着一幅狩野探幽①的花鸟，墙上则是历代住持的半身绘像。一幅一幅浏览下去，最后是现任住持猊下。正看时，听到内寮木门打开的声音。终于要和监院老师行相见之礼了。

监院是丛林的总监督、总负责人，可以视之为永平寺的"总理大臣"。永平寺中无论大小事，未经监院认可即无法执行。也因此监院必须掌握永平寺所有情况并做出正确的判断。而辅助监院的监行，同样要对一切事态快速反应，不许有任何差错发生。

出现在眼前的监院老师身材魁梧，威风凛凛。我恭敬

---

① 狩野探幽（1602–1674），江户幕府御用画师，受宋元画风影响，笔墨粗细浓淡有致，善用留白，以潇洒淡泊的况味闻名。

地进行了转役之拜，然后在他示意之下与他对坐。

"你是鲁山吧。由于开山祖师的因缘，你才转役到这里来，一定要把握机会，不惜身心精进办道。监院寮的工作大都很繁重，但也是难得的机缘。要将'为法忘躯'谨记在心，以认真办道为要！"

他一开口即声如洪钟，难以想象是从身体哪个地方发出的这么响亮的声音。我被他的气势折服，全身紧绷起来，手掌也出了汗。

从头到尾我都像被镇住般一动也动不了，然后眼看着监院老师突然起身，回到内寮去。

完成对监院老师的转役之拜后，接着是向监侍、监录及其他人一一行转役之拜。监侍是"监院侍者"之略，为监院的贴身助理；监录是"监院寮录事"之略，掌理监院寮一切职务。另外有五名云水，每一张脸看起来都不像是会与人坦诚相见的感觉。前途堪忧啊。这时突然怀念起慈眼那无厘头的浮夸笑声。

监院寮所有的致意总算都结束后，监行长带着我前往副监院寮。副监院寮位于菩提座的旁边，我在入口处将领子整理好，同样怯生生地走进去。当副监院老师的脸出现在眼前时，我就像在地狱遇到了佛陀一样，大大松了口气。

原来他就是副监院老师啊。我在知库寮时好几次看到过这位老师的身影。

那时泰禅和我常常要将供应瑞云阁、装本膳的漆盘捧到知库寮楼上的菩提座刷洗，一次就是几十个，经常刷到昏天黑地。

每到傍晚时分，我总会看到一位身穿褐色作务衣、头扎毛巾、腰挂计步器的老师，以有点看不清要领的方式，和说是散步太快说是跑步又嫌太慢的速度，汗流浃背地一圈圈绕着菩提座运动。每次经过默默刷洗漆盘的我们身边，都会抬手对我们说声"辛苦了"。原来他就是副监院老师。

第一次看到这位老师，我就直觉他像个圣诞老爷爷。希望等我年纪大了，也能成为一个像他那样乐于鼓励别人的老者。

"是鲁山君吧？一切就拜托你了。"

致意过后，他露出熟悉的圣诞老人般的笑容。这是我听到转役告报以来，第一次有种得救的感觉。也是这笑容让我得以调整心情，跟在监行长之后辞别了副监院寮。

行者

完成转役之拜后,我照例成为公务中的身份。不过监院寮的公务中,与其他寮舍有很大差异。首先,不必在振铃前两个小时起床;其次,这个身份只有三天时间;最后,只须扫除一个地方。但相应地,从第一天开始就要执行监院寮的实际职务。

第一个被分配的任务,即是监行最重要的工作——与监行老师有关的所有事务。不过这项公务,老师本人是不是想要监行帮忙去做,常常很不容易拿捏。

每天振铃前,必须在监院寮入口将监院老师的拖鞋准备好。等监院老师前去参加晓天坐禅时跟随在后,但切忌发出脚步声。

监院老师有一项特殊技能:不管在任何场所都不会发

出脚步声。永平寺的回廊上到处都可以看到上书"回廊往来须靠左颊缓步，若逢大己当如法问讯曲躬"的挂板，意思是在回廊上必须靠左侧安静行走，遇到比自己资深的云水应依照规定作法合掌垂首为礼。挂板最后署名大大的四个字——本山监院。既然署名了，作为云水的前辈，自应安静缓步而行，而监院老师也的确完美地做到了。在以沉默为原则的丛林，不发出脚步声是非常重要的修行，道元禅师在《弁道法》中详细说明了正确的走路方式。

不得先足后身而步，应当身足同运。直观面前一寻许地而行，步量齐跌，缓缓而步闲静为妙，犹如住立，似不运步。

走路时不能只有脚向前伸出而身体后倾，身体与双脚必须同时移动。行进时应当直视前方两米左右的地面，每一步的距离与自己的足背长度相当，以缓步前行、安静无声为要。虽说是走路，姿势却要像直立不动一样。

为了不被监院老师臭骂，我小心翼翼地踏出每一步，但比想象中困难很多。由于太过紧张而有点踟蹰不前，只能眼睁睁看着监院老师消失在回廊远处的转角。

抵达僧堂后，监行必须在老师上单下单时趋前跪着帮忙收鞋递鞋。

像这样的同行不限晓天坐禅,只要老师离开寮舍一定要有一名监行随行,回寮也一定要同行。另外不可劳烦老师动手做任何事,包括开门、关门、整理脱下来的鞋子;老师与人议事时,监行也必须从头到尾待命。

为老师准备餐点也有规定。在永平寺,老师与云水吃的完全一样,唯有药石的时候会多一样名为"役平"的菜色。役平的食材当然也要合乎戒律,不过摆盘特别美观。

餐点需要放在监院老师专用的漆盘上,并且注意不要让米饭或味噌汤冷掉,趁老师公务的空当,在最适当的时机、食物最理想的状态下送到内寮。

准备洗澡水也是监行的工作。监院寮有专用的浴室,不拘是否四九日,每天傍晚都要准备好洗澡水。水量要放到从上往下数第几块浴槽瓷砖都有规定,不能过多也不能过少。不仅如此,还要用脱衣场的温度计测量水温,直到水温合乎规定为止。

洗澡水备好即可,不需要通知监院老师。对监院老师不可以报告诸如"洗澡水已经准备好了"之类的小事。

所以我们只能预想监院老师可能入浴的时间然后开始准备,并且让洗澡水一直维持在最理想的温度。

同时，必须在老师入浴之前于脱衣场的香炉点上线香。因此每到黄昏我就要一次次前往浴室，一边拿温度计量水温，一边把点得太早以致快烧完的香换成新香，时间就在忙碌进出中很快度过。

如果没出什么差错，等监院老师入浴后，我又要马上将内寮彻底打扫一遍：将热水瓶装满热开水、清洗茶具、倒垃圾，最后将湿毛巾依规定方式折叠好放在桌上。一一做完后，即站在监院寮入口等老师从浴室洗完澡回来。

其他还有诸如接电话、接待来客等，所有能想得到的杂务都要负责，感觉就没有做完的时候。

在永平寺中，像这样以服侍老师为主要公务的寮舍称之为"行者寮"。行者寮除了监院寮外，还有侍奉住持的不老阁、服侍维那的维行寮和服侍后堂与单头的后单行寮。

但由于监院在永平寺里所负的责任特别重大，老师自我要求极高，对身边的人也是严厉到无以复加，因此在监院寮从早到晚几乎没有一刻可以放松。

监院寮里除了监院老师与副监院老师之外，还有担任监院执事的尚事老师。监行负责处理这些老师身边的所有大小杂务。

尚事老师平常话不多，声音小得就像关在橱柜中的小羊羔在说梦话一样，总之是个怪角色。

"嘿，鲁山，你做尚事老师的饭后清理时，即使酱菜就放在火盆旁边，也绝对不能拿走知道吗？"

第一次要服侍尚事老师时，有人特别提醒我这一点。据说尚事老师担任别的寮舍的老师时，刚刚转役的当番将火盆旁边已经干到硬邦邦的酱菜收走倒掉，结果很快就有电话打到当番所。

"喂，我的酱菜呢？马上给我拿回来！"

东西已经倒进垃圾桶，当番据实相告，怒骂声随之而至。

"叫你拿来是听不懂吗？"

吓坏了的当番赶忙将垃圾桶里的东西全倒出来，从一片杂碎中勉强挑拣出像是酱菜的东西，重新装碟端了过去。

"以后多注意点知道吗？"

对已经吓得发抖的当番，尚事老师只是小声地提醒了这一句，随即若无其事地转头忙自己的去了。

我听到这个故事后，突然对这位老师充满了好感。感觉整个过程就像禅师与弟子的问答一样。想到永平寺有如此好玩的老师，开心得不得了。

之后每次到尚事老师的房间，我都会斜着眼偷偷看一下火盆边上干巴巴的酱菜,然后提醒自己注意不要触到老师的逆鳞。

但是这位老师为什么偏偏要把酱菜,而且是已经又干又硬的酱菜这般慎重其事地摆着?酱菜最后又到哪里去了?这些到头来都因为无从探寻而成为"无头公案"。

朝参

公务中身份的第二天,举行了监院寮朝参。所谓"朝参",是全山老师聚集在监院寮的会见室所召开的定期会议,每月的一日与十五日举行。会议前,我们必须以最快速度在会见室铺上厚毛地毯,摆好坐蒲团,并准备热茶与茶点。

永平寺的组织架构是金字塔型,最下面的是云水,云水中又分为我们这些新到,以及带领我们的古参。

所有云水都以寮舍为单位分发配属,各寮舍的督导者即是老师。统管云水与老师的,就是金字塔顶端的监院。金字塔的最上方,还有一个象征性的存在——住持。

各寮舍的老师,在组织上担负着运转永平寺或指导云水的责任。现在的永平寺,监院之外主要有以下老师:

【后堂】 综理云水相关事务的最高责任者。

【单头】 仅次于后堂,直接指导、监督云水。

【副寺】 负责管理丛林中所有财务、总务相关事项。

【维那】 负责督导云水修行,并带头进行各种仪式、法要、举唱回向。

【典座】 负责丛林中所有与饮食相关的事务。

【直岁】 负责督导丛林中所有伽蓝修缮、工事、作等相关事务。

【知客】 负责丛林中宾客迎送接待事务。

除此之外,各寮舍还配属一名老师或主事、主任作为负责人,以及一名讲师负责讲义课程。

朝参紧接在朝课讽经之后举行,朝课讽经结束后,全山的老师陆续来到监院寮。副寺老师也来了。

"喔,鲁山君,辛苦了辛苦了。"

副寺老师看到站在入口处迎接的我,习惯性地仿佛搓揉双手般合掌问候,然后走进会见室。

"嗨,鲁山君!"

副监院老师也笑着走了进来。接着侍真老师喘着气跟在副监院老师后面到达。所谓"侍真",是管理奉祀道元禅师的真庙承阳殿的老师。对于这位老师,我还留着苦涩的回忆。

永平寺各寮舍的老师都有一定的任期,任期结束即选出一位新老师替代。我在知库寮的时候,正逢侍真老师替换,被指定负责新任老师的接待事宜。

将瑞云阁最里面的客间彻底整理一遍之后,为避免疏忽,我还一次又一次地仔细做了检查。不久侍真老师来了,第一眼看到他的脸,我就在心中大叫一声"不妙"。

俗话说的咬碎一只苦虫①,大概就是这样的表情吧。好像要是有什么怠慢,不要说苦虫,连我也会被一起咬碎一样,喜怒哀乐只剩个"怒"字写在他的脸上,除此之外再无其他表情。

我紧张万分,全神贯注地帮他冲梅汤、泡煎茶,然后迫不及待地离开房间,大大松了一口气。

正在这时,慈眼突然慌张地跑来找我。

"喂,鲁山,你知道你出了个什么大纰漏吗?侍真老师在叫你,赶快到他房间去!"

我一头雾水地赶过去,看到"苦瓜脸"正默默坐在几

---

① 苦虫是一种咬碎时会有苦味的假想的虫子,意指一个人满脸的不愉快,相当于中文里的"苦瓜脸"。

案旁边，服侍他的僧侣则狠狠地瞪着我。

"嘿，你喝喝看！"

服侍的僧侣拿到我面前的，是我刚才帮侍真老师冲泡的梅汤。

我边纳闷边尝了一口，瞬间仿佛全身血液都凝滞不动，背上直冒冷汗。

"好咸……"

本来应该放砂糖，我却放成了盐。更糟的是，以前总觉得砂糖放太少甜味出不来，所以这次特别多放了一些。

服侍的僧侣一脸暴怒，我只能俯身低头认错。这时一直默默看着我们的侍真老师开口道：

"行了。话说如果这样想，盐可以清除不干净的东西，反而应该觉得是件好事啊。"

说着侍真老师竟笑了起来。我生平第一次切身体会到什么叫人不可貌相，感到惭愧不已。

谁知这次失败的后遗症一直没有消除，只要看到侍真老师的脸，我就会立刻条件反射地忆起口中那股苦涩的咸味，以及背上的冷汗，全身都禁不住发起抖来。

"喔，是你啊，辛苦了。"

侍真老师堆着熟悉的笑脸向我打了招呼，走进会见室。

会见室里并没有桌椅几案，只在房间两边铺上了毛毯与坐蒲团，依照规定摆设了座位。老师之间也有严格的上下层级之分，离壁龛最近的上座是监院老师的座位，以下则按职级高低一一就座。

确认全体都坐好之后，在监录的指示下，一起上过茶跟茶点之后，我们就坐在下座待命。

朝参的场合上会提出各种联络事项与议题，但实际上很少进行讨论，感觉只是做做样子而已。真正重要的问题，都是老师另约时间在会见室单独交谈。

"嗯,有点奇怪啊。我第一次看到最中饼①是切成两半来吃。"

后堂老师将最中饼放在手上说道。原来今天的当番为了美观，刻意将最中饼切成了两半。

"最中饼这种东西，还是整块放进嘴里咀嚼，感觉更好啊。"

不知道是谁跟着一唱一和。

"而且一开始不知道里面是什么馅，带着一种期待和好奇来吃会特别有滋味。"

结果这一天的朝参,在最中饼的话题上花了最多时间。不过这也表示这天的永平寺平静无事，殊值欣喜。当然朝参不会每次都这样，也有大家眉头深锁、脸色沉重的时候。

---

① 最中饼为日本传统茶点，外面是糯米薄皮，里面以红豆或麻糬为馅。

朝参完毕,我拿起一块当番所剩下的最中饼,放在手上仔细端详,然后大咬一口,突然觉得有些无聊而忍不住爆笑起来。

侍香

灯火通明亮晃晃的法堂大厅里，突然有人抓住我的衣领往后拽。我的脑中瞬间一片空白……

在监行有限的公务当中，有一项受到不少云水的憧憬——侍香。所谓"侍香"，就是举行仪式或法要之际，担任主法导师的助理。

几乎所有仪式或法要都是以老师为中心进行，老师身边有侍者与侍香随行。监行的公务中身份结束后，首先分配给我的任务，就是担任朝课讽经临时回向的侍香。回向是为祈求亡者的冥福而举行的诵经或法要。临时回向是指为特定目的而外加的回向。永平寺在朝课讽经时进行的临时回向，分为供养、施食、入祖堂等若干种，它们都是应施主之请而举行的法要。

通常施主在法要前夕入住永平寺，临时回向时与我们一起前往举行朝课讽经的法堂。临时回向的导师由监院担任，监院不在则改为副监院，如果连副监院也正好外出，接替的人选依照先后顺序都有详细的规定。偶尔施主有特别的请求，由住持出面主法，这时称之为"御亲香"。

辅佐监院的侍者为监侍，侍香则由监行来担任。

正如字面所示，当导师前往法堂上殿之际，侍香即手捧香台跟随在导师之后。香台上放了一只金属制的圆形香炉，里面的纯白香灰中央堆了圆筒形的炭团。香炉中的香灰，不像香道或茶道的场合那样压出字形或纹样，而是像薄纸般平铺一层。

临时回向与永平寺每天频繁举行的法要不同的地方在于，前者乃一种展示性的法要。导师会穿上有金线刺绣的样式华美的袈裟，衣袍同样以黄色或绯红色等视觉上比较醒目的色系为主。云水通常都是裸足，遇到这种场合则要套上布袜。

法要的内容，也带有一种表演的性质。一群僧人在法堂大厅中一边诵经一边围着大厅转。天将亮未亮的幽暗法堂中，在煌煌灯光的照射下，金色的天盖上浮现出黑衣的波浪，以及榻榻米上滑走的白布袜的颜色。这一切加上朗朗回响的读经声，以及从香炉中袅袅上升的熏烟的香气，给身处其中的人带来一种接近幻觉般的昂扬振奋。

由于诵经时要手持专用的经本,所以读诵前要先分发经本,即所谓"配经"。由任职法堂的殿行将经本放进书桌抽屉大小的配经箱,然后进行分配。

虽说是分配,但不是殿行拿起一册册经本分发,而是好几位殿行同时捧着配经箱出场,一声令下分别从僧众端坐的行列之间穿行。就像在薄丝之上滑行,以流水般的速度有条不紊地前进,而僧众必须趁配经箱从自己眼前经过的瞬间,依照规定手法从箱中取出一册经本。

配经过程中,每当殿行在固定地点做规定动作时,配经箱里面的经本就会滑动,发出小小的"噔噔"声。这声音是法要中音响效果的关键要素,让法要更加多彩多姿的同时,也带来一种紧迫感。清晨的临时回向中,最迷人的部分就是殿行配经的时候。

在法堂的仪式或法要中发挥重要作用的这些殿行,动作、行走、仪态,无不高度洗练。

转役到知库寮后不久,每到日落时分,就听到法堂大鼓轰轰作响,同时传来男性的叫喊与念诵声,当时的我完全不知道那边在做什么,总觉得有些诡异。后来才知道,那是殿行们在进行名为"习仪"的修炼所发出的声音。习仪排练的时候,任何身份的人都不能旁观。

了解到殿行排练习仪那天是不吃晚饭的,我更加惊讶。好像是因为习仪的修炼严厉得超乎想象,肚子里有什么东西都会紧张到吐得精光。所以法堂中那些令人目眩神迷的身影,背后是无数苛酷练习的积累。

于是,第一次担任侍香的我,也充满了莫名的紧张。原来的憧憬与兴奋都消失无踪。我必须在法堂宽广的大厅里,在接近百名僧众与施主的注目下,进行一场未经彩排的演出。

侍香在法要过程中所有要走的路线、该做的动作,全都有详细而严格的规定。而且不是自己一个人的单独行动,全程需要与导师或侍者密切配合,从头到尾务必正确和流畅,不能有丝毫迟疑。

比如一边诵经一边行进,到达某个特定地点时,须将自己手上的经本叠合放到怀里,然后回头。这时走在后面的侍者会立刻将他的经本交到我手上,接着我必须翻开这册经本,继续诵经、行进,中途不许有任何迟滞,一切都在瞬间完成。

像这样的经本交换,不只是和侍者,与殿行之间也有。殿行在诵经途中,要将放在木制托盘上的"回向草纸"交给维那,而维那在拿起回向草纸的同时,要将自己正在诵读的经本放入托盘。然后到了某个特定地点，我又要和殿行交换经本。

侍香的任务当然不只是这些，经本交换在整个法要过程中不过是小插曲而已。所有规定的动作，每一样都要和导师或侍者在某个瞬间准确配合。稍有差池，即会影响整个法要过程的流畅，而那时我就会在大庭广众之下进退失据，变成所有人的笑柄。

我成为侍香之后的第一项重大任务，虽然完全谈不上像殿行那样美观悦目，但是除了应该站在从须弥坛数来第二张榻榻米处却错站在了第三张处，被侍者拽着衣领拉回正确位置外，基本上算是顺利地完成了法堂的初次亮相。

开炉

　　随着回廊

　　登级而上

　　红叶亦转浓

　　我受监院老师之命,急忙将来翰送往吉祥阁的老师处。所谓"来翰"就是现在说的信件,但一切遵循古法的永平寺还是沿用这个典雅的称呼。完成任务后,我沿着回廊走回监院寮。

　　这时的伽蓝覆盖在万里无云的晴空下,澄澈的阳光在微暗的回廊上留下炫目的光点。曾经溽热不堪的夏日已经成为遥远的记忆,我穿过那些温暖的光束登上回廊的阶梯。

　　很快就走到法堂附近,不经意从回廊的格子窗向外望时,脑海里突然浮现出不知什么时候读过的高滨虚子①的句子,不禁眼前一亮。从伽蓝下方沿着回廊往高处走时,红叶的颜色的确逐渐由浅转深。

如果没有读过高滨虚子歌咏永平寺的俳句,我大概不会特别留意错落在山坡斜面上的那些树木微细的颜色变化。这叫我更加钦服虚子的观察力。

时序推移,永平寺也迎来了锦绣之秋。

环绕伽蓝的峰峦上,照叶树林像火一般燃烧起来,永平寺所在的谷地开始沉入秋凉之中。某天午后,举行了开炉仪式。所谓为"开炉",就是将本来保管于知库寮的火盆抬到僧堂。僧堂的后帘前方摆一座四角形大火盆,外堂左右两边则各摆一座小火盆。

管理火盆是众寮的责任。回想起来,我在众寮当番的时候,分配到的任务就是必须让寮内的炉子一整天炭火不断。从振铃前两个小时,也就是凌晨一点半开始,完全不得休息。一天下来,消耗的木炭数量也极为可观。甚

---

① 高滨虚子(1874—1959),本名高滨清,俳句诗人、小说家。正冈子规(1867—1902)传人,俳句创作主张"花鸟讽咏""客观写生"。1952年为纪念道元禅师逝世七百周年而出版的《句集永平寺》,收集有上自禅师、俳人,下至普通投稿者的俳句作品,本节开头所引即其中高滨虚子所咏以《秋》为题的俳句。

至偶尔因为燃炭太多，有人会发生轻微的一氧化碳中毒而短暂昏厥。

永平寺各寮舍的当番所和老师的寮房也有火盆，维持这些火盆炭火不断是云水的重要责任。众寮除了负责僧堂的火盆，还要照料堂行寮的火盆。堂行寮是云水最害怕的地方，到那里执行公务时，大家总是战战兢兢。

各寮舍的火盆照管多少有些差别，唯一的共通点就是并非单纯往炉灰里面放木炭就可以。虽然不像茶道那样还要将白灰压出精致的纹样，但摆炭、撒灰的方式也有详细的规定。比如堂行寮的火盆，必须将固定数量的木炭在中央摆成正方形，白灰也相应撒成方形。

从开炉之日起，直到来年春天闭炉为止，众寮当番没有一天不为保持炭火不断而忙碌不堪的。

除了开炉，还要将僧堂前后入口所挂的凉帘换成厚毛织物材质的暖帘。至此，伽蓝为过冬所做的准备也就告一段落。

火盆是僧堂唯一的取暖设备，而僧堂的天花板既高，空间又大，地面则是又冷又硬的三合土，与外面作为间隔的，只有木制板壁和纸窗。仅仅将凉帘换成暖帘，以这样一件毛织物为帷幕就能帮偌大的厅堂保暖吗？

但事实是，僧堂确实只须一座火盆的炭火即可充满暖意。当然这种暖意，也只有生活在这里的人才能感受得到。它和电力、石油、瓦斯产生的暖气不一样。那是只有习惯了大自然的暑热、凉爽和寒冷的人才能体会到的一种暖意。

禅总是与自然同在。它和诸如征服自然、超越自然之类的观念是无缘的。禅者总是与自然对坐，从中领会各种启示，唤起觉性，掌握悟道的契机。

道元禅师在《正法眼藏·溪声山色》卷中，曾经这么写道：

溪声溪色，山色山声，皆不惜八万四千偈也。自己若不惜名利身心，溪山亦有恁么之不惜。

溪声山色，皆不惜展现佛法的各种面貌。若自己能够不惜名誉与利益，溪或山又怎会吝惜宣说真理。

设使溪声山色现成或不现成八万四千偈是夜来，然若不尽力举似溪山之为溪山，谁见闻汝是溪声山色哉？

然而纵使溪声山色展现出真理的各种面向，如果不能深刻理解溪山之所以为溪山而正确地修行悟，亦将无法见闻真理。

禅与自然的接近，乃是让不知不觉间从自然之中脱离的人类，再一次把自然召回自己的内在，然后作为存活于自然界的生命体之一，发现自己本来面貌的一种行为。禅所谓"顺应本然的状态活着"，并不是说顺应自己的意愿，而是顺应自然的法则。道元禅师说，这一切必须内化于自己的身心当中。

永平寺的生活步调远远落后于世俗社会。这也是一种将自己的身体推向自然怀抱的生活方式：当身体接近自然时，才得以感受、接收甚至惊异于自然的一切。那种一不留神即无法察觉的变化，大自然细微推移的瞬间，总是能够带给我们惊喜。自然对于有觉知的人像是雄辩滔滔，对无感的人则仿佛根本不存在。

也因此，我们需要去更多地了解自然，要意识到人类本身即是自然的一部分，醒悟人类在地球上生息的环境，并非人所创造，而是由自然赐予的。在地球的自然环境中诞生的生命体，必须与自然和谐共处才能生生不息。

人类也不例外。只有正确理解这一点，所谓进步与发展才有意义。

腊八摄心

"从这一坐开始摄心!"

僧堂的前门缓缓关上,僧堂钟敲完开始坐禅的"止静"信号,维那即大声宣布。腊八摄心终于要开始了。对全山云水而言,此刻只能用"终于"来表示这件事有多重大。

据说佛陀是在十二月八日于菩提树下悟道,后世为了追随佛陀行履,于是有了腊八摄心。

"腊八"即十二月八日,"摄心"指精神上的集中修炼,具体而言就是在一段特定时期内专注打坐。腊八摄心是从十二月一日到八日,持续在僧堂打坐。这七天的起床时间提早到凌晨三点,全天盘腿面壁打坐到晚上九点。连续七天这样的作息,当然不是一件小事。过去有不少禅宗大德修行时夜不倒单①,大概就是为了效法这种精神。

摄心期间,早上起床的信号振铃,以及就寝的信号开枕铃都暂时取消,改为夜间打坐禅开始的止静钟时就寝,早上打坐禅结束的经行钟时起床。也就是说,这期间虽然是在睡觉,却依旧视为参禅打坐。

早上三点起床后,即以每打坐一炷香经行十分钟的交替方式持续一整天。

经行就是走路。长时间坐禅一定会脚痛,会疲倦瞌睡,精神散漫无法集中。于是需要在一炷香结束后下一炷香开始前从单上下来,以一定的速度绕着禅堂行走——呼吸一次行进半步。虽然在走路,却不是休息,心念仍然要和坐禅时一样专注。

禅堂摄心期间,平日每天在法堂或佛殿所做的早中晚勤行,全部和行钵时一样,于两炷香之间坐在自己的单上进行。简单说,只要摄心一开始,整整七天几乎人不离单。

道元禅师在《正法眼藏·行持(下)》卷中引用的中国大医道信②的开示中,提到过摄心:"自既嗣续佛祖之祖

---

① 精进苦修者常彻夜打坐,不躺下来睡觉休息,是谓"夜不倒单"。
② 道信(580-651),汉传佛教禅宗四祖(初祖达摩,二祖慧可,三祖僧灿,四祖道信,五祖弘忍,六祖慧能)。

风,乃摄心无寐,胁不至席,仅六十年也。"

意思是说大医道信传承佛祖之法后,即专心一意坐禅,未曾躺下来睡过觉,这样持续了将近六十年。往昔许多高僧大德修行时,都要像他这样集中精神持续坐禅。因此摄心乃丛林修行的大眼目也。

我到永平寺之前,曾经读过一本关于摄心的书,从此对摄心抱有一种近乎憧憬的想法。对我而言,摄心无疑代表了丛林修行生活中最崇高、最深远的部分。与此同时,对自己能否通过这样的大考验,心里既期待又害怕。

然而摄心的七天完全超乎想象。不管是憧憬、期待还是害怕,全都被一一粉碎。那种壮绝,根本令人无言以对,笔墨也难以形容。

随着摄心一天天过去,虽然激烈的脚痛已经稍稍缓解,疲劳却徐徐在体内蓄积,意识也逐渐朦胧起来。最后连为什么要打坐之类的念头都消失了。除了结跏趺坐、双眼凝视板壁之外,其他的一切都不复存在。

只有时间与线香的熏烟轻缓地流逝,香炉中的白色香灰静静飘落、堆积。

摄心远远超过静坐的范畴。终极考验是在最后的第七天,即"彻夜坐禅":从十二月七日早上三点开始一直坐到佛陀成道的十二月八日凌晨一点。

将要获得解放的最后关头，人体发散出来的热气逐渐击溃僧堂中的静默，每个人的呼吸也越来越沉重。当僧堂柱子上的挂钟敲下十二点的报时，终于来到腊八这一天。"只要再坚持一炷香。"这么想反而感觉时间走得越来越慢，整个人汗流浃背，手脚颤抖不止。只能屏息闭上双眼，咬紧牙关。

这时远处大库院敲起通知摄心结束的大开静，云板声划破深夜的静寂，在僧堂中回荡。那一瞬间，我觉得所有声音都变成了趋向自己的光。云板庄严的声响，在一片漆黑里发出炫目的光芒，如波涛般奔涌而来，充溢了脑海。

在云板的鸣响中，自摄心开始以来一直紧闭的僧堂前门，也在"咔啦咔啦"声中重新开启，冬夜深沉的冷气静静流入堂内。本来快要被热气挤压得喘不过气来，就在这一刹那，体内的紧绷感化为一口大大的叹息释放而出，七天来的辛苦突然消散无踪。

当大开静最后一声打过，佛殿钟立刻接着敲起。我们从单上下来，列队前往佛殿，参加为庆祝佛陀开悟而举行的成道会献粥。佛殿中央的坛上挂着一幅《释迦如来出山像》，以红豆等五种食材特别熬煮的五味粥将在仪式上进献供养佛陀。

我们在仪式上恭敬地进行了一连串礼拜与诵经，结束时小参鼓在殿内轰然响起，宣告腊八小参开始。所谓"小参"，是一种僧众与老师之间犹如法战的禅修问答。

老师坐在正中央，面前摆一张小参台。提问者先对老师合掌一拜，接着一边大声提问一边走向老师跪下。老师听完提问立刻作答，之后提问者对老师说"拜谢尊答"，再退回原位。

在腊八小参中，僧众将仿效佛陀行履连续禅坐七天后身心所感受到的问题，利用这个机会向老师提出。我们一个接着一个，以可以让板壁迸裂的声量提问。殿内逐渐充满杀气，仿佛要将这整整七天的沉默一举爆发开来。

就在这样躁动不安的状况下，当腊八小参最后的提问获得解答后，我们一起跪在佛殿的石板地上，开始唱诵圣号"南无本师释迦牟尼佛"。

在堂行敲打引磬的"丁零零"声中，我们以说话时所能发出的最慢节奏，缓慢地拉长每一个音，一遍又一遍地唱诵。朦胧灯火照明下的深夜佛殿，每个角落都回响着嘹亮的圣号唱和声，其音声之美叫人不禁心荡神驰。

就在持续不断的圣号唱诵声中，手中捧着应量器的殿行出现了。应量器中装的，就是刚才佛坛上献供的五味粥。

殿行用汤匙舀起五味粥，在跪着唱诵圣号的我们的手掌上各放上一滴。

等到所有僧众掌上都放了粥后，圣号唱和即告一段落，这时堂行打一声手磬，大家开始一起舔舐掌上的粥。

无滋无味。但舔舐的瞬间，整个人的内心满满都是"结束了""就这样一切都结束了"的念头，真想大声喊出来。

走出佛殿时，佛陀开悟瞬间抬头看到的启明星①还未出现，但许多有如冰之碎片的冬天的其他星星，在我抬头仰望的眼中闪闪发光。

---

① 启明星是天亮前肉眼可见的最后一颗星，即金星。金星也是天黑之后肉眼可见的第一颗星，此时名为"长庚"。

扫煤

十二月十三日降下了初雪。结束摄心的伽蓝,又回到平日的作息。天空飘舞的雪花,仿佛要将静寂的丛林完全包覆。雪在沉默中飘落、堆积,很快四处变成白茫茫一片。

雪非常适合永平寺。不知道是不是因为刚刚飘落的雪,未经任何染污的纯洁让人产生了这种联想。的确,永平寺没有被任何东西所污染。从某种意义上看来,它就是没有情感的无机物。

永平寺可以说就像应量器一样。不管将什么食物放到钵里,食物都不会渗入钵中,钵也不会溶进食物。钵仍然是钵,完全没有改变。同样是钵,对有些人而言,是佛法所呈现的形体,对另外一些人而言,不过是装盛食物的容器。怎么看钵这样一个具体的存在,取决于用钵者的心。

永平寺对修行的我们而言,也是由心念来决定,它既可以是听取佛法的尊贵场所,也可以仅仅是让我们避免夜露沾身的屋宇。这中间并不存在任何单方面的勉强,如何看待与永平寺的关系,都由自己决定。永平寺只是呈现它原本的面貌罢了。这就是永平寺的"自由"。

雪积了又化、化了又积,山谷冬意渐深,已经不知道是第几次白雪又覆盖了伽蓝。某天,我们开始进行扫煤作务。

扫煤即是清除煤渣。维持着许多传统习惯的永平寺,扫煤也不例外,使用的是一种尾端绑上笹[①]叶的长青竹竿。

我们穿上作务衣,头绑毛巾,然后以手巾包住口鼻。制作好扫除工具后,即开始清扫伽蓝各处覆盖了一年的煤渣。

一开始清扫就发现,用这种工具工作的效率实在太低。竹竿很重,而笹叶怎么看都不像能将煤渣清除干净的样子。不过或许是笹叶本身带着清凉感的缘故,纵然无法彻底清扫掉煤渣,可不管怎么扫,笹叶本身也不可思议地干净。

但也不是没有缺点。当我在光明藏旁边的走廊举着沉重的竹竿笨手笨脚地清扫时,笹叶突然被夹在天花板的板子中间拔不出来了,没办法我只好用力拉扯,结果笹叶就断在里面。

---

① 笹是一种很像竹叶的禾本科灌木。

这下可头痛了,天花板那么高,无论如何都没办法将笹叶拿下来。我只好默不作声当作没发生过这回事。

之后每次经过这里,我都会想起笹叶的糗事,虽然心里想着不要看,但还是忍不住抬起头。一看就充满了罪恶感,只能赶忙将视线移开,加快脚步走过。

当扫煤结束,山内复归清净时,接下来就要开始准备岁暮的各种工作了。

其中最重要的是捣饼[①]。这时所捣的饼特别名之为"寿饼",在位于吉祥阁地下室的小库院进行。开始捣饼前先进行"捣饼讽经",接着全山云水悉数出动,捣了整整一天,数量非常惊人。捣好的饼除了供奉于伽蓝诸堂、做成各寮壁龛的摆饰,还会分配给每一位云水。

永平寺为了迎接元旦,壁龛上都会放一些特殊的摆饰。首先,在各寮都有的壁龛挂上龙天善神轴,这是上山之际规定要放在袈裟行李中带来的护法挂轴。接着在上方挂上袈裟行李。袈裟行李上则贴着若干枚用奉书纸[②]与朱纸折

---

① 捣饼是指两人以木杵交互舂打糯米做成饼。这种饼中文音译为麻糬,相当于日本的年糕。
② 奉书纸是一种以楮树树皮纤维为原料制作的厚地和纸,曾长期作为公文书用纸。

成的盔甲,然后在其上挂水引①。再摆上云水自己捣的一对寿饼,表示祈愿法身坚固、祝贺新年之意。

寿饼依照丛林古仪,也有拿来赠送恩师的惯例。赠送寿饼时,先在奉书纸上按规定格式,用汉语恭敬地写上诸如"改岁之令辰,谨申嘉惊仪"的祝贺语;接着将寿饼切成厚五厘米、长两厘米左右的菱形块,从侧面看则是上面稍微缩小的台状。

再将这样的寿饼取一枚,用特别折成的叠纸包好,放进写了寿字的红封套。然后放到同样也用复杂手法折成,名为"寿饼带可漏"的叠纸里面,祈念恩师长命永生。

我利用监院寮忙完公务的短暂空当,尽全力克服繁复的流程,制作了三枚寿饼。其中两枚送给父母,剩下的一枚则寄赠给在知库寮期间担任瑞云阁接待时认识的、之后保持通信的那位老婆婆。

在山间冷冽寒气的拥抱下,永平寺终于迎来了一百零八声梵钟回荡的静谧除夕夜。

---

① 水引为赠答品包装纸上的纸制黑色或红色绳结。

岁朝

永平寺的新年和平日无异,也是在伽蓝幽暗的回廊间快速移动的振铃声中到来。

振铃过后,我打开监院寮走廊的门,望向眼前的伽蓝。高远澄澈的夜空下,一重又一重屋顶映入眼帘,屋瓦上的一粒粒霜花,在元日的星光下发出蓝色的幻彩。

终于来到新的一年。回头一想,去年此刻的我,如何能想象一年后站在这样的地方,看着黎明前伽蓝里自己的身影呢?那时每当想到未来,眼前所见无非茫茫的空白。连下定决心的意志都没有,只能在一无所见的状况下,随波逐流,漂向远方。

但人生就是因为无法预设所以才充满趣味。尽管根本不知道明年此时自己将在哪里做着什么样的事,但正因为这样,才会产生梦想、希望,还有活在当下这一年的力量。

我不知道命运之类的东西是不是真的存在，但与其相信命运，不如相信此时此刻自己正如此活着的事实，也希望今年能够珍惜活着的每一天。

我瑟缩在新年清晨肃杀的寒气中这样想着。

永平寺的新年早晨，在例行的振铃后，同样是例行的晓天坐禅。接着到法堂上殿勤修祝祷讽经、朝课讽经，结束后小参鼓在堂内响起，小参开始。这一天的小参，问答时所抛出的问题必须避开不吉祥的用语，在老师回答后表示感激的"拜谢尊答"也变成"吉祥、吉祥、大吉祥"。

当这些明快嘹亮的吉祥问答全部告一段落后，直接在原地举行宣读元日贺词的岁朝人事行礼，接着进行两所拜贺。所谓"两所拜贺"，就是礼拜承阳殿与光明藏两处的仪式——在承阳殿礼拜开祖道元，在光明藏向现任住持贺岁。

抵达光明藏后，我们先到上段的御帘后方迎请住持猊下，然后一同拜贺，祝他身体康泰，接着进行献饼仪式，向他献上寿饼。

猊下接受放在木制托盘上的寿饼后，在上段坐下，敬谨地念出年岁的口占："云烟供养法身闲，初日新辉出世间。不老阁中迎米寿，吉祥春遍吉祥山。"

出自即将迎接米寿的猊下的口占，真是无比吉祥。

元日的各式法要及仪式都结束后，云水们就在菩提座享用杂煮与特制年菜，遗憾的是，我们这些监行忙得无福享用。

光明藏的献饼仪式完毕后，老师们即在不老阁接受点茶招待，接着在监院寮的会见室吃杂煮。归寮的我们忙不迭地先到当番所的炉子上烤寿饼，然后手忙脚乱地供应杂煮，一路上被时间追着跑。

即使顺利供应完杂煮，也照样不得喘息，因为接下来大家仿佛都迫不及待似的，蜂拥而至，来拜访监院老师。一批接着一批，来了又去，去了又来，每一次我们都要到内寮通报，引导客人前往会见室，接受点茶招待，结束后再拉开纸门恭送客人。

这样的情况持续了一整天，无论肉体上还是精神上我们都早已疲惫不堪。就在无精打采的时候，坪田桑来了。坪田桑是在福井经营书店的商家，总在四九日送书到永平寺来。

永平寺规定，每天过了一定时刻，只要不妨碍公务即可自由阅读。而且没有禁止阅读的书，想读什么都可以。可是云水禁止离寺，因此不能外出买书。于是坪田桑每到四九日便会来永平寺，一一登记每个人想买的书籍，同时送来上次大家所订的书。

经营这类买卖的不只坪田桑，为了方便云水的生活，洗衣店、佛具店的工作人员也会频繁进出永平寺。

可能男人总是恋着母性吧，因此坪田桑受到永平寺每一名云水的喜爱。我也是其中一个，不管有什么痛苦或讨厌的事情，只要看到每逢四九日到访的坪田桑的笑脸，马上就会忘得一干二净，一下子有了可以拼命到下一个四九日的气力。

但是给全山的云水送书，是相当重的体力劳动。坪田桑的大型背包中装满了云水委托购买的书籍，两只手里也提着书，走过长长的回廊，登上数不清的阶梯，才能把书送到每个人手上。每次看到坪田桑出现，一方面会因放心而松一口气，一方面又为自己让她背了好几册重重的书而感到抱歉。

"鲁山桑，新年贺喜！今年也请多多指教哦。"

送走因为时值正月而打扮得特别漂亮的坪田桑，手忙脚乱、马不停蹄的元日，终于静静地暗了下来。

开旦过

大寒一过,山区的天气明显转冷,厚厚的积雪堆下,伽蓝转瞬间消失在深深的谷底。被坚固的防雪围篱遮蔽的回廊,不管走到哪里都显得有些阴暗,所有的声音都被厚厚的积雪掩盖,周遭一切笼罩在深深的静默之中。

经过防雪围篱的间隙,偶尔抬头望望天空,发现雪势之大叫人一无所见,仿佛粉碎的天空,瞬间全都朝着伽蓝崩落下来。

就在这样下着大雪的早上,听到今年最初自愿上山的人正站在山门外的消息。永平寺又到了我去年初来的季节。

第一批上山的有十人,此刻想必肩上落满积雪,站在冰冻的石板地上,还不知道要忍受多久,内心一片黯淡吧。这么一想,我的心情也复杂起来。

从现在开始,他们也会跟从前的我们一样,眼前面临无数的试炼。而他们也要以全部身心接受那些试炼。失望、沮丧、愤怒、泪水,一切的一切都要由自己来品尝,也必须由自己来承担。

第一批上山者进了山门之后,每天都有一批接一批的人上山,山内早已被遗忘的那种近乎疼痛的紧张感又开始弥漫起来。

经过僧堂附近时,和去年一样,充满杀气的怒骂声、东西碰撞声此起彼落,每次听到这样的声音,我的身体都会一阵僵硬,好像自己犯了错一样。

而每次在伽蓝各处看到他们的身影,我都会无意识地端正一下自己的姿势,展现出挺拔之美。记得知库寮期间在瑞云阁接待过的老婆婆,形容云水带给她的感觉是"自己的一颗心被彻底清洗了一遍"。当时我还没有产生过那样的感觉,现在总算懂了。

而当我感觉到他们的心脏几乎要爆裂似的鼓动时,才意识到不知不觉中已经有很长一段岁月流逝了。我们在一年前也像他们现在这样耀眼吗?整整一年。暗中摸索、如履薄冰的一年。在流转的时光中,到底我得到了什么,又失去了什么?

记得是在药石过后回监行寮途中。

伽蓝早就笼罩在雪夜冷冽而澄澈的幽暗中,只剩小灯泡发出炭火般的亮光,叫人看了倍觉温暖。

在这样的暖光下,我走出僧堂来到中雀门附近,一群上山不久的新到正迎面而来。他们一看到我,赶忙退到回廊边上,深深低头合掌让路。

面对这样的光景,我不禁有些伤感。是为如此紧张害怕的他们而哀伤,还是为如此叫人恐惧的自己而感到悲凉呢?

看着他们的身影,我感到非常不忍,于是加快脚步走过,却在不经意间和其中一位新到四目相接。

那一瞬间我突然焦躁起来。本来新到目视已是古参的我,就要像去年古参对我们做的一样,立刻给他一阵喝骂,但我就是做不到。

照理说身为古参的我,并非不能以古参身份和他们互动,也正是这种确定不移的上下关系维持了丛林的均衡与规矩,而且毫无质疑地遵循传统作法,也是永平寺修行很重要的一部分,这些我都十分清楚。

结果最后慌忙移开视线的却是我。

从那以后,我变得很怕看到他们。而且每次听到僧堂里传出指导他们的古参云水的怒骂声，就对自己如此没有古参风范而感到羞愧。

其实指导这些新到的，也不过是去年和我们同期上山的。

虽曾听说被分配到且过寮担任新到指导的，都是那种叫人一看就会害怕的云水，但实际上也不尽然。他们都很尽责，也都做得很好。还有一些是一辈子都没有打断过别人说话的温厚的人。所以看到他们对上山的新到高声怒骂、严厉指导的样子，实在惊讶。

不过随着上山的人不断增加，他们也显而易见地逐渐陷入精神上的疲劳。为了让新到保持良性的紧张状态，负责且过寮的古参必须从早到晚一整天毫不松懈，以严厉的态度指导他们。其中的繁难可想而知。上山来的并非人人都那么优秀，有些人就是不管你怎么教都学不会，次数一多，就会让指导者失去耐心。

尽管如此，由于身负重任，必须将每一位上山者都训练成可以在永平寺独当一面的云水，所以且过寮的古参不允许半途而废。

经过一年的修炼，如今站在去年臭骂我们、赏我们巴掌的古参的立场上，才真正理解这会带来多大的精神压力。谁不想轻轻松松当个随时带着笑脸的"好人"呢？此刻，对于那些对我们又打又骂的古参云水唯有佩服。

弥漫在伽蓝的紧张感,有如日渐增厚的积雪一样一天天沉重起来,而永平寺新的一年也揭开了序幕。

打坐

永平寺漫长而静寂的冬天,在雨水飘落到封闭山谷的层层积雪上时画下了休止符。积雪被雨水融化,朝低处流淌,最后汇入永平寺川。河水日渐为季节增色,阳光照耀的水边生机勃发。

伽蓝中原本充斥的紧张感,仿佛也随着积雪的融化而缓和不少,但是各个角落依然散发着紧绷的气氛。两种截然相反的氛围交织,正是伽蓝春天的写照。

用过药石之后,我还是和平日一样,拿起坐蒲团前往僧堂。

通常药石再晚也会在六点结束,然后一直到七点夜坐开始之前的这段时间,都是云水们难得的自由时间。

我在这段时间里总是一个人到僧堂打坐。深沉而静谧的幽暗中，只有电灯微弱的亮光，没有任何其他的人影。不知从何时开始，我深深爱上了这种被微暗与清寂所拥抱的孤独。

想想我自己在这个僧堂中度过了多少打坐的时光？

要说永平寺的修行生活，其实就是连思考的余裕都没有的紧迫与令人不禁念头纷飞的静寂的交替循环。所谓静寂，即是指僧堂的坐禅。第一次打坐的那个夜晚，至今仍历历在目。在闷热而沉重的静默中，盘起双腿面壁而坐的我，由于体悟到禅的深远无边而浑身颤抖，全身血液躁动不已。

那时只会埋头打坐。因为一无所知，唯有让自己不思不想，径自坐下去。现在同样是打坐，但已经会仔细思考如此打坐的用意。

"只管打坐。"永平寺的坐禅，既不将打坐视为目的，也不视其为手段。也就是说并不是为了开悟而坐，打坐本身即是一切。

但这个"只管打坐"到底是什么意思呢？盘腿而坐是当然的，但同时又超越了坐、立、行，而成为一种"形"。成为所谓的"形"，乃是自己彻底地变成"形"本身，脱却一切藩篱，舍弃自我本位，唯有与空气一起，和当下的一瞬素面相见。

此时必然涌现另一个疑问：为什么舍弃自我是盘腿面壁这样的"形"呢？但是问题的答案，恐怕任何人都无法用言语表达清楚。那是只有自己去坐、径自坐下去之后，肉身才有可能体会到的种种细微感触，是属于无法言说的领域。这样的存在形态，我认为就是宗教。当然并不是指从属于某个教派的那种宗教。

宗教并非是用来研究剖析的，而是用来相信的。我们试图用它来从各个角度探讨、诠释之前即已明确存在的东西。它或者是自然的原理，或者是伟大先哲的生命典范，每个人都有各自不同的看法，但我觉得只要一个人相信着什么，那个相信的东西就是他的宗教。

我相信的就是永平寺中一瞬一瞬的当下而坐。盘好腿平静地面壁坐着，身体里就会有各式各样的感觉此起彼落。空气的涌动或自然的流转，都会变成轻微的振动传达到我们的鼓膜。但有些时候，那种振动也会突然撼动我们的内心。

坐久了脚自然是会痛的。但我总是再度调整好坐姿，继续坐下去，并提醒自己，打坐时遇到的种种状态都有其重要性。专注于打坐、习惯于打坐、克服双脚的疼痛，我认为这些都没有任何特别的意义。唯一要做的，就是无条件接受每一个瞬间、接受当下的一切。这就是坐了整整一年之后,我对"只管打坐"的体会。

而且这里面还有一种自由,即禅的自由。具体表现在,我们从"自己是"或"自己的"的意识中解脱出来。自由并非从包围着我们的什么外部存在获得,而是从存在于自己内心的欲望或是其他精神性的事物中产生。这时我们将不受任何扑大束缚,获得真正的自由。而这也是从作为佛教源头的古印度脉脉相续的核心理念。

不过,永平寺的日常也真是单调到令人恐惧的地步。我上山后有一段时期对这样的单调抱着极大的困惑与不安。每天从起床到就寝,都是被严格规定的,一成不变、不断重复并且不容许有任何质疑。这种单调到底又是为什么呢?

人的一生,除了少数特别的日子之外,其余不过是平凡与平淡的持续。然而人总是对充满戏剧性的事物特别有感触,并且容易被它们的魅力所吸引;相反则对单调的事物毫无感觉,让一切变化埋没在日常之中,无知无觉仿佛什么都没有发生过。

但正是这种"无知无觉仿佛什么都没有发生"、每天不断重复、单调且平凡的生活中,蕴藏了万千不容忽视的真理。

活着这件事，并没有什么特别的，说穿了不过是吃喝拉撒睡而已。这是所有生命共通的原理。凡是生命，都历经出生、活着、维持与自然界的均衡连接，然后泯灭的过程。对自然界的生命而言，活着本身即是重要的营为、存在的价值，人类也不例外。如果说人活着有什么意义的话，首先就是存在于世间这件事，而我认为这就是生命的根本意义所在。

如果能将存活之外多余的附加价值削除舍弃的话，就能忘却许多让我们烦心的事。而首要之务，即是无条件地接受单纯地活着这件事，然后对每天的营为、每一瞬的当下都能踏实对待、用心体会。这就是我从永平寺不断单调重复的每一天——洗面、吃饭、排泄、睡觉——之中获得的信念与解答。

行履调查

"我打算离开永平寺去读大学。"

当我到达位于吉祥阁的传道部劝化室时,早就一个人坐在那里的眺宗突然这么对我说。

今晚的夜坐取消了,改为内讲。内讲通常在传道部劝化室进行,每次都是讲一些难度比较高的佛典或法式,但听说今晚要放录像,即进行视听觉研修。好像要放的是《龙猫》。

"咦,为什么?"

"你也知道,我只是高中毕业,以后为了找工作方便,还是有个大学学历比较好。而且我中学毕业后就进了僧堂,一直过着这样的生活,现在很想体验一下不一样的生活。"

"很棒啊。"

在我看来眺宗实在非常勇敢。

"被你这么一说反而很不好意思。哦,对了,鲁山桑看过《龙猫》没有?"

"没有。"

"我曾在放学时去看过,偷偷地。虽然说是偷偷地,但进到电影院一看,只有我一个人是大光头,叫人不注意都难。我唯恐被谁发现,看得提心吊胆。"

高中是一个人在身体上从小孩长成大人,同时塑造自我的意识逐渐强烈,喜欢穿帅气衣服梳奇怪发型的时期。我也不例外。在这种对未完成的自己试图进行各种探索的年纪,这家伙却把头发剃了,一边上高中一边过起了僧堂的生活。

和那时的自己相比,如今的眺宗当然成熟多了。但想到他那么小就过起大人般的生活,又难免觉得心疼。

"鲁山桑有什么打算?"

"打算什么?"

"今年会继续留在永平寺吗?"

"啊……"

这时房间的灯突然暗下来,开始放映《龙猫》。

永平寺的春天,是迎进新到的季节,也是修行告一段落的云水离开的季节。听了眺宗的话,我才第一次强烈意识到：该迈向下一个阶段了。

每年春天临近，悦事就会开始对山上的云水进行调查，询问当年春天是否准备离开永平寺，即所谓的"行履调查"。上山的云水，多半会在修行满一年的这个时期下山。

"童龙，你会离开吗？"

几天之后，行钵结束时，在回廊遇到曾经住院的童龙，我随口问他。他在医院疗养了一阵子，康复后又回到寺里。

"当然，我再留下去也没有什么意义。"

"为什么这么说？"

"怎么说，反正就是这样。天真和融峰都说要走。融峰研究所毕业，找工作不难，满半年的时候就说想下山了。"

"是吗——"

"天真是家里的次男，听他的意思即使离开永平寺也没有当和尚的打算。既然如此，何必继续待在这里吃一年苦头呢？"

这时台明从后面追上来，加入我们的谈话。

"我可是要留下来的。"

"台明，又没有人问你。"

童龙马上顶回去。娇生惯养的台明竟然选择留下，倒是很让人意外。

"让我插个嘴又不会怎样。我想继续努力，鲁山桑也一起留下吧。"

话刚说完,就一溜烟跑了。台明出身于相当有来头的大寺院,或许是因为这个他才想留久一点吧,但我还是对他那种洋溢着希望的、无可救药的开朗感到惊讶。

"我也要留下来!"

紧跟着童龙住院的喜纯,后来也很快出院重返永平寺。

"因为啊,我在来永平寺之前,就憧憬要当个殿行。"

永平寺上山的云水,满一年后如果没有离开,在第二年的某个时期,就可以在法堂或是承阳殿服侍。与被称为"地狱的接茶"的接茶寮不同,活跃于法堂的仪式或法要上受大家瞩目的殿行,则有"花的殿行"之名,是所有云水憧憬的目标之一。

"而且既然都上山来了,我希望能够一直做到堂行。毕竟如果要修行,在永平寺只待个一年,实在不是什么特别的经历。况且我们家只是间小庙,檀家①也不多,当个和尚根本不足以养家,所以现在下山回家也没什么意义。"

永平寺的云水,在第二年法堂或承阳殿的公务结束后,第三年即会配属到作为云水之长的堂行寮。这是云水所能达到的最高职位。之后还会有一些云水在永平寺继续待下

---

① 檀家语出梵文、巴利文的"檀那",本意为布施,这里指施主。

去，但为数不多。

一般人对僧侣的印象可能是收入丰厚、生活悠闲，其实不然。很多都像喜纯家那样，檀家有限，单靠寺院的收入根本不足以养家糊口。他们多半需要另辟财源来维持寺院的运作，其实压力相当大。

我也问了泰禅。他在我从知库寮转役之后，转役到了小库院。

"当然是留下来了。我是次男，家业有哥哥继承，我回去干吗呢？"

"那泰禅将来有什么打算？"

"我想我会一直待到自己觉得够了为止，中间如果有机会去好一点的寺院当养子，我也会去。"

在无法担任家族寺院继承人的云水当中，也有人会像泰禅这样，到后继无人的寺院当养子，或是和寺方的女儿结婚，最后接任住持。

眼前穿着小库院的白衣和我说话的泰禅，给人感觉比在知库寮时成熟了许多。

在永平寺修行的时间越久，越是可以免除各种公务。不参加清晨的回廊扫除无所谓，也不会被强制出席法要或仪式，还准许自由外出，的确多出不少属于自己的时间。

或许真正的修行，就是从解除这些束缚自己的规矩之后才开始的。

终于获得解放后，可以每天无所事事、优哉游哉，也可以因为束缚不再而更加惕厉自己，继续贯彻初心，不敢稍有懈怠。如何选择完全由自己的心念来决定。如此，修行有了迥异于以往的意义。

自从和眺宗谈过以后，我一直很苦恼。就这样继续留下来，检验自己可以贯彻初心到什么程度也不错。

可就在左思右想举棋不定的时候，脑中突然闪过一个念头：不如回到当初因为走投无路而仓皇出逃的那个社会，让自己再接受一次考验看看。

一年过去了。虽然只有短短一年，但在永平寺度过的这段时间，已经让我的内心深处产生了一些变化。

当我明确感觉到现在的自己早已不是一年前那个"悲剧英雄"的时候，我决定从这里离开。

"鲁山桑，你真的要走吗？"

"对啊。"

来监院寮拿东西的圆海突然问道。

"真的好意外。我本来以为像鲁山桑这样，少说也会待上个十年。"

十年吗？十年后就是四十岁了。那时的我将会在什么地方,做着什么事呢?唯一可以确定的就是,十年一眨眼。

"圆海有什么想法?"

"我会走。不过我打算离开的时候,从永平寺一路走回家!"

"啊,圆海的老家不是在静冈吗?"

"嗯。"

从永平寺下山的云水,有不少像圆海这样一路步行回家的。怀抱昔日行脚僧的心境,头戴网代笠,脚穿草鞋,一步一步,回想着在永平寺度过的时光,走上归途。

圆海那圆滚滚的身体,走完从永平寺到静冈的迢迢归途,应该会变得结实起来吧。

一旦下定决心离开,更加感到永平寺的生活无可取代,也因而备加珍惜。想要在仅剩的时间里,尽一切可能珍惜每一分每一秒的念头也越发强烈起来。

从那以后,只要时间允许,我就会在僧堂埋头打坐。多想将僧堂的幽暗静谧以及它的空气留存在身体的某个角落,哪怕只是一点点也好。

过去的一年,仿佛将五六年浓缩了似的,发生了好多好多的变化。有摩擦与伤害,也留下了无数的哭泣与欢笑。

在僧堂这么坐着,一闭上眼睛,就能清楚想起共度一年时光的同修们的一张张脸。然而随着时间流逝,这些记忆势必逐渐模糊,那些容颜也将一个接着一个消失吧。

尽管如此,曾经在这里哭着笑、笑着哭,鲜红的血液真实地在皮肤下流淌着,想要声嘶力竭地呐喊的那种感动,这些经历却是我一辈子都不会忘记的。

乞暇

早上行粥过后,我一个人在监行寮开始打包行李。

云水辞别丛林称为"送行"或"乞暇"。和入堂一样,乞暇是云水生活中非常重要的一个段落,必须殷勤地进行。

首先需要依照规定模板写好一份"乞暇愿",然后请各位老师应允盖印。盖印先从自己所属寮舍的老师开始,接着请全山各寮舍老师一一盖印。最后再请永平寺最高负责人监院老师盖章,之后直接将乞暇愿提交监院寮,手续就算完成。

由于我配属在监院寮,所以一开始就是找监院老师盖章。

"我觉得鲁山和尚应该在这里待久一点,不过既然决定了,那就这样吧。"

监院老师在乞暇愿最上边的"监院"一格盖上印章后,

将一个桐木箱放到我手上。打开一看,里面是一只抹茶茶碗。

"送给你作为饯别的纪念吧。"

记得有一次,为了给监院老师拿东西前往内寮。进去之后发现,几案上摆着几只抹茶茶碗,看上去有几位比较亲近的访客刚来过。在黑乐①、织部②、白瓷、油滴③等各式茶碗中间,有一只特别引人注目。

显然是现代陶艺家的作品——宽阔的开口、微妙收束的碗身,加上沉稳的底座,形成一种绝妙的平衡感。而超越这一切的,是釉药的流动——纯粹因偶然凝聚出来的光彩,叫人叹为观止。

我忍不住出口称赞了这只茶碗。后来因为这个缘故,监院老师就把它叫作"鲁山的茶碗",时不时把我叫到内寮,请我喝茶。不过他拿出来的茶食多是长了霉的,我也不敢说什么。

监院老师是个严厉的人。不管谁犯错他都不讲情面,对自己对他人都一样,绝无妥协的余地。也因为这样,我看得出来他在老师中有种被孤立的感觉。

---

① 黑乐,即黑色乐烧(乐烧为手捏软质施釉陶器的通称)。
② 织部烧为十七世纪初主要生产于美浓地区的陶器,为美浓烧的一种。
③ 油滴指油滴天目,天目烧源自宋代,靠对釉色、窑温的控制而在黑釉底色上现出油滴般的折射光。

但在内寮请我喝茶的监院老师,只是一个随处可见的和蔼可亲的老人而已。春兰盛开时我帮他浇花,他也是一脸柔和,满是笑意。

"一生参禅办道,可别忘了!"

当我诚惶诚恐地抱着桐木箱告辞时,老师对我这么说。

监院老师盖章后,接着去找副监院老师。

"送行吗?真有点舍不得啊。"

副监院老师只有这一次没有露出以往圣诞老爷爷般的笑容,从抽屉里面拿出印章,盖在监院的下面。

就像他的招牌笑容一样,副监院老师是个善良真诚的人。一个人若是内心纯净,即使没有刻意表现,他的良善也会溢于言表,他的温厚也会在不知不觉中带给周围的人极大的安慰。正是这样的温柔与体贴帮我度过许多困难的时刻。

"随时欢迎你回来,等你!"

他笑着送我离开。我依依不舍地走出副监院寮。

之后从副寺老师开始,我走遍全山老师的寮房去盖章。尚事老师还是在他那又干又硬的酱菜旁,侍真老师则依旧一张苦瓜脸。

所有的章都盖好后,我将乞暇愿放进监院寮的档案夹,同时在记录簿上做好登记,全部手续就完成了。

到了送行当日，就像一年前入堂之拜时一样，我套上布袜带着坐具前去行粥。行粥最后即拈香进入僧堂进行乞暇之拜。

这是最后一次进僧堂，三拜之后就要离开了。边这么想边环顾着与平日无异的僧堂，完全感受不到一切即将结束的气氛。多少有点紧张的三拜完成后，接着也如同入堂之拜时那样，合掌弯腰低头，以顺时针方向巡堂一周。

每当经过一个站在单前同样合掌的云水时，他就会拿起蒲团用力打我一下。这当然不是道元禅师或谁定下的规矩，只是最后一天特别获得默许的随兴环节。

一整年。本是在这僧堂中咬紧牙关一起打坐的同修，现在一个合掌低头走过，一个抓起蒲团就打，尽管被打的我一点都不痛，但还是从低垂的眼里流出泪来。

行李很快就打包完毕。本来就没带多少东西上山，一年下来也几乎没增加什么。

最后的最后，就是包裹袈裟行李了。将行钵之际使用的护膝布、服纱、布巾，一一折成仿佛上下颠倒的衣领状，上山时要折成有如汉字的"人"字，送行时则折成有如汉字的"人"字。行李之上，这些一枚一枚折成"人"字的布巾依次重叠，好像从此我才成为一个真正的人。

所有行李都整理打包好了以后,终于来到告别的时刻。送行的场合,特别亲近的同修会在山门对下山的云水做"乞暇讽经",然后目送其离去。今年开春以后,我也好几次在山门做乞暇讽经送走同修,每一次都非常激动。想起一年来大家苦乐与共的时光,实在有些不舍,但也只能彼此拍拍肩膀互道珍重。

但自从我决心下山之后,就生起一个念头:我不要任何人送,只想一个人默默离去。因此特别选了大家中午勤行的时间。

大库院的云板敲响三下,接着佛殿鼓三打,大梵钟撞过斋钟,日中讽经开始的信号——殿钟就响起了。

每一响声音都已经内化到我的身体之中。曾经我是那样惊恐迟疑地敲打过这些乐器。一年前也好,现在也罢,还有今后,它们都将始终如一,无止境地继续敲打下去。

我一边想一边着急地将行李挂上双肩,手持网代笠与草鞋,走出了监行寮。走出的那一刻我停下脚步,环视或许再也无缘得见的整个伽蓝。

眼前所见伽蓝大大小小的角落,一年来的一幕幕情景都历历在目。一天又一天,用抹布擦了一遍又一遍的叫人简直喘不过气的伽蓝。轻轻抚摸颜色转黑的柱子,那种微温的触觉,仿佛还可以让人感受到某一天某一瞬间在这里的心跳。

走过光明藏旁边的走廊时,我又不经意地抬头看了一下天花板。清扫上面的板子时不小心夹住的笹叶还在,但已经枯干变成深棕色。现在只要从山门走出去,曾经在此生活的痕迹都将消失无踪。但一想到这片笹叶或许还会留在这里很长一段时间,又突然一阵开心。

"再见了,请保重!"

走到山门时,远处传来佛殿的诵经声。我赶忙将行李从肩上取下放在脚前,一个人朝着佛殿进行乞暇之拜。

"家庭严峻不容陆老从真门入,锁钥放闲遮莫善财进一步来。"当我跪地顶礼膜拜时,记起一年前上山的那个清晨,客行在这里大声念诵山门上所挂的对联时的情形,那些字句一次又一次在我脑中重复。

"家庭严峻。"的确,这里真是个鬼地方。有生以来我第一次目睹如此严酷的世界。再不愿知道也要让你看透自己的无能,再不想知道也要让你将人类的丑恶看够。更惨的是自己那时本就处于分崩离析、不成人形的状况中。

"锁钥放闲。"然而这里也是一个无比开阔深远的地方。自始至终它静默无言地承受这一切,包容这一切,同时给予你活在当下的勇气。人并非一无是处。作为人类的一分子与其他人一起活着这件事,给了我们超乎想象的、难以言说的感动。

对于永平寺的一年,我从内心深处想大声说声"谢谢"。当我最后一次俯伏而拜时,热泪还是从紧闭的双眼迸出来,滴落在地上。

正在这时,佛殿传来清脆的引磬声。不能再犹豫了,再不快点,日中讽经眼看就要结束。

我急忙穿上草鞋,将行李挂上双肩,快步走出山门。没有回头的余地了。也没有再回头的必要。专心一意注视着前方迈开步伐。我在这里所学的一切,就是为了踏出这一步。如果在这时退却回头,那么过去的这一年就将化为泡影。

我直视前方,走过高耸的古杉。一年前的光景,以倒转的方式在眼前铺展开来。过了古杉,绕经圆通门、作事场,穿过敕使门,终于来到龙门之前。

龙门。一切的一切都是从这里开始。前尘历历,恍惚如昨。

但眼前所见的龙门感觉小了许多。难道是我变高大了吗?当然不是。记忆中的巨大,无疑就是那天早上所看到的龙门之巨大。知道这个就够了。

我像一年前那样,穿过变小了的龙门,一脚踏入外面的世界。那一瞬间,我想起当天早上前辈所说的关于龙门的典故。是这样的吗?从此我又要变回一条鱼了吗?突然觉得有些诡异,不禁大笑出来。

时隔一年再度回到红尘浮世,那种感觉实在有点奇怪,不知如何形容。当我两脚踩地,重新环顾四周时,脑海中浮现出一个意象:

0。

没错,就是0。仍然一无所有,却感到无比轻松自在。这个0,是不久将变成1、变成2,然后也将成为3、4、5、6的0。我胸中怀抱着这个0,全身上下一阵轻盈,做了个大大的深呼吸。

我叫住一辆从我前面开过的出租车。从这里一路走到福井车站其实也可以,不过突然很想坐一下很久没搭过的出租车。仿佛回到了想念不已的熟悉场所,我钻进后座,告知目的地,出租车静静启动。

虽然已经下定决心不再回头,但这时还是忍不住转头看了后方。变小了的龙门,随着出租车的移动越发小了。

"永平寺远了。"

念起的瞬间,胸中一紧,几乎喘不过气来。紧接着,过去一年中一天天的情景在脑海里以惊人的速度闪现:

敲山门时脚下石板有如冰块般的冷冽、在旦过寮坐禅时因为寒冷夹杂着恐惧发出的"咔嗒咔嗒"的牙齿打颤声、喝味噌汤时因紧张噎到边咳边入喉的滋味、在回廊扫除时让心脏接近爆裂边缘的一次又一次冲刺、揉着眼睛恢复视觉时看到的僧堂中令人郁闷的幽暗、在星空下一心敲打的希望远方的父母也能听到的大梵钟、被指出各种缺失惭愧得无地自容的反省会、为了疗饥而吃剩饭的空虚感,还有紧握母亲来信时哭泣的夜晚……

在回想间,永平寺逐渐远去。那片伽蓝。那座僧堂。那种幽暗。那样的寂静。那些空气。所有的一切都在眼前逐渐远去。

最后当古杉的树梢也从车窗消逝的瞬间,滚烫的、仿佛燃烧般的灼热泪水,和过去这一年的回忆一起决堤,顺着脸颊流了下来。

"再见吧,永平寺……"

泪水在离永平寺愈来愈远时终于不再流了,不经意间抬头看到驾驶座上方的后视镜,正好和司机四目相接。是一位女驾驶,她深深皱纹包围下的眼神里带着笑意。

"云水桑,今天从永平寺下山啊?"

她突然开口。我因为哭哭啼啼都被她看到了觉得不好意思，只好回她一个微笑。

"是吧，那真是辛苦了。伯母我是在这里出生的。所以在我眼里，永平寺的云水都像是我疼爱的孩子一样呐。"

我除了傻笑什么话也没说，她则自顾自说个不停。在我心头，永平寺的种种仍然此起彼落地浮现。

"那么，今天就让伯母载你去一个很棒的地方好吗？"

"好，好，拜托您了。"

我来不及想就点头说好。反正接下来也没有什么急事。

车子在种满杉树的道路上一直往上走。山路两旁散落着因为不耐积雪的重压而折断的粗大树枝。在这些伤痕累累的树枝底下，不久就要蔓延山野的春草正慢慢吐出新芽。车子很快就翻过垭口，走上通往山间集落的小路，接着穿行过低矮房屋夹道的窄巷，眼前突然豁然开朗。

那是蛇行于福井市街缓缓流淌的足羽川边可以行车的宽阔堤防。堤防上种了两排正盛开的樱花，沿着春阳下闪闪发光的河水，一直延伸到视线所不及的尽头。看看眼前如此亮丽的光景，我却茫然自失。

"可以到堤防上走走。"

我依照她的建议，开门下车。

北陆澄澈的阳光，以及稍稍带点湿意的暖风，让我长期以来一刻也不敢放松的紧绷身体静静获得了缓解。

抬头一看,开满淡红色花朵的樱花枝桠,有如顶盖一样遮蔽了天空,阳光透过缝隙,与满树的花朵一起发出炫目的光彩。

"喔,是的,这就是春天啊。"

就在那一刻,我第一次理解了"春天就是春天此外无他"是什么意思了。活了三十年的岁月,总是为了寻寻觅觅而焦虑不已,到现在终于理解了春天的意义。这样就够了。除此之外我想我已经什么都不缺了。

从枝桠分离的淡红色花瓣随风飘落到河面,在流水反照的阳光中若隐若现,翻滚起伏,任河水带着它漂流,直到世界尽头。

后记

如今回头再想,我还是不知道当初为何感到走投无路,以致绝望到做出出家这个决定。

如果真要说的话,或许是因为当时自己所处状况的总和,以及周围社会一切之总和。

我曾经在既非春夏也非秋冬,不属于任何季节的季节的间隙,一个人在路上漫无目地走到天昏地暗。

大学时就像大多数学生一样,被年轻的欲望与焦躁驱使,获得了一些玻璃般易碎的成就感,也受过两三次微不足道的伤害。但不管是哪一样,都好像发生在电视中的画面那样,冰冷,空洞,虚假到令人害怕。

我在那样的季节间隙仅仅是活着,自己也不知道是好是坏,有意思没意思。

不得不停下来，是在大学生活进入最后一年，为了求职而必须与社会现实面对面的时候。我站在那样的现实之前，陷入茫然，完全抓不着任何头绪。

我非常需要知道活下去的明确意义。这样的想法渐渐从"欲求"变成"必然"。对我而言，无法找到生命的意义，也就失去了自我存在的价值。

我不时被这种妄自尊大、自以为是的理想压得喘不过气来。每当那种时刻，就会对自身的一切感到无比厌烦。但是继续抱持那个自己也说不清楚的理想，对当时的我来说又是唯一感知到的存在的价值。

结果我放弃所有求职，行尸走肉般参加完毕业典礼即出发去旅行。第一站是曼谷。

不可否认，若是再怎么用心思考还是找不到今后的出路，那么顺着社会的惯习随波逐流，暗中慢慢摸索，也是一种选项。可是我一点都不想在得到自己满意的结论前，勉强给自己找个安身立命的所在。

旅途上炙热的阳光与汗水让我的皮肤变黑，滚烫的沥青让鞋底越磨越薄。然而出国之前悄悄期待的旅行可能带来的戏剧性改变，一直到远足结束都没有出现。

不过整个人都轻快了起来。回国以后，趁着那种愉悦的微热还没从体内退去，马上去找了个工作开始上班，总算踏出从个人走向社会的第一步。

可是那大而无当的理想依然横亘在脑海之中,无论如何都找不到存在的意义,忙碌的生活又让自己越来越闷闷不乐。

不知道从什么时候开始,自己的人生就像坏掉的齿轮一样空转。在忙碌不堪的工作的压力下,突然被难以形容的不安所吞噬。

的确,我可以清楚预见照目前的生活继续过下去,在社会这个大茧之中,我将过着无风无浪、安稳舒适的日子。可是三十岁就这样,等接近四十岁的时候,我的心恐怕就完全枯槁,失去润泽与活力。

尽管如此,我也没有产生过改掉重过、另寻出路的想法,两难的处境让我更加不知所措。

即将三十岁的时候,我的心已经堆积了厚厚一层难以移除的东西,对周遭的一切越来越无法忍受,与社会也日渐疏离。

那时脑海中突然冒出"出家"两个字。为什么会这样我也说不清楚。

说到底,人生为何陷入这样的境地,没办法套用数学公式来明确求解。人生是无数正数与负数的复杂纠葛,不一定会归结出一个结果或与什么画上等号。唯一可以确定的是，其结果来自人生一瞬一瞬的要素，在接近极度偶然的必然性作用下产生。

当社会让我感到烦躁疏离，以致脚步越来越沉重时，有一颗小石头挡住了我的去路。那时我没有绕道而行，反而停下脚步将那颗挡路的小石头捡了起来。

那颗小石头就是"出家"。现在想想，二十多岁时以中国作为出发点，经过西藏地区，进入缅甸、老挝、越南、柬埔寨、泰国，一路寻寻觅觅到达的终点，就是永平寺。

已经离开永平寺五年了。

我又开始过着与过去完全没有两样的生活。每天在爆满的电车中摇摇晃晃通勤上班，下班后到市立游泳池游两千米。一个人简单吃过晚饭，一过十二点即上床睡觉。

对我而言，永平寺的一年到底意味着什么呢？

人生当中，有些东西是等你失去之后才会留意到它的存在，但在永平寺的一年，则是将一切从你身上清除一空，然后持续不断向你提出拷问。

经过那样的一年，我自身的改变是——

首先，要下手打落在身上的蚊子时会有一阵迟疑。

其次，吃东西不会过量。

还有，不会想太多。

最后就是变成一个爱哭鬼。以前我曾跟谁说过"长大后还会哭的男人是幸福的"。我是个不会哭的人，越是告诉自己哭出来会好受一点，越是怎么也哭不出来。但是现在动不动就哭。

大概就是这些。当然也可能都只是我的心理作用。

最近，关于永平寺那一年的记忆开始变得模糊起来。然而遗忘也是活着的证明，是理所当然的事情。

就像被推拥到沙滩上的贝壳，被浪潮打碎，成为小小的沙粒，终至消失，那一年每一天的情景，最后也将被其他的记忆淹没。

这些都没有关系。即使过去完全被遗忘，它也仍以某种方式存活于现在。现在，是过去的产物。

就像现在乃过去的产物一样，未来也是现在的产物。

我在永平寺学到的，是肯定过去一切事物的勇气，以及珍惜活在当下——未来所由生的现在——的喜悦。

我想那些记忆如果能够继续存在于身体的某个角落，或许在将来某一次号啕大哭或是绝望到想死的时候突然被呼唤出来就好了。

那时，我应该就会懂得永平寺一年对我的意义了。

我因为对永平寺那一年有所感才写出这本书。如果书里的内容被永平寺或曹洞宗宗门的大德们认为有问题，那全都是因为我的笔力不逮，首先在这里表示深深的歉意。

从开始执笔直到完成，我对于写这样一本书是否妥当从未停止过怀疑与不安。不过像我这样一个只在永平寺待过一年的普通人，写下的稚拙感思，想必无法撼动永平寺七百五十年的法灯，我就是在这样的信念下才放心执笔的。

正所谓"蚊子咬铁牛"是也。

这本书的出版，承蒙新潮社伊藤贵和子氏、谏访部大太郎氏、郡司裕子氏的宽容与指导才得以顺利完成，我内心无比感激。

此外也得到永平寺以及曹洞宗宗门许多大德的协助。不过考虑到如果说出姓名也许会给他们带来不必要的麻烦，所以在此略过，但还是要表示我的谢意。谢谢你们！

一九九六年十月十日

野野村馨

文库版后记

认真回想一下,这本书的原稿,是在逗子到涩谷的通勤电车上写的。

每天早上,总是在一样的时间关上玄关的门,在逗子站搭乘同一班电车,车子启动后,慢条斯理地从背包中拿出稿纸。一直到抵达涩谷站前,我都是靠在车门边,或是站在吊环下,以红色圆珠笔顺着稿纸的格线用力书写。电车的摇晃,加上我写字不好看,导致稿纸上的笔迹总是惨不忍睹。

在与涩谷闹市区有点距离的一家设计事务所工作一整天后,下班立刻赶到位于千驮之谷的市立游泳池,照例游完两千米。

晚餐内容每天不同,在泳池附近的众多餐饮店中找一家简单吃吃，然后照例从千驮之谷站搭上电车。车子开动后我又拿出稿纸，偶尔会在座位上先打个盹，再接续早上所写的内容。字迹还是比涂鸦好不了多少。

在离逗子海岸不远的地方，既没有电视也没有收音机的安静的家中，等着我回来的只有两只有亲子关系的流浪猫。回到家首先喂食这两只流浪猫，再放一些不会破坏宁静夜晚的音乐来听，之后我一边辨认当天在电车上的鬼画符，一边把它们敲进电脑。等时针一过了十二点即上床就寝，很快天就亮了。

大概过了五年这样的生活。五年算下来，我在电车中写下的原稿将近七百页。

当然我从来没有"成为作家"的这种不切实际的念头。

随着年纪的增长，记忆力也逐渐衰退。这虽然是非常自然的事，但如果可能的话，我还是希望有些记忆永远不被遗忘。因此试图将永平寺那一年的所有记忆，在忘却之前记录下来。我就是在这样的心理下开始执笔的。

那也是我再次回到去永平寺上山之前住过的逗子重新住下的时期。逗子对我的人生而言，是一个无可取代的特别所在。

最初选择搬到这个面临太平洋的安静避暑地，是因为我需要找一个到涩谷的通勤时间只要一小时左右的地方。在那之前，我是从邻近的惠比寿骑单车去涩谷的事务所上班的。

到涩谷的一个小时里，会经过高尾山、秩父、南房总，在一些不经意浮上脑海的地名当中，逗子跳了出来。为什么会出现这个名字我也不晓得，毕竟是一个我从未去过的地方。

很快，就在那个周末，我一个人兴冲冲地前往逗子勘察地形，当天就决定搬到现在住的房子。房子位于逗子站与海岸之间平静的住宅区里，是一栋一个人住有些太大的两层出租公寓。

就这样我开始了在逗子的宁静生活。有一天，发生了一件事。

那是礼拜天的下午，每当这时，我总是一个人在庭院除草。

说是庭院，刚搬来的时候，其实只是便宜租屋的附属品，那是一棵树也没有，唯有杂草蔓生的一块空地。住进来后，我依照自己的想法开始莳花种树，才有了点庭院的模样。

除草作业的路线，照例从最里面的孟宗竹下开始。接着是枫树周边，杜鹃花旁，直到玄关侧面的柴门为止。

没有什么进度的压力，累了就休息喘口气，然后继续做下去。几乎听不到外界的动静，除了邻居庭院树上传来的野鸟叫声，以及偶尔由海风带来的小孩的玩闹声。这是远离大马路的地方才会有的宁静。

那天因为中间休息了两次，所以收拾到柴门那边时太阳已经西斜。

除草结束后，一如以往我煮了杯热咖啡，一个人在庭院边上坐下，看着太阳逐渐消失。

突然玄关的门铃响了。平日除了邮差，几乎没有人会来我这儿，何况是礼拜天傍晚。天色已经转暗，我打开玄关的灯，开门一看，竟然是一名警察。

"打搅了，我是站前派出所的警察。前几天有一位先生来报案，说他种的芒草被偷了，并且说您就是嫌疑人，请问您知道些什么吗？"

事情来得实在太突然了，一开始有点搞不清楚状况，不过很快我就想起关于芒草的事。

那是一个礼拜前，也是礼拜天。

我如常完成午后的除草作业，一个人坐下来看着庭院。

这时的天色还明亮得称不上是黄昏,却已经可以看到白色的月亮高挂天空。一开始只是茫然地看着,慢慢心里浮起了一个念头。

"对了,为了秋天的月亮,来种几株芒草吧。"

一有了想法,我立刻起身出门吃晚饭,回程顺便在附近的空地上寻找,结果真的发现了芒草。

以前那里有一家不知道卖什么的店铺,入口的铁卷门没有放下,里面堆满了废材。建筑物周边杂草蔓生,我的第一印象就是,这里肯定弃置了很长一段时间。

芒草已经长成一大丛,我没有一点迟疑,越过废材做的栅栏,拔起芒草就抱回了家。

"我想他说的大概就是我。"

"是吗?那位先生说如果明天能把芒草归回原位,他就不会声张这件事,所以请您这么办吧。"

怎么会这样?为什么事情变成这样?我对突然降临到自己身上的这件事感到一阵愕然。接着马上想到一定要尽早去跟那位芒草的主人道歉,于是赶忙出门追赶已经往回走的警察。

那位身穿运动服、头戴贝雷帽的小个子老人,看了看跟着警察过来的我,脸泛潮红、怒气冲冲地说:"就是你吗?

偷我芒草的家伙！我礼拜一早上从那边经过，看到地上多了一个洞，马上就知道芒草被拔走了。我跟着一路散落的泥土，最后来到你家门前，从玄关旁边往院子里一看，果然种了一丛芒草，我就知道发生什么事了。如果想要芒草，不要偷我的，到别的地方偷去！"

我在他的怒骂声中唯有不住点头道歉。

想到他还会一路跟着散落的泥土找过来，这芒草肯定是老人非常在乎的东西。可是我无论如何也想不到有人会为了这个而报警，所以根本没有意识到泥土掉在地上或许会留下线索。如果存心要偷，一定会把芒草装在袋子里，以免留下任何证据吧。

不过仔细想想，事情发展到这个地步也不是没有道理。在这个所有地表都被精密划归为个人财产的时代，即使只是从别人的地里拔起一棵草，也是无可抵赖的犯罪。我不知道道歉了多少回，最后答应他第二天早上将芒草归回原位种好。

"警察先生，真的非常感谢您。这次我就放过这家伙了，但如果以后再犯的话，你们至少要采集他的指纹留个案底。拜托您了。"

老人最后还放出这样的话。

待我回过神来，周遭已经被夜色笼罩。微暗中，我带着茫然的心情，脚步沉重地和警察并肩走在昏黄的路灯下。

"这世界上什么样的人都有，以后不管做什么都多提防点。不过即使他真的报案，像芒草这样的东西，还不至于采集指纹，别担心。那就明天早上，记得把芒草种回去吧。"

警察说完就回站前派出所去了。

"犯罪者。"

整个晚上，我脑海里仿佛被烙了印似的，不断浮现出这三个字。

那时的心情，好像是不找个替罪羊就会大哭一场。结果那个晚上，既没有找个什么人来怪罪也没有哭，只是一个人坐在庭院边上，仰望着无星无月、被沉郁的梅雨云笼罩的漆黑天空，自责不已。

我当然很清楚已经发生的事无法重来一次，但还是免不了沮丧与懊悔。

第二天早上，我比约定时间稍早一些来到那片空地，发现老先生已经抱胸站在那里。

我赶忙拿起自备的铲子，将芒草种回原处，然后再一次深深鞠躬谢罪。回头正要走的时候，老先生叫住了我。

"喂，等等，先到芒草旁边站一下。"

这个老人家似乎很热衷拍照，从上礼拜一早上当他发现芒草被偷开始，不管是被挖起来的芒草痕迹、道路上留下的点点残土，还是我家庭院种的芒草，他都留下相片为证。这会他又希望平安回家的芒草能够和作为"犯人"的我拍张合影留念。

为什么？对一个已经为自己的过错表示忏悔并道歉的人，为什么还要这么做？只是这么想着，但因为是自己的过错，也实在没有拒绝的理由。

结果我和芒草像朋友一样并立，拍了一张屈辱性的纪念照。啊，做人终究要这样吗？这一切都是社会既定的法则吗？我觉得自己的身体马上就要从脚底开始无声无息地崩解。

那种感觉就像是，将一个犯错的脆弱男子推落谷底，让他摔成碎片。

从那之后，我不能再像过去一样在逗子的街上漫步了。

在路上和人擦肩而过时就忍不住害怕。面无表情走着的行人，迎面而过之后一定会回头对我指指点点，说我是个罪犯。我总是被这样的恐惧感弄得心神不宁。

芒草与狼狈不堪的犯人的纪念合照，那个老人是不是拿去做什么了？会不会一边拿出引以为傲的照片给大家看，一边说自己是如何以路上掉落的泥土为线索逮到罪犯的？每每想到这些，我的胸腔仿佛就要炸裂。

庭院里种过芒草的地方，没多久即长满了野草，而在它的上方，秋月还是高挂在天空上发出澄澈的光芒。

在逗子所发生的"芒草事件"，即使并非全部的原因，也的确在我的背上重重推了一把。

想舍弃自我。开始有这个念头，大约就是芒草事件刚过的时候。那朦胧的念头不久在脑海里凝聚成两个字——出家。

至于为什么从永平寺下来以后，还是选择在这个留有不愉快记忆的地方继续居住，我自己也不明白。或许要问的是，为什么从永平寺下山准备展开新生活的场所，只能选择在这里？

从永平寺下山那一年到今天，十年过去了。

十年之间，以书的出版为契机，我再次搬回东京市区，逗子成为记忆之地。不过出书前的生活，和其后的生活并没有什么两样（坦白说，除了极为亲近的少数几个人，我从没告诉过任何人这本书是我写的）。

当然现在已经不搭逗子到涩谷的通勤电车了。不变的是，电车或巴士依然是我最喜欢的工作场所。现在我正在溜池到涩谷摇摇晃晃的巴士中写这篇后记，还是用红色圆珠笔在稿纸上涂涂抹抹。写到这里，巴士很快就要从六本木大道右转到涩谷站前圆环了。

最后，想对文库化写作期间耐心与我沟通的宽宏大量的新潮社编辑庄司一郎氏从内心表示诚挚的谢意。非常谢谢您！

图书在版编目（CIP）数据

云水一年：永平寺修行记／（日）野野村馨著；吴继文译. —— 海口：南海出版公司，2021.1
ISBN 978-7-5442-8076-1

Ⅰ. ①云… Ⅱ. ①野… ②吴… Ⅲ. ①随笔－作品集－日本－现代 Ⅳ. ① I313.65

中国版本图书馆CIP数据核字（2020）第117069号
著作权合同登记号　图字：30-2019-148

KUU NERU SUWARU EIHEIJI SHUGYŌ-KI
By KAORU NONOMURA
© 1996 KAORU NONOMURA
Original Japanese edition published by SHINCHOSHA Publishing Co., Ltd.
Chinese (in simplified character only) translation rights arranged with SHINCHOSHA Publishing Co., Ltd. through Bardon-Chinese Media Agency, Taipei.

云水一年：永平寺修行记
〔日〕野野村馨 著
吴继文 译

出　　版	南海出版公司　（0898）66568511 海口市海秀中路51号星华大厦五楼　邮编570206
发　　行	新经典发行有限公司 电话(010)68423599　邮箱 editor@readinglife.com
经　　销	新华书店
责任编辑	赵丽苗
特邀编辑	周雨阳
装帧设计	朱　琳
内文制作	王春雪
印　　刷	北京天宇万达印刷有限公司
开　　本	787毫米×1092毫米　1/32
印　　张	13
字　　数	220千
版　　次	2021年1月第1版
印　　次	2021年1月第1次印刷
书　　号	ISBN 978-7-5442-8076-1
定　　价	59.00元

版权所有，侵权必究
如有印装质量问题，请发邮件至zhiliang@readinglife.com